Ingrid Weber • Unendliche Weiten

Ingrid Weber

Unendliche Weiten

Die Science-Fiction-Serie *Star Trek* als Entwurf von Kontakten mit dem Fremden

IKO - Verlag für Interkulturelle Kommunikation

Die Deutsche Bibliothek - CIP-Einheitsaufnahme

Weber, Ingrid:
Unendliche Weiten : die Science-Fiction-Serie Star Trek als Entwurf
von Kontakten mit dem Fremden / Ingrid Weber. - Frankfurt/M. :
IKO - Verl. für Interkulturelle Kommunikation, 1997
   Zugl.: Saarbrücken, Univ., Diss.
   ISBN 3-88939-357-8

©   IKO - Verlag für Interkulturelle Kommunikation
        Postfach 90 04 21
        D- 60444 Frankfurt

Titelentwurf: Ute Mechenbier, 66111 Saarbrücken
Umschlaggestaltung: Volker Loschek, 61352 Bad Homburg
Herstellung: Rosch-Buch Druckerei GmbH, 96110 Scheßlitz

**Die Drucklegung dieser Arbeit wurde von der *Universität des
Saarlandes* und von der *Vereinigung der Freunde der Universität des
Saarlandes* gefördert.**

INHALT

VORWORT 7

1. EINLEITUNG 9

2. >WIR< UND >DIE ANDEREN< 13

2.1 KULTURELLE BEDEUTUNGEN VERSTEHEN:
CLIFFORD GEERTZ' >INTERPRETIVE ANTHROPOLOGY< 15

2.2 VERSTEHEN UND VERMITTELN:
INTERKULTURELLE KOMMUNIKATION 26

2.3 DAS FREMDE LEHREND UND LERNEND ERSCHLIEßEN:
DIALOGISCHER KONSTRUKTIVISMUS 34

3. SCIENCE FICTION ALS ENTWURF VON
KONTAKTEN MIT DEM FREMDEN 43

3.1 WELCHE SCIENCE FICTION? 44

3.2 *STAR TREK* IN AMERIKA 52

3.3 *STAR TREK* ALS MODELL VON
INTERKULTURELLER KOMMUNIKATION 56

4. FREMDKONTAKTE 79

4.1 DER FREMDE-IM-INNERN 80

    4.1.1 *Journey to Babel:* Mr. Spock - der Grenzgänger zwischen
    zwei Kulturen 92

    4.1.2 *The Measure of a Man:* Data - komplizierte Maschine oder
    künstlich erzeugtes Lebewesen? 101

    4.1.3 Home is where the heart is – Worf 110

    4.1.4 *The Enemy Within* 124

4.2 DAS FREMDE ALS OBJEKT VON FURCHT UND FASZINATION 130

4.2.1 *The Man Trap*: Abgrenzung durch Vernichtung 131

4.2.2 *Arena*: Abgrenzung durch Distanzierung 134

4.2.3 *The Devil in the Dark*: Überwindung der Furcht durch Kommunikation mit dem Fremden 138

4.2.4 *Balance of Terror*: Der Zusammenhang von 'fremd' und 'feind' 150

4.2.5 *I, Borg*: Überwindung der Furcht durch Assimilation 159

4.2.6 *Darmok*: Versuch der konstruktiven Herstellung einer gemeinsamen Mikroweltversion 169

5. SCHLUßFOLGERUNGEN **185**

5.1 *INFINITE DIVERSITY IN INFINITE COMBINATION* - EIN REALISIERBARES PRINZIP? 203

5.2 KIRK & CO. - SPEZIALISTEN FÜR INTERKULTURELLES MANAGEMENT? 211

5.3 INTERKULTURELLES LERNEN DURCH SCIENCE FICTION? 217

5.4 SCIENCE FICTION ALS PHILOSOPHISCH-ANTHROPOLOGISCHES GEDANKEN-EXPERIMENT 221

GLOSSAR **229**

LITERATURVERZEICHNIS **235**

I. VERZEICHNIS DER IN DER ARBEIT BEHANDELTEN *STAR TREK*-EPISODEN 235

II. VERWENDETE LITERATUR UND FILME 236

ANHANG **247**

VORWORT

Nicht nur die *Enterprise* hat unerforschte Galaxien erschlossen; für mich gestaltete sich die Erstellung der vorliegenden Arbeit ebenfalls als eine erkenntnisreiche und abenteuerliche Reise, bei der ich viel Neues lernen konnte. Ohne die Hilfe derjenigen, die an meinem Projekt auf unterschiedliche Weise Anteil nahmen, wäre dieses Unterfangen schwierig zu verwirklichen gewesen. Ich möchte mich daher bei der Crew bedanken, die mich während dieser Zeit begleitet hat:

Bei Captain Kuno Lorenz und dem 1. Offizier Hans-Jürgen Lüsebrink, die mit Umsicht und Aufgeschlossenheit das Projekt überwacht haben; bei Kai Buchholz, der vor allem die schwierigen Anfänge mit viel Interesse und konstruktiver Kritik begleitet hat; bei Sicherheitsoffizier Barbara Heinzius, die keine Ungenauigkeit duldete, sowie bei Elisabeth Lauer und den *Saar-Trek*-Mitgliedern, die mir mit vielen Anregungen und Informationen weitergeholfen haben.

Nicht zuletzt und ganz besonders bedanke ich mich bei Counselor Erhard Schmied; ohne ihn hätte ich aus manchem mentalen schwarzen Loch und den gelegentlich auftretenden psychischen Ionenstürmen nicht mehr herausgefunden.

Ich widme diese Arbeit meinen Eltern, die mir immer wieder Halt und Ruhe geben und meine diversen Ausflüge stets mit Liebe, Wohlwollen und Nachsicht begleiten.

Der Ertrag meiner Begegnung im Gamma-Quadranten ist noch gar nicht abzuschätzen.

May you all live long and prosper.

1. EINLEITUNG

Im Alltag erscheint die Zugehörigkeit zu einer Gruppe in vielen Fällen als unproblematisch: Ich gehöre zu dieser Nation, weil ich in diesem Land geboren bin und diese Staatsangehörigkeit besitze; es steht so in meinem Personalausweis. Zu meiner Familie gehören alle die Menschen, die mit mir verwandt sind. Ich bin brieflich in diesen Verein aufgenommen worden und zahle monatlich einen Mitgliedsbeitrag; ich bin jetzt Mitglied dieses Vereins; ich >gehöre dazu<.

In bestimmten Situationen wird es jedoch notwendig, genauer nach den Kriterien zu fragen, nach denen einem Individuum die Zugehörigkeit zu einer Gruppe zugesprochen wird, und dann stellt es sich oftmals als schwierig heraus, diese Kriterien anzugeben. Solche Situationen bieten sich dazu an, darüber nachzudenken, wie Gruppenidentität aktualisiert und wahrgenommen und wie Zugehörigkeit identifiziert wird. Die Frage, was es bedeutet, zu einer bestimmten Gruppe zu gehören, taucht vor allem dann auf, wenn es aufgrund von Mißverständnissen oder Konflikten notwendig wird, die Bezeichnungen, die verwendet werden, genauer zu betrachten und die Bedeutung, die die Beteiligten den jeweiligen Handlungen zuordnen, herauszuarbeiten.

Als Ausgangspunkt für die Untersuchung bieten sich Begegnungen von Individuen an, bei denen die Einordnung von Handlungen in den Rahmen des Vertrauten Probleme bereitet. Die beteiligten Personen nehmen ihre eigenen Handlungen und die des/der Anderen in einer Weise wahr, die sich nicht nahtlos und selbstverständlich in die jeweils gewohnten Handlungsschemata einfügen läßt. Dadurch treten die Handlungsmuster, die in reibungslosen Kontaktverläufen gewöhnlich nicht explizit zur

Verfügung stehen, im Kontrast zu den ungewohnten Varianten deutlich hervor. Auf diese Weise können die jeweils eigenen Regeln, Normen und Werte der Interaktion thematisiert, Anhaltspunkte für die Interpretation fremden Verhaltens gefunden und Ansätze für eine Verständigung über Probleme der Interaktion gewonnen werden.

In den Fällen, in denen Zugehörigkeit über formale Kriterien bestimmt wird, wie zum Beispiel bei Staatsangehörigkeit oder Vereinsmitgliedschaft, liegen den Zuordnungen Gesetze und Satzungen zugrunde; wer die formalen Kriterien erfüllt, der gehört dazu. Für Begegnungen, in denen keine formalen Orientierungshilfen zur Verfügung stehen – und das ist bei interkulturellen Kontakten häufig der Fall –, müssen andere Hilfsmittel der Deutung und der Zuordnung zu Rate gezogen werden. In Konflikten kultureller Art müssen die kulturspezifischen Anteile identifiziert und Möglichkeiten der Konfliktlösung erarbeitet werden. Mit kulturellen Handlungsmustern und deren Interpretation beschäftigt sich die amerikanische *cultural anthropology*; für den Umgang mit kulturellen Unterschieden im Blick auf kooperatives Handeln setzt sich die Interkulturelle Kommunikation[1] ein.

Die vielen verschiedenen Definitionen und Konzepte von Kultur in der Anthropologie (vgl. Kroeber/Kluckhohn 1952) machen die Präzisierung des für die Untersuchung zugrundegelegten Kulturbegriffs notwendig. Für die folgenden Betrachtungen über interkulturelle Begegnungen mit dem Fremden in der Science Fiction wurde Clifford Geertz' *interpretive anthropology* als Ausgangspunkt gewählt. Geertz versucht auf der Basis eines im weiten Sinne semiotisch gefaßten Kulturbegriffs die

---

[1] Um eventuelle inhaltliche Verwirrungen auszuschließen, soll unterschieden werden zwischen Interkultureller Kommunikation (mit großem 'I') als einer sich neu formierenden Disziplin, die sich mit Strukturen und Strategien kultureller Begegnungen beschäftigt, und interkultureller Kommunikation (mit kleinem 'i') als dem Prozeß der kulturellen Begegnungen selbst.

Aufgaben und Arbeitsweisen der Ethnographie neu zu formulieren. Seine Forschungen im Bereich der *symbolic anthropology*, einem Teilgebiet der *cultural anthropology*, liefern ertragreiche und anschauliche Untersuchungen zu der Frage, wie man kulturelle Phänomene identifizieren und verstehen kann und wie kulturelle Bedeutungen sich in der Kommunikation manifestieren.

An die Beschreibung der ethnographischen Darstellung kultureller Phänomene in Geertz' interpretativer Anthropologie schließt sich die Betrachtung der ethnologischen und praxisorientierten Erweiterung durch die Interkulturelle Kommunikation an. Diese beschäftigt sich mit „kommunikativen Formen der Wahrnehmung und Unterdrückung, der strategisch-taktischen Bearbeitung, der fragmentarischen Beibehaltung und Veränderung, der Klärung, der Lösung und der Scheinlösung sprachlich-kultureller Differenzen" (Rehbein (Hrsg.) 1985, 7). Hier stehen vor allem aktuelle Probleme interkultureller Begegnungen in Institutionen und Organisationen zur Debatte (vgl. Rehbein (Hrsg.) 1985; Asante/Gudykunst (Hrsg.) 1989). Die Arbeiten des niederländischen Psychologen Geert Hofstede finden vor allem im Bereich des sogenannten interkulturellen Managements Beachtung.

Das dialogische Prinzip, das diesen Ansätzen zugrunde liegt, hat sich aus interaktionistischen Betrachtungsweisen der Subjekt- und Identitätsbildung entwickelt, wie sie beispielsweise von George Herbert Mead (1962) vertreten werden. Der Philosoph Kuno Lorenz führt im dialogischen Konstruktivismus - unter anderem - Meads symbolischen Interaktionismus und Ernst Cassirers (1944) Betrachtung des Menschen als Lebewesen, das Symbole erzeugt, zusammen. Dieser Ansatz liefert den erkenntnistheoretischen und handlungstheoretischen Unterbau für die Analyse interkultureller Kommunikation.

Mit Hilfe dieser methodologischen Grundlagen soll die Bedeutung der Science Fiction als modellhafte Darstellung von Begegnungen mit dem Fremden herausgearbeitet und *Star Trek* als ein Beispiel von differenzierter Auseinandersetzung mit interkulturellen Kontakten analysiert werden. Ziel der Arbeit ist es, zu zeigen, daß viele Werke der Science Fiction, und *Star Trek* im besonderen, sich dazu eignen, Konflikte, die in der Begegnung mit dem Fremden auftreten können, daraufhin zu untersuchen, welche kulturellen Besonderheiten dabei eine Rolle spielen und wie die Beteiligten versuchen, mit einem Konflikt umzugehen. Die amerikanische Fernsehserie setzt sich auf vielfältige Weise mit Stereotypen, Klischees, Mechanismen der Abgrenzung und der Unterdrückung sowie mit Strategien der Kommunikation auseinander. Die *aliens*, denen die Besatzung des Raumschiffs *Enterprise* auf ihrer langen Reise durch den Weltraum begegnet, veranlassen die Mitglieder der Crew, ihre eigenen kulturellen Standorte in Abgrenzung zu denen anderer Individuen zu thematisieren und bisweilen neu zu definieren. Die Grenze zwischen >Wir< und >die Anderen< wird zur Orientierungslinie für die Gruppenzugehörigkeit.

Die im Text mit * gekennzeichneten Ausdrücke werden in ein Glossar aufgenommen, das die Orientierung im für die Science Fiction üblichen beziehungsweise *Star-Trek*-internen Fachjargon erleichtern soll.

2. >WIR< UND >DIE ANDEREN<

Jede wissenschaftliche Beschäftigung mit Phänomenen, die mit Kultur in Verbindung gebracht werden, erfordert eine terminologische Vorbetrachtung. Viele der in der vorliegenden Arbeit auftauchenden Termini ('Kultur', 'Symbol', 'Modell von/Modell für', 'mentale Programmierung') werden im Zusammenhang mit ihrer Verwendung bei bestimmten Autoren, deren anthropologische Forschungen für die Betrachtung interkultureller Wahrnehmungs- und Handlungsprozesse von Bedeutung sind, definiert. Um aber überhaupt von kulturellen Begegnungen sprechen zu können, müssen Einheiten zur Verfügung stehen, für die Kontakt- und Konfliktformen definiert und die auf kulturelle Aspekte hin untersucht werden können. Der Terminus 'Gruppe', der im Rahmen dieser Arbeit solche Einheiten kennzeichnen soll, trägt wie viele andere Bezeichnungen „die Spuren sozialwissenschaftlicher Theoriebildung in ihrer ganzen konkurrierenden Vielfalt" (Kerber/Schmieder 1984, 207). Deshalb ist es notwendig, zu präzisieren, in welcher Weise der Ausdruck 'Gruppe' hier verwendet werden soll.[2]

Der amerikanische Soziologe Joseph H. Fichter bestimmt in seiner Einführung zur Soziologie (Fichter 1957) den Ausdruck 'Gruppe' anhand einer Kurzdefinition („human beings in reciprocal relations"; Fichter 1957, 106) und zählt dann verschiedene Merkmale von Gruppen als sozialen Einheiten auf:

---

[2] Für die vorliegende Arbeit wurde die im Vergleich zu neueren Definitionen von 'Gruppe' innerhalb der Soziologie (vgl. zum Beispiel Hartfiel/Hillmann 1982; Witte/Ardelt 1989) eher allgemeine und undifferenzierte Formulierung von Fichter ausgewählt, weil sie noch nicht so stark die von Kerber/Schmieder 1984 festgestellten >Spuren sozialwissenschaftlicher Theoriebildung< trägt. Der Ausdruck 'Gruppe' soll hier gar nicht in einem streng soziologischen Sinne gebraucht werden.

„**a.** The social unit called a group must be identifiable as such, both by its members and by outside observers. [...]
b. The group has a social structure in the sense that each component, member or person has a position related to other positions. [...]
c. The various members enact their social roles in the group. [...]
d. Reciprocal relations are essential to the maintenance of the group. [...]
e. Every group has norms of behavior that influence the way in which the roles are enacted. [...]
f. The members of the group share certain common interests and values [...].
g. Group activity, if not the very existing of the group itself, must be directed towards some social goal or goals. [...]
h. A group must have relative permanence, that is, a measurable duration over a period of time" (Fichter 1957, 106ff).

Als Grundmerkmale der Gruppenbildung in einem vorwissenschaftlichen Sinn gibt Fichter (1957, 111) gemeinsame Abstammung, gemeinsam bewohntes Gebiet, ähnliche körperliche Merkmale und gemeinsame Interessen an. Diese >common sense<-Klassifizierung spiegelt die Art und Weise wider, in der die Protagonisten in *Star Trek* Gruppen bilden und die Grenze zwischen >Wir< und >die Anderen< ziehen. Die Art von Beziehungen, die Fichter als Merkmale von Gruppen auflistet, bestimmen im wesentlichen das Zusammenleben der Personen an Bord des Raumschiffs. Was dabei unter gemeinsamer Abstammung, ähnlichen Körpermerkmalen und anderen >natürlichen< Eigenschaften von Individuen zu verstehen ist, soll in Kapitel 4. erläutert werden.

2.1 KULTURELLE BEDEUTUNGEN VERSTEHEN: CLIFFORD GEERTZ' >INTERPRETIVE ANTHROPOLOGY<

Clifford Geertz vertritt einen Ansatz, der auch für die Behandlung von Fremdbegegnungen in der Science Fiction anwendbar erscheint, nämlich ein semiotisches Konzept von Kultur als System von historisch vermittelten Bedeutungen. Seinen Forschungsansatz kennzeichnet er als interpretierende Anthropologie:

> „Believing, with Max Weber, that man is an animal suspended in webs of significance that he himself has spun, I take culture to be those webs, and the analysis of it to be therefore not an experimental science in search of law but an interpretive one in search of meaning" (Geertz 1975, 5).

Geertz führt die zentralen Begriffe 'culture', 'symbol' und 'meaning' nicht systematisch durch Definitionen ein, sondern mit Hilfe von Paraphrasierungen und metaphorischen Ausdrücken, die sich zu einem methodologischen Instrumentarium zusammenfassen lassen. An dieser Stelle soll ein kurzer Überblick über Geertz' interpretierenden Ansatz in seine anthropologische Arbeit einführen.

Für Anthropologen stellt sich im Hinblick auf Bedeutungsanalysen das Problem des besonderen Status des Forschers als Beobachter fremder Systeme, mit dem die Frage der Übersetzbarkeit kultureller Symbole von einem System in ein anderes und von einer fremden Sprache in die eigene einhergeht (Hobart 1982, 40; Seymour-Smith 1990, 186). Anthropologische Beschreibungen sind Repräsentationen von Repräsentationen, und viele Anthropologen sind sich darüber einig, daß der kulturelle Hintergrund des Beobachters die Betrachtungsweise prägt. Im Gegensatz zu einer Tradition skeptischer Anthropologen ist Geertz, ebenso wie einige andere Forscher, darüber hinaus davon überzeugt, daß die Bedeutungen kultureller Symbole prinzipiell zugänglich sind:

„The meanings that symbols, the material vehicles of thought, embody [...], are, in principle, as capable of being discovered through systematic empirical investigation [...] as the atomic weight of hydrogen or the function of the adrenal glands" (Geertz 1975, 363; vgl. auch Dolgin/Kemnitzer/Schneider (Hrsg.) 1977, 7-33; Shweder/LeVine (Hrsg.) 1984, 1-8).

Über das Verfahren zur Herausarbeitung dieser Bedeutungen gibt es jedoch nicht einmal innerhalb der *symbolic anthropology*, die Kultur als ein System von Symbolen mit Bedeutungen betrachtet, einen Konsens.

Geertz' Verfahren der >dichten Beschreibung< (thick description) basiert auf Gilbert Ryles (1971a; 1971b) Betrachtungen über die Interpretation von Körperbewegungen; in dem Beispiel, das Geertz erläutert (1975, 5ff), geht es um Zwinkern, Blinzeln, Zwinkern-Parodieren und Zwinkern-Üben, die man nur voneinander unterscheiden könne, wenn man eine >dichte Beschreibung< der jeweiligen Handlungssituation gebe, die darin bestehe, die Bedeutungsstrukturen und ihre Verankerung im sozialen Handeln herauszuarbeiten („sorting out the structures of signification [...] and determining their social ground and import"; Geertz 1975, 9). Dichte Beschreibung stellt nicht in physikalistischer Weise das von außen Wahrnehmbare dar, sondern beschreibt Bewegungsabläufe *in ihrer Bedeutung für die ausführenden Individuen*. Diese kann der Anthropologe über Aussagen der Informanten, die dem Anthropologen jeweils ihre eigenen Handlungen beschreiben, und über seine eigenen Beobachtungen der Handelnden, die sich einerseits durch größtmögliche Objektivierbarkeit, andererseits durch teilnehmenden Nachvollzug auszeichnen, ermitteln. Allerdings liefert Geertz auch hier wieder kein allgemeines Verfahren; die Interpretationsweise kann nur anhand des konkreten Forschungsbeispiels nachvollzogen werden.[3]

---

[3] Dabei spielt wiederum ein weiterer methodologischer Aspekt eine Rolle, auf den im Rahmen dieser Arbeit nicht näher eingegangen werden kann, nämlich die Beeinflussung von Geertz' Verfahren der Interpretation kultureller Phänomene durch die Hermeneutik von Paul Ricœur (vgl. Ricœur 1965, Livre I; 1969).

Geertz' semiotisches Konzept von Kultur nimmt eine zentrale Stellung innerhalb seiner interpretierenden Anthropologie ein. Die >Bedeutungsnetze<, die Menschen spinnen und in denen sie sich bewegen – das heißt die Kultur, die Menschen schaffen – ermöglichen es ihnen, ihr soziales Verhalten zu strukturieren und anderen diese Strukturierung mitzuteilen. Kultur ist ein „acted document" (Geertz 1975, 10), das man >lesen< und interpretieren kann. Kultur ist Text im Sinne jenes >selbstgesponnenen Bedeutungsgewebes<, von dem Geertz in Anlehnung an Max Weber spricht.[4]

Kultur ist laut Geertz gleichzeitig Modell *von* und Modell *für* psychische Realität (Geertz 1975, 93). Als Modell *von* Realität repräsentiert Kultur die Struktur des Systems (Abbildcharakter), als Modell *für* Realität stellt sie Orientierungen für Diskurs und Verhalten der Mitglieder zur Verfügung (Vorbildcharakter), und dieser doppelte Aspekt zeichnet sie gegenüber anderen Modellen aus:

> „Unlike genes, and other nonsymbolic information sources, which are only models for, not models of, culture patterns have an intrinsic double aspect: they give meaning, that is objective conceptual form, to social and psychological reality both by shaping themselves to it and by shaping it to themselves" (Geertz 1975, 93).

Kulturelle Muster stellen Maßstäbe zur Verfügung, anhand derer Phänomene und Prozesse strukturiert werden können (Modell für). Gleichzeitig repräsentieren sie diese Prozesse (Modell von). Analog zum genetischen Programm der DNA verwendet Geertz in bezug auf Kultur

---

[4] Zur Problematik von Geertz' Konzept von Kultur-als-Text vgl. Berg/Fuchs (Hrsg.) 1993, 52-59; Shankman 1984. An der Beurteilung von Geertz' Betrachtungen über die Trance auf Bali (Geertz 1975, 33-54) wird deutlich, in welchem Maße die anthropologische Interpretation vom Forschungsumfeld – das heißt von den Informanten, vom Situationskontext und vom kulturellen wie auch wissenschaftlichen Hintergrund des Autors – abhängt. Die Stellungnahmen zu Shankmans Kritik an Geertz' Betrachtungen, die sich an seinen Aufsatz anschließen, geben darüber hinaus eindrücklich darüber Aufschluß, wieviel man aus den anthropologischen Darstellungen nicht nur über die erforschte Personengruppe, sondern auch über den Anthropologen selbst erfahren kann (vgl. auch Parker 1985, 62; 65; Schneider 1987, 814-820).

den Terminus 'program' (1975, 92). Im Unterschied zu genetischen sind kulturelle >Programme< intersubjektiv verankert:

> „So far as culture patterns, that is, systems or complexes of symbols, are concerned, the generic trait which is of first importance for us here is that they are extrinsic sources of information. By 'extrinsic', I mean only that – unlike genes, for example – they lie outside the boundaries of the individual organism as such in that intersubjective world of common understandings into which all human individuals are born [...]. [C]ulture patterns [...] provide programs for the institution of the social and psychological processes which shape public behavior" (Geertz 1975, 92).

Kultur ist also >öffentlich< (public; Geertz 1975, 10), und wenn Kultur in Form von symbolischem Verhalten dazu dient, Strukturen und Orientierungen in bezug auf soziales Verhalten mitzuteilen, dann gibt es – zum Beispiel für den Anthropologen, als welcher Geertz in seinen Aufsätzen spricht – die Möglichkeit, Zugang zur Bedeutung der Symbole zu finden. Da bei der *Verwendung* solcher symbolischer Formen ihre Bedeutung meist nicht oder nur flüchtig bewußt ist (Geertz 1976, 223), kann der kognitive Zugang zu ihnen in der Regel nur aus der Beobachterperspektive erfolgen. Geertz führt dieses Argument in Zusammenhang mit seiner Darstellung des anthropologischen Beobachterstatus an: Aus dem erkenntnis-theoretischen Problem, daß das anthropologische Einfühlen in eine fremde Person oder Kultur nicht möglich und damit seit dem Skandal um Bronislaw Malinowskis Tagebuch[5] die Allianz von Einfühlen und Verstehen zerbrochen sei, ergebe sich die Frage, ob und auf welche Weise ethnologisches Verstehen und Wissen erreicht werden könne. Die Antwort auf diese Frage lautet, daß der Anthropologe nicht versuchen solle, die Dinge aus der Sicht des Anderen zu betrachten; er solle sich

---

[5] Das Tagebuch war nach Malinowskis Tod von dessen Frau veröffentlicht worden. Es enthielt einige für die wissenschaftliche Öffentlichkeit bestürzende Betrachtungen über den Alltag der Trobriander, bei denen Malinowski Feldforschungen durchgeführt hatte. Darin kam nicht nur intellektuelles Unverständnis, sondern auch emotionale Voreingenommenheit gegenüber bestimmten kulturellen Elementen im Leben dieses Volkes zum Ausdruck, und viele Anthropologen sahen dadurch Malinowskis Forschungsmethode der *participant observation*, des einfühlenden Verstehens, der Lächerlichkeit preisgegeben.

vielmehr damit beschäftigen, welches Verständnis der Andere von sich selbst hat (Geertz 1976, 221ff). Dazu muß er mit den Menschen, die er erforscht, >ins Gespräch kommen< (to converse; Geertz 1975, 13), wofür ein semiotisches Konzept von Kultur als einem Kontext, in dessen Rahmen soziales Verhalten in seiner symbolischen Bedeutung beschrieben werden kann, als besonders geeignet erscheint (Geertz 1975, 14). Das Problem, das sich dabei für den Forscher stellt und das Geertz auch nicht bestreitet, ergibt sich aus dem besonderen Status des Anthropologen. Die Interpretation kultureller >Texte< macht diese zum Objekt; der Wissenschaftler, der sie zu deuten versucht, ist nicht selbst in das betreffende Bedeutungsgewebe eingesponnen. Gleichzeitig soll die Interpretation sich an den Deutungen orientieren, die die Handelnden selbst ihren Lebensweisen zuschreiben. Der Anthropologe muß also eine Position einnehmen, die irgendwo zwischen Innen und Außen, zwischen Teilnehmen und Beobachten zu liegen scheint. Diese Schwierigkeit versucht Geertz durch das an Ricœurs Hermeneutik angelehnte Vorgehen zu lösen. Als Ausgangspunkt für die anthropologische Untersuchung bieten sich Konfliktsituationen an, in denen kulturelle Bedeutungen von den Handelnden aktualisiert und neu interpretiert werden müssen. Um zu zeigen, in welcher Hinsicht der funktionalistische Ansatz versagt, führt Geertz (1975, 142-169) ein Beispiel für einen Konflikt an, in dem die Beteiligten sich in einer solchen Lage befinden.

Das Ereignis, ein Begräbnisritual in Modjokuto, einer kleinen Stadt im östlichen Zentraljava, dient Geertz vor allem als Illustration für seine Kritik am Funktionalismus, welche gleichzeitig seine eigene Betrachtungsweise hervorhebt.

Der funktionalistische Ansatz, wie er mit sozialpsychologischem Schwerpunkt vor allem von Malinowski und unter soziologischem Aspekt von Forschern der britischen *social anthropology* vertreten wurde, untersuchte kulturelle Elemente in ihrer Funktion für das Ganze. Da jedoch nur bestehende Funktionszusammenhänge analysiert wurden, konnten Phänomene des sozialen Wandels nicht mitberücksichtigt werden. Diesen Vorwurf der Ahistorizität muß der Funktionalismus sich nicht nur von Geertz gefallen lassen (vgl. Seymour-Smith 1990, 126). Der funktionalistische Ansatz verwische, so Geertz (1975, 143f), die Unterscheidung von Kultur und sozialer Organisation. Sowohl unter der soziologischen als auch unter der sozialpsychologischen Ausprägung des Funktionalismus werde eine der beiden Komponenten in der Regel vernachlässigt, so daß entweder ein allumfassender Kulturbegriff oder ein ganz allgemeines Konzept von Sozialstruktur vertreten werde. Keiner der beiden Ansätze habe der Tatsache Rechnung zu tragen vermocht, daß kulturelle Muster meist nicht mit den Formen sozialer Organisation deckungsgleich seien. Erst eine an Talcott Parsons (1951; Parsons/Shils (Hrsg.) 1951) angelehnte dynamische Erweiterung des funktionalistischen Ansatzes auf der Grundlage von Kultur und sozialer Struktur als voneinander verschiedenen und gleichzeitig miteinander verflochtenen Komponenten mache dies möglich:

> „One of the more useful ways - but far from the only one - of distinguishing between culture and social system is to see the former as an ordered system of meaning and of symbols, in terms of which social interaction takes place; and to see the latter as the pattern of social interaction itself. On the one level there is the framework of beliefs, expressive symbols, and values in terms of which individuals define their world, express their feelings, and make their judgments; on the other level there is the ongoing process of interactive behavior, whose persistent form we call social structure. Culture is the fabric of meaning in terms of which human beings interpret their experience and guide their action; social structure is the form that action takes, the actually existing network of social relations. Culture and social structure are then but different abstractions from the same phenomena. The one considers social action in respect to its meaning for those who carry it out, the other considers it in terms of its contribution to the functioning of some social system" (Geertz 1975, 144/145).

Wenn es zu einem Bruch in der Kontinuität zwischen Kultur und sozialer Struktur kommt, entstehen Konflikte - so geschehen im Fall des nicht funktionierenden Begräbnisrituals, von dem Geertz in seinem Beispiel berichtet. Es würde an dieser Stelle zu weit führen, das Ereignis in seiner ganzen von Geertz geschilderten Ausführlichkeit zu beschreiben; es sei daher gestattet, es in komprimierter Form wiederzugeben und dann auf Geertz' Analyse zu sprechen zu kommen. Ob es ihm anhand dieses Beispiels gelingt, seinen eigenen Forschungsansatz gegenüber dem Funktionalismus starkzumachen, soll hier nicht weiter erörtert werden (vgl. dazu Rice 1980, 29-37). Für den gegenwärtigen Zusammenhang ist dieser Aufsatz vor allem deshalb von Bedeutung, weil er Geertz' Forschungspraxis verdeutlicht, den Zusammenhang von Konflikt, kultureller Bedeutung und Gruppenzugehörigkeit transparent macht und den dialogischen Hintergrund der Verständigung über kulturelle Symbole - die in dem hier untersuchten Fall gestört ist - veranschaulicht.

In Java haben zahlreiche soziale und kulturelle Veränderungen, die der Anthropologe detailliert beschrieben, zu einem offenbar an Bedeutung zunehmenden Gegensatz zwischen *santri* und *abangan* geführt, zwischen den Moslems, die sich in ihren religiösen Vorstellungen und Praktiken stärker an den universalistischen Lehren Mohammeds orientieren, und den >Nativisten<, die aus ihrer Tradition heraus unter Abschwächung der islamischen Elemente ein allgemeines religiöses System zu entwickeln versuchen (vgl. Geertz 1975, 149). In den Städten, und vor allem in den *kampong*, den abseits der Straße liegenden engen Bambushütten-Siedlungen, sei - so Geertz - die Unterscheidung von *santri* und *abangan* zu einem Symbol gesellschaftlicher Identität geworden; sie schlage sich auf politischer Ebene in der von modernistischen *santri*-Intellektuellen geführten Masjumi-Partei und der strikt anti-moslemischen Permai-Partei nieder und führe zu einer Rivalität, die sich auch auf die traditionellen Gemeinschaftsfeste, die *slametan*, auswirke. Auch der Ort Modjokuto war in den fünfziger Jahren, als Geertz dort Feldforschungen durchführte, von den Spannungen zwischen *santri* und *abangan*, zwischen Masjumi und Permai, betroffen.

So kam es, daß das Begräbnis des zehnjährigen Paidjan, der bei Onkel und Tante lebte und plötzlich starb, das soziale Gefüge des *kampong* ins Wanken brachte, weil der Onkel des Jungen der Permai-Partei angehörte und der Modin, der *santri*-Priester, der das Ritual leiten sollte, dies mit der Begründung ablehnte, er kenne die Rituale der >anderen Religion<, zu der Paidjans Onkel gehöre, nicht. Diese und weitere Komplikationen, die mit den erwähnten politischen Rivalitäten zusammenhingen, ließen das Begräbnis des Jungen zu einem für alle Beteiligten verstörenden Erlebnis werden: Die Waschungen und Gebete wurden nicht in traditioneller Weise durchgeführt, der Zeitplan nicht eingehalten und so weiter.

In der Analyse legt Geertz dar, daß seiner Meinung nach ein Bruch in der Kontinuität zwischen der Kultur und der sozialen Struktur bestanden habe. Zwar sei für alle Beteiligten der *slametan* – das Gemeinschaftsfest, das in Zusammenhang mit dem Begräbnisritual steht – ein Symbol gewesen, das für alle Bewohner des *kampong* einen Bedeutungsrahmen für die Begegnung mit dem Tod bereitgestellt habe, doch habe es eine Mehrdeutigkeit der Symbole gegeben: Sie hätten sowohl religiöse als auch politische Bedeutung getragen, weshalb der *slametan* nicht funktioniert habe:

> „In sum, the disruption of Paidjan's funeral may be traced to a single source: an incongruity between the cultural framework of meaning and the patterning of social interaction..." (Geertz 1975, 169).

In dem mißglückten Begräbnisritual kam die Kluft, die die Bewohner des *kampong* voneinander trennte, zum Ausdruck; sie wurde durch das Unbehagen angesichts der Unvereinbarkeit von traditionellem Ritual und politischer Rivalität besonders deutlich. Für diesen besonderen Fall gab es keine Handlungsrichtlinien, die den Bewohnern des *kampong* hätten helfen können, den Konflikt zu überwinden. Das konkrete Dilemma wurde zwar durch die Ankunft der Eltern und die Übernahme der Verantwortung durch den religiös ungebundenen Vater gelöst, der seinen Sohn nach islamischem Brauch bestatten lassen wollte, doch Geertz berichtet, daß jenes Ereignis die Gemüter im *kampong* noch lange beunruhigte und alle ratlos dem Tag entgegensahen, an dem ein weiteres Permai-Mitglied sterben würde.

Durch das Nicht-Funktionieren des Begräbnisrituals tritt die symbolische Bedeutung des *slametan* besonders deutlich hervor – ein Phänomen, das Geertz für charakteristisch hält:

„Further, as the various sorts of cultural symbol-systems are extrinsic sources of information, templates for the organization of social and psychological processes, they come most crucially into play in situations where the particular kind of information they contain is lacking, where institutionalized guides for behavior, thought, or feeling are weak or absent. It is in country unfamiliar emotionally or topographically that one needs poems and road maps" (Geertz 1975, 218).

Zwar bestand bezüglich des *slametan* als solchem kein Informationsdefizit, jedoch kamen die Beteiligten mit dem Aufeinandertreffen von kultureller Zusammengehörigkeit und politischer Rivalität nicht zurecht. Durch diesen Konflikt kam die Spaltung des *kampong* in zwei Gruppen besonders deutlich zum Vorschein; in bezug auf diese besondere Situation befanden die Beteiligten sich auf unbekanntem Territorium. Die *santri* und die *abangan* von Modjokuto hatten bisher nebeneinander in der Enge des *kampong* gelebt, dabei jedoch die soziale Interaktion jeweils auf die Mitglieder der eigenen Gruppe beschränkt. Mit dieser Lebensweise ließ sich das Begräbnisritual, mit dem eine territoriale Zusammengehörigkeit demonstriert werden sollte, die jedoch auf politischer Ebene nicht vorhanden war, nicht vereinbaren. Der Bruch spiegelte sich in der Versammlung beim Haus von Paidjans Onkel wider: Alle Nachbarn waren dem Brauch gemäß gekommen, hatten sich jedoch nach ihrer politischen Zugehörigkeit getrennt voneinander im Hof niedergelassen. Geertz beschreibt die Situation als sehr unbehaglich, die Kluft zwischen den beiden Gruppen muß den jeweiligen Mitgliedern deutlich bewußt gewesen sein.

Für Anthony P. Cohen stellen Situationen dieser Art den Ausgangspunkt für seine ethnographische Arbeit und die Entwicklung seines Kulturbegriffs dar:

> „The ethnography of locality is an account of how people experience and express their difference from others, and how their sense of difference becomes incorporated into and informs the nature of their social organisation and process. The sense of difference thus lies at the heart of people's awareness of their culture and, indeed, makes it appropriate for ethnographers to designate as 'cultures' such arenas of distinctiveness. [...] It seems to me incontrovertible that if people in one milieu perceive fundamental differences between themselves and the members of another, then their behaviour is bound to reflect that sense of difference [...]. We are not aware of the circumscription of our own behaviour until we meet its normative boundaries in the shape of alternative forms" (Cohen 1982, 2ff).

In der Konfrontation mit dem Andersartigen wird den an der Handlung beteiligten Personen die Bedeutung von (kulturellen) Symbolen bewußt. Dabei wird nicht nur die Bedeutung des fremden Rahmens in Frage gestellt, sondern auch die des eigenen zum Thema gemacht. Sowohl Cohen als auch Geertz betonen die Bedeutung des Konflikts für die Erkennbarkeit und die Interpretation solcher Symbole. Konflikte stellen Ausschnitte aus dem sozialen Verhalten dar, die über Gemeinsamkeiten und Unterschiede Aufschluß geben. Die am Konflikt beteiligten Personen erhalten Anhaltspunkte für kulturelle Standortbestimmungen. In Situationen, in denen der Fluß des sozialen Verhaltens stockt, werden die handelnden Personen zu Beobachtern des Geschehens; und sie beobachten, interpretieren und beurteilen nicht nur das Verhalten des/der Anderen, sondern auch das eigene *im Unterschied zu dem des/der Anderen*. Das im alltäglichen Handlungszusammenhang Vertraute wird durch die Konfrontation mit dem Ungewöhnlichen zum Thema und somit das Mittel zum Gegenstand gemacht.

Interpretationen von Handlungen bestehen aber nicht nur im Bewußtwerden von Bedeutungen, sie liefern auch Kriterien für die Zuordnung von Individuen zu Gruppen und stecken den Rahmen ab, für den diese Zuordnungen gelten. Außerdem hört die Auseinandersetzung mit dem Anderen nicht bei der Feststellung einer Bedeutung und der Zuschreibung von Zugehörigkeit auf, sondern hat Konsequenzen für das soziale Verhalten. In dem Beispiel, von dem Geertz berichtet, führt der Bruch zwischen dem *slametan* und der politischen Komponente des Zusammenlebens zu einer tiefen Verunsicherung der Betroffenen und einer Verbreiterung der Kluft, die von der politischen Rivalität geprägt ist. In der Unvereinbarkeit von traditionellem Zusammenschluß und politischem Disput stehen die beiden Parteien einander wie Fremde gegenüber. Das Verhalten der einzelnen Beteiligten ist geprägt von Vermittlungsversuchen, Solidaritätsbekundungen, Distanzierung und Anschlußbemühungen.

Für den Anthropologen, der die kulturellen Bedeutungsnetze einer Gruppe untersucht, liefern solche Konflikte auf der Beschreibungsebene Anhaltspunkte für die Analyse von Konstruktionen und Aktualisierungen kultureller Bedeutungen, wie sie sich auf der Handlungsebene zeigen.

2.2 Verstehen und Vermitteln: Interkulturelle Kommunikation

Während Geertz kulturelle Bedeutungen aus der Perspektive des Handelnden, der mit Hilfe von kulturellen Mustern Informationen und Orientierungen in bezug auf sein Verhalten in der kulturellen Gruppe bezieht, dazustellen versucht, geht es im Bereich der Interkulturellen Kommunikation nicht nur um die Beschreibung von kulturellen Mustern, sondern auch um deren Vermittlung über die Grenzen kultureller Einheiten hinweg. In den meisten Teilbereichen der Interkulturellen Kommunikation spielen dabei neben dem Erkenntnisinteresse praktische Erwägungen eine wichtige Rolle, wie etwa ökonomische und politische Interessen und Ziele. Es werden (Ver-)Handlungsstrategien verfolgt, die als Ergebnis bestimmte Effekte im Auge haben und dabei unter Umständen mit den Strategien und Interessen einer anderen Gruppe kollidieren. Das Wissen über kulturelle Besonderheiten soll auf künftige Begegnungen speziell mit einer bestimmten oder prinzipiell mit einer beliebigen fremden kulturellen Gruppe vorbereiten.

Aus einer solchen Perspektive heraus stellt Geert Hofstede (1991, 4f) Kultur als „mental programming", „mental software" dar: Das Programm besteht aus erlernten Mustern des Denkens, Fühlens und potentiellen Handelns und gibt an, welche Reaktionen einer Person aufgrund ihrer Vergangenheit - und damit ist vor allem die Erfahrung als Angehöriger einer kulturellen Gruppe gemeint - wahrscheinlich und verständlich sind (Hofstede 1991, 4). Hofstede interessiert sich hier vor allem für Kultur als kollektives Phänomen. Unter diesem Aspekt deckt sich sein Kulturbegriff mit dem von Geertz und anderen Anthropologen vertretenen: Kultur wird betrachtet als die kollektive Programmierung des

Geistes, die die Mitglieder einer Gruppe oder Kategorie[6] von Menschen von einer anderen unterscheidet (Hofstede 1991, 5).

Hofstede hält es für möglich und für notwendig, sich in einer Welt, in der aufgrund der modernen Transport- und Kommunikationstechniken die Anzahl von interkulturellen Begegnungen stark zugenommen habe (Hofstede 1991, 209), über kulturelle Unterschiede zu verständigen und den Kulturschock zu überwinden, den man gewöhnlich erlebt, wenn man auf Fremdes trifft. Die Unsicherheit gegenüber dem Unbekannten sei nicht nur ein individuelles Phänomen, sondern könne sich in den kollektiven Verhaltensmustern einer Gesellschaft zerstörerisch niederschlagen, sofern sie nicht bewältigt werde, sondern sich als Angst manifestiere.

Psychologisch betrachtet führt dieses Gefühl zur Bildung von Vorurteilen und Feindbildern:

> „Durch eindeutige Schuldzuweisungen und durch das menschliche Aneinanderrücken der ‚Integrierten' und gleichzeitige Abgrenzung gegenüber ‚Fremden' wird eine Pseudosicherheit verschafft" (Brücher 1988, 29).

Die Kenntnis kultureller Muster liefert zwar Anhaltspunkte für die Deutung von Verhaltensweisen einer Person, macht künftige Handlungen jedoch nicht völlig vorhersehbar (vgl. auch Vivelo 1981, 54-58) – was auch damit zusammenhängt, daß Symbole mehrdeutig sind und kulturelle Phänomene sich in der Regel nicht isoliert manifestieren. Es bleibt also immer ein Rest von Unsicherheit, daß die Menschen, denen man begegnet, auch anders als erwartet denken oder handeln könnten (vgl. Brücher 1988, 2).

Hofstede stellt in seinen Untersuchungen fest, daß der Prozeß des kulturellen Schocks immer wieder von vorne beginnt (1991, 211). Demnach lasse kulturelle Unsicherheit sich allenfalls reduzieren, aber

---

[6] Eine Gruppe ist bei Hofstede eine Anzahl von Menschen, die Kontakt miteinander haben; eine Kategorie setzt sich zusammen aus Menschen, die etwas gemeinsam haben, aber nicht unbedingt miteinander in Kontakt stehen (Hofstede 1991, 19).

nicht vermeiden; gleichwohl könne durch Erlernen von interkultureller Kommunikation (Hofstede 1991, 230-234) die Fertigkeit im Umgang mit sozialer Unsicherheit oder mit einem Kulturschock geschult werden. Hofstede kommt zu dem Schluß, daß ein gesteigertes Bewußtsein für die Grenzen der jeweils eigenen mentalen Programme im Vergleich zu denen anderer Menschen dafür wesentlich sei (Hofstede 1991, 236).

Das praktische Ziel seiner Arbeit besteht darin, Mitarbeiter von wirtschaftlichen und politischen Organisationen auf Kontakte mit fremden Menschen vorzubereiten, deren Handeln von ihren jeweiligen kulturellen >Programmierungen< beeinflußt ist. Zur Erfassung kultureller Unterschiede und für die interkulturell beratende Tätigkeit in Wirtschaft und Politik des von ihm mitgegründeten *Institute for Research on Intercultural Cooperation* (IRIC) hat Hofstede Fragebögen ausgearbeitet, die von Mitarbeitern eines multinationalen Konzerns in unterschiedlichen Ländern ausgefüllt wurden. Die Auswertung der Bögen sollte einen Ansatz zur Quantifizierung und Messung von Nationalkulturen[7] liefern und die Berücksichtigung kultureller Unterschiede in der internationalen Kooperation ermöglichen.

Die Auswertung der Daten ergab einen Zusammenhang zwischen den Antworten der Befragten und ihrer nationalen Zugehörigkeit in bezug auf vier Grundproblembereiche, die bereits in den fünfziger Jahren ermittelt und nun durch die Befragung des IRIC erneut empirisch erschlossen wurden:

---

[7] Hofstede weist ausdrücklich darauf hin, daß die Nationalität als Kriterium für kulturelle Zuordnung zwar mit Vorsicht zu verwenden, für eine Klassifizierung jedoch von verschiedenen möglichen Kriterien das am besten geeignete sei (1991, 11ff).

(i) Der Bereich *Machtdistanz* erschloß sich aus Fragen zum emotionalen Verhältnis zwischen Mitarbeitern und Vorgesetzten und zur sozialen Gleichheit beziehungsweise Ungleichheit (Hofstede, 1991, 23-47).

(ii) *Individualismus/Kollektivismus* bezieht sich auf das Verhältnis von Macht und Verantwortung zwischen Individuum und Gruppe; Gesellschaften, in denen das Interesse des Individuums dem der Gruppe vorangestellt wird, nennt Hofstede individualistisch. Diese Dimension sagt auch etwas darüber aus, auf welcher Ebene eine Person ihre Identität ausbildet (Hofstede 1991, 49-78).

(iii) *Maskulinität/Femininität* bringt die sozialen Auswirkungen, die sich aus dem Umstand ergeben, als Mädchen beziehungsweise als Junge geboren zu sein, zum Ausdruck. Gesellschaften, in denen diese Auswirkungen sich in Form einer klaren Rollentrennung manifestieren, nennt Hofstede maskulin, solche, in denen sich die Geschlechterrollen überschneiden, feminin (1991, 79-105).

(iv) *Unsicherheitsvermeidung* bezieht sich auf die Art und Weise, in der eine Gesellschaft mit Ungewißheit umgeht, Aggressionen kontrolliert und Emotionen ausdrückt; sie kennzeichnet den Grad, in dem Mitglieder einer Kultur sich durch ungewisse oder unbekannte Situationen bedroht fühlen (Hofstede 1991, 109-137).[8]

Eine fünfte Dimension ergab sich erst durch die Erstellung eines >östlichen< Fragebogens ähnlich dem des IRIC, der die >westliche< kulturelle Verzerrung der IRIC-Studie durch die Zusammenarbeit mit asiatischen Wissenschaftlern in die andere Richtung verschieben sollte. Sie wird als >Konfuzianische Dynamik< bezeichnet und sagt etwas aus über

---

[8] In einem kurzen Kapitel seines Buches geht Hofstede auf den Zusammenhang von sozialer Unsicherheit und Krieg mit Unsicherheitsvermeidung, Angst und Xenophobie ein (1991, 136ff).

die Orientierung von Kulturen in der Zeit: Dynamische Kulturen sind langfristig orientiert und auf die Zukunft hin ausgerichtet, statische sind kurzfristig orientiert und eher auf Vergangenheit und Gegenwart hin ausgerichtet.

Ausprägungen aller dieser Dimensionen fanden Hofstede und seine Mitarbeiter in verschiedenen Lebensbereichen. Aufgrund der Umfragen des IRIC wurden Merkmalskataloge für die einzelnen Dimensionen erstellt, die die Hauptunterschiede von Gesellschaften in den Bereichen 'allgemeine Norm, Familie, Schule und Arbeitsplatz' sowie 'Politik und allgemeine Vorstellungen' (Hofstede 1991, 37; 43; 67; 73; 96; 103; 125; 134; s. Anhang, Tabelle A1-A8) verzeichnen. Anschließend konnten den verschiedenen Nationalkulturen, die durch die vom IRIC befragten IBM-Angestellten vertreten wurden, nach Auswertung der Fragebögen Indices für die verschiedenen kulturellen Dimensionen zugeordnet werden. Diese Indices erlaubten die Einordnung der einzelnen Nationalkulturen auf einer Werteskala und dadurch den Vergleich mit anderen Nationalkulturen.

Was die Dimension 'Machtdistanz' betrifft, wurde im Bereich 'allgemeine Norm, Familie, Schule und Arbeitsplatz' zum Beispiel festgestellt, daß in Gesellschaften mit großer Machtdistanz Ungleichheit erwartet wird und erwünscht ist, weniger mächtige Personen von den mächtigeren abhängig sind, Kinder zum Gehorsam erzogen werden, das Verhältnis von Schülern zu Lehrern von Respekt geprägt ist, Untergebene sich als Befehls-empfänger verstehen und so weiter. In Gesellschaften mit geringer Machtdistanz dagegen werden Ungleichheiten zu vermeiden versucht, befinden mächtige und weniger mächtige Personen sich in einem gegenseitigen Abhängigkeitsverhältnis, werden Kinder partnerschaftlich erzogen, was auch das Verhältnis zwischen Lehrer und Schüler kennzeichnet, verstehen Untergebene sich als Gesprächspartner etc.

Solche Merkmalslisten wurden für alle kulturellen Dimensionen in den jeweiligen Lebensbereichen erstellt und der Grad der Ausprägung der jeweiligen Aspekte für jede der untersuchten Nationalkulturen ermittelt. Daraus ergab sich für alle Dimensionen ein Index, mit dessen Hilfe die Nationalkulturen zueinander ins Verhältnis gesetzt werden konnten.[9]

Um ein Beispiel dafür zu geben, wie komplex sich die Interpretation der gesammelten Daten gestaltet, soll kurz die Positionierung auf den Skalen angesprochen werden, die sich aus den Umfragen ergibt. So rangiert Malaysia auf der Werteskala, die für die Dimension 'Machtdistanz' ermittelt wurde, an erster Stelle (von dreiundfünzig), gefolgt von Guatemala und Panama. Österreich liegt mit dem geringsten Machtdistanzwert an letzter Stelle.

Für die Bundesrepublik Deutschland ergeben sich aus den Befragungen des IRIC folgende Positionen (jeweils von dreiundfünfzig): Platz 42 für die Dimension 'Machtdistanz', Platz 15 für 'Individualität', Platz 9 für 'Maskulinität' und Platz 29 für 'Unsicherheitsvermeidung'.

Für die fünfte, erst später ermittelte Dimension der kurzfristigen beziehungsweise langfristigen Orientierung konnte bisher nur eine allgemeine und noch zu vertiefende Merkmalsliste erstellt werden (vgl. Hofstede 1991, 173; s. Anhang, Tabelle A9).

Die Merkmalskataloge und Werteskalen sollen denjenigen, die sich in den Zusammenhang der internationalen beziehungsweise interkulturellen Kooperation hineinbegeben, die Identifizierung kultureller Elemente im Handeln ihres Gegenübers erleichtern. Die Gefahr solcher Erhebungen liegt darin, daß man aufgrund der Typisierung, der Anschaulichkeit der Ergebnisse und der scheinbaren Zuverlässigkeit der Daten leicht über Einzelfälle hinaus generalisiert oder daß umgekehrt Allgemeinplätze auf

---

[9] In Kapitel 5.2 der vorliegenden Arbeit werden diese Merkmale beispielhaft auf eine fiktive Gesellschaft angewendet.

Individuen projiziert werden. Die Orientierung an solchen Umfrageergebnissen führt bei unkritischer Verwendung leicht zu Stereotypen, die besonders schwer zu korrigieren sind, weil die Untersuchungen, auf denen diese Stereotypen beruhen, als wissenschaftlich fundiert gelten - ein generelles Problem von Statistiken und Testergebnissen. Ohne in Humeschen Skeptizismus zu verfallen, muß daher darauf hingewiesen werden, daß es immer auch ganz anders kommen kann. Daß solche Merkmalskataloge im Einzelfall nicht über eine Orientierungshilfe hinausgehen können, aber in bezug auf die eigene Person sehr aufschlußreich sind, veranschaulicht ein Text des italienischen Schriftstellers Ennio Flaiano aus seinem Buch *Blätter von der Via Veneto*:

> „Irgendein Typ ruft mich an, um mir zu sagen, daß er eine kleine Umfrage veranstalte, und er möchte, daß ich ihm folgende Frage beantworte: Welche Nationalität ich gerne hätte, wenn ich kein Italiener wäre?
> Wir leben im Jahrhundert der Umfragen. Ich schließe die Augen, atme tief durch und antworte: ‚Zuallererst müßte man beweisen, daß ich überhaupt Italiener bin. Sehen wir zu, ob uns das gelingt, durch eine demonstratio per absurdum, aber ich habe wenig Hoffnung. Nun: Ich bin kein Faschist, ich bin kein Kommunist, ich bin kein Christdemokrat: Mir bleiben also vielleicht noch zwanzig Möglichkeiten von hundert, Italiener zu sein. Ich schreibe und spreche meinen Dialekt nicht, ich hänge nicht sonderlich an der Stadt, in der ich geboren bin, ich ziehe das Ungewisse dem Gewissen vor, ich bin einer, der dazu neigt, freiwillig zurückzutreten, ich verabscheue den Paternalismus, die Diktaturen und die großen Redner. Das Fußballspiel begeistert mich nicht [...]. Ich höre kein Radio und sehe nicht fern: Deshalb kenne ich auch die entsprechenden Stars nicht, von deren Leben und Wundertaten einem alle zu berichten wissen. Ich zahle meine Strafzettel, ich habe keine Freunde in den wichtigen Ämtern, und es wäre mir peinlich, mich an einem Stellenwettbewerb zu beteiligen. Ich kann nicht singen, und ich höre es auch nicht gern, wenn andere singen, es sei denn im Theater. Ich schreibe keine Gedichte. Bin ich Italiener? Ich habe immer noch dieselben Freunde, es macht mir Vergnügen, durch Italien zu reisen, und fast jeder Ort bezaubert mich, so daß ich am liebsten dort bliebe. So gesehen, könnte ich Engländer sein. Die großen Probleme der Welt machen mich ratlos, und ich habe keineswegs zu jedem von ihnen eine genaue und definitive Meinung: Bin ich vielleicht Indianer? Ebenso halte ich mich für ziemlich zurückhaltend in der Beurteilung meines Nächsten, ich finde, daß die meisten Menschen, die ich kenne, ganz prima sind, und wünsche ihnen alles Gute. Eskimo? Ich lese Bücher italienischer Autoren, klassische wie moderne, und ich bewundere unsere Künstler, und in dieser Hinsicht könnte man mich als Amerikaner bezeichnen. Ich liebe die Sonne, das warme Meer, die Toskana und die Campagna, und darin könnte ich mich als Deutschen erkennen. Wenn ich ein Museum besichtige, rede ich nicht mit lauter Stimme, und wenn ich eine Bibliothek aufsuche, lege ich es nicht darauf an, ein Buch oder dessen Illustrationen mitgehen zu lassen. Bin ich vielleicht Schwede? [...] Ich zahle meine Schulden, ja ich vermeide sogar, welche zu machen, ich hege keine Bewunderung für die großen

Qualitäten von Völkern, die ich nicht kenne, der Tod schreckt mich nicht, ich bin gern nachts unterwegs, und eine Gesellschaft, die aus mehr als vier oder fünf Leuten besteht, langweilt mich offen gestanden. Spanier? [...] Und trotzdem könnte es unleugbar sein, daß ich Italiener bin: Tatsächlich behagt es mir zu schlafen, den Unannehmlichkeiten aus dem Weg zu gehen, wenig zu arbeiten, Spaß zu machen, und ich habe einen miserablen Charakter, zumindest mir selbst gegenüber. Kurz und gut, nach alledem wüßte ich tatsächlich nicht, was ich anfangen sollte, wenn ich kein Italiener wäre. Wahrscheinlich wäre ich nichts, und das beweist im Grunde, daß ich wirklich Italiener bin. Und Ihre Frage? Die bleibt ohne Antwort. Trösten Sie sich mit dem Gedanken, daß für viele das Italienersein keine Sache der Nationalität ist, sondern ein Beruf.'" (Flaiano 1994, 165ff).

Flaiano konnte die Frage des Anrufers zum Anlaß nehmen, sich über seine Zugehörigkeit Gedanken zu machen und darüber, was es bedeutet, Italiener zu sein. Das Ziel der beratenden Tätigkeit des IRIC besteht ebenfalls nicht nur darin, Menschen mit den Ergebnissen seiner Forschungen bekannt zu machen und ihnen vorbereitende Kenntnisse über fremde Kulturen zu vermitteln, sondern auch den betreffenden Personen ihre eigene >mentale Programmierung< bewußtzumachen. In dieser Hinsicht sind solche Umfragen zumindest als anregend zu beurteilen. Die Beschäftigung mit dem Fremden ermöglicht die Wahrnehmung der Grenzen der Gruppe beziehungsweise der Kultur, der man selbst angehört:

„Group consciousness [...] imports a sense of us or of weness with a corresponding sense of distinctiveness from others regarded as them" (Elliott 1986, 6; vgl. auch Cohen 1982, 2ff; Elliott 1986, 11).

Etwas über Fremdes zu erfahren heißt demnach immer, auch etwas über sich selbst zu erfahren; die Begegnung mit dem Anderen erlaubt eine individuelle >Standortbestimmung<; auf die psychosozialen Wirkungen einer solchen Konfrontation wird noch näher einzugehen sein.

2.3 Das Fremde lehrend und lernend erschließen: Dialogischer Konstruktivismus

Geertz stellt in seinen Aufsätzen über die Methoden der *interpretive anthropology* nicht deutlich genug heraus, was es genau heißen soll, als Anthropologe mit anderen Menschen ins Gespräch zu kommen und Handlungen in ihrer Bedeutung für die ausführenden Individuen zu beschreiben. Die Grundlagen seines interaktionistischen Ansatzes werden nicht explizit dargestellt. Eine ähnliche methodologische Leerstelle weist auch Hofstedes Arbeit auf: Daß den Fragebögen des IRIC die Annahme zugrundeliegt, alle Befragten verstünden die einzelnen Aspekte in der gleichen Weise, wird erst in den Antworten der asiatischen Testpersonen deutlich, die sich im Rahmen des vorgegebenen Konzeptes nicht auswerten lassen. Der dialogische konstruktive Ansatz versucht, für wissenschaftliche und alltägliche Rede- und Handlungszusammenhänge ein Verfahren zur Verfügung zu stellen, mit dessen Hilfe solche Grundannahmen transparent gemacht und gemeinsame Redeverwendungen und Handlungsorientierungen schrittweise aufgebaut werden können.

Die konstruktive Philosophie und Wissenschaftstheorie der Erlanger Schule, von Wilhelm Kamlah und Paul Lorenzen Anfang der sechziger Jahre begründet, hatte sich zum Ziel gesetzt, ein Verfahren zur „Disziplinierung vernünftigen Redens" (Kamlah/Lorenzen 1973, 13) zu entwickeln (zu Begründung und Entwicklung des Konstruktivismus vgl. Kamlah/Lorenzen 1973; Lorenz 1986; Lorenzen 1987; 1994; Thiel 1980).

Die konstruktive Disziplinierung vernünftigen Redens verläuft dabei in zwei Richtungen: Von „Elementarsituationen lebensweltlicher Erfahrung [...], die gemeinsamer unmittelbarer Vergewisserung zugänglich sind" (Lorenz 1986, 345) ausgehend soll erstens eine auf der Umgangssprache aufbauende Wissenschaftssprache schrittweise konstruiert werden; zweitens soll dieses methodische Verfahren auch mit den gleichen Mitteln zurückverfolgt werden können, so daß „jede Aussage über die Konstruktion und ihre Ergebnisse durch umgekehrtes Durchlaufen des Konstruktionsverfahrens zirkelfrei begründbar wird" (Lorenz 1986, 345). Dabei soll nicht versucht werden, in künstlicher Unwissenheit bei Null anzufangen; es soll vielmehr davon ausgegangen werden, daß Menschen >immer schon sprechen< und >miteinander handeln<:

> „Wenn wir zu philosophieren beginnen, tun wir das als Mitglieder von Gruppen. Wir gehen immer schon mit anderen Menschen um" (Lorenzen/Schwemmer 1973, 15).
>
> „Wenn wir Theorie, und insbesondere Wissenschaftstheorie, zu betreiben beginnen, so beginnen wir nicht auch erst zu leben, zu handeln und zu reden. Vielmehr sind es gerade die Mißerfolge, die wir in unserem Handeln haben, und die Mißverständnisse, die sich bei unseren Reden einstellen, die uns zu einem Innehalten im Handeln und Reden bewegen und uns eigene Bemühungen, in denen wir unser Handeln und Reden kritisch rekonstruieren und gemäß unseren begründeten Urteilen vorbereiten, in Gang setzen lassen" (Lorenzen 1987, 17f).

Eines der Hauptprobleme des Konstruktivismus besteht darin, die Elementarsituationen zu bestimmen, von denen her die Wissenschaftssprache konstruiert wird. In Zusammenhang mit diesem >Problem des Anfangs<, das Kamlah und Lorenzen in der *Logischen Propädeutik* bereits erörtern (Kamlah/Lorenzen 1973, 15-22), das jedoch nach Meinung von Johannes Friedmann (1981) - jedenfalls bis zum Zeitpunkt des Erscheinens seines Buches - noch nicht gelöst worden ist, hat Kuno Lorenz ein dialogisches Prinzip vorgeschlagen, mit dessen Hilfe bestimmte methodologische Schwierigkeiten überwunden werden sollen:

> „Jede nach dem methodischen Prinzip gewonnene Unterscheidung ist nur dadurch gemeinsam verfügbar, daß sie in einer dialogischen Elementarsituation des Lehrens und Lernens, einer *Lehr- und Lernsituation*, von beiden Handlungspartnern erworben wird. Angewandt auf die anfänglichen Elementarsituationen lebensweltlicher Erfahrung, die gemeinsamer unmittelbarer Vergewisserung zugänglich sein sollten, wird die unmittelbare Vergewisserung in einen Prozeß der Vermittlung verwandelt und erst damit in einer Praxis, und zwar in einer kommunikativen Praxis, verankert" (Lorenz 1986, 346).

Zwar ist mit der Einführung einer solchen Lehr- und Lernsituation das Problem des Anfangs noch nicht beseitigt, es wird jedoch die Möglichkeit geschaffen, die Konzeptualisierungen, die jeder der beiden Handlungspartner bereits mitzubringen glaubt, zu rekonstruieren. Das bedeutet für den Bereich der Wissenschaftssprache, daß ihr Aufbau durch das bereits erwähnte umgekehrte Durchlaufen der Konstruktion sichtbar gemacht und eine von beiden Handlungspartnern geteilte Ausgangsbasis (wieder-) hergestellt werden kann. Im Bereich der (interkulturellen) Begegnungen des Alltags kommt es bei diesem Verfahren auf das Verfügbarmachen einer gemeinsamen Weltsicht an.

Lorenz (1977, 16f) weist darauf hin, daß eine solche Rekonstruktion in der gegenseitigen Lehr- und Lernsituation nicht ohne ein Minimum schon bestehender Gemeinsamkeit, die nicht vollends theoretisch einholbar ist, funktionieren kann. Dem möglichen Argument, daß dadurch das Problem des Anfangs nur verschoben werde, begegnet er mit dem Hinweis darauf, daß in der Vergewisserung der gemeinsamen Weltversion diese erst einmal aufgelöst werde:

„Zugleich mit dem Versuch, sich in einer ersten reflexiven Wendung der gemeinsamen Welt, aus der man kommt, zu vergewissern, verschwindet diese Gemeinsamkeit; es wird eine Vielfalt der Weltbilder und Handlungsweisen sichtbar, in der die gemeinsame Welt nur mehr als bloße Idee wiederkehrt, als ein Leitfaden fürs Handeln, zur Wiederherstellung der gemeinsamen Welt" (Lorenz 1977, 17).

Die Einheit der Welt geht damit als Faktum verloren und wird als Norm wiedergefunden (Lorenz 1977, 18).

Wer einen Dialog beginnt, geht davon aus, daß eine gemeinsame Basis des Redens und Handelns zur Verfügung steht. Sie soll durch gegenseitiges Lehren und Lernen erschlossen werden. Darauf können dann durch die Einbettung von Argumentationen in den zuvor hergestellten Zusammenhang der Redeverwendung beziehungsweise der Weltsicht gemeinsame Sprach- beziehungsweise Handlungsgemeinschaften konstruiert werden.

Jeder Auseinandersetzung mit dem Anderen liegt also bereits eine Konzeptualisierung zugrunde. Wenn es daher in Geertz' Beschreibungen manchmal so aussieht, als betrachte er Kultur und soziales Handeln auf der Ebene nicht-konzeptualisierter Phänomene, so wird unterschlagen - oder zumindest nicht deutlich genug dargestellt -, daß die Gegenstände, die als Hintergrund für die Ermittlung kultureller Symbole dienen, aufgrund bestimmter, vom Anthropologen unterstellter Gemeinsamkeiten zwischen der eigenen und der fremden Weltansicht identifiziert werden. Ein Beispiel dafür ist die Auswahl bestimmter Gruppen von Menschen, die im Sinne Fichters (vgl. Kapitel 2.) aufgrund von biologischen, physiognomischen, geographischen und sozialen Merkmalen als solche identifiziert werden. Die Konzeptualisierung, die der anthropologischen Arbeit zugrundeliegt, muß im Verlauf der Forschungen zuerst sichergestellt werden. Mit anderen Menschen ins Gespräch kommen, heißt daher nichts anderes, als sich im Dialog mit den Gewährsleuten einer gemeinsamen Weltsicht zu vergewissern, auf deren Grundlage in gegenseitigem Lehren und Lernen Sprach- und Handlungsgemeinschaften konstruiert werden können.[10]

In der Formulierung, daß Mißerfolge im Handeln und Mißverständnisse beim Reden markante Punkte für den Beginn einer Rekonstruktion der Redeverwendung und die (Wieder-)Herstellung einer gemeinsamen Weltansicht darstellen, klingt außerdem die Bedeutung des

---

[10] Geertz ist sich der Bedeutung des persönlichen Hintergrundes des Anthropologen für seine Arbeit durchaus bewußt. Dies kommt vor allem in seiner Rede vom Anthropologen als Schriftsteller zum Ausdruck. In *Works and Lives* (1988) stellt er den Einfluß des subjektiven Erlebens auf die ethnographische Beschreibung anhand mehrerer Forschungsbeiträge verschiedener Autoren dar. Auf den Aspekt der als gemeinsam unterstellten Weltsicht des Ethnographen in bezug auf die Kulturen, die er erforscht, geht er allerdings nicht ein.

Verschiedenen für das Einsetzen eines Dialogs an (die fünfte Dimension in Hofstedes Klassifizierung wurde erst aufgrund der mit Hilfe der übrigen Dimensionen nicht deutbaren Antworten erschlossen). Für den Beginn eines Dialogs sind also sowohl die unterstellten Gemeinsamkeiten als auch wahrgenommene Unterschiede von Bedeutung. Dadurch wird ein Spannungsverhältnis erzeugt, in dem jede Lehr- und Lernsituation angesiedelt ist: Einen Dialog zu beginnen, in dem von vornherein keine Aussicht auf Verständigung besteht, weil nur die Unterschiede wahrgenommen werden, ist absurd; Dialoge über gemeinsame Weltsichten und Redeverwendungsweisen, in denen keine Unterschiede in der Rede- oder Handlungsweise auftreten, sind dagegen trivial:

> „Müßten wir stets von gegenseitiger und allgegenwärtiger Verständnislosigkeit ausgehen, wäre Reden und Zuhören sinnlos, hätten wir hingegen die Garantie auf stets uneingeschränktes gegenseitiges Verstehen, wären Reden und Zuhören überflüssig" (Lorenz 1989, 126).

Da nun aber im Dialog in bezug auf die Unterschiede eine Wiederherstellung der Gemeinsamkeit angestrebt wird, andererseits auf der Basis des Gemeinsamen die Unterschiede identifiziert werden sollen, spiegelt sich das Spannungsverhältnis von Verschiedenem und Gleichem auch in den Zielsetzungen wider:

> „Das eine Ziel [ist], die eine Sozialität erst ermöglichende Gleichheit der Menschen zu befördern - das Prinzip Gerechtigkeit - und das andere Ziel [ist], die eine Individualität erst verwirklichende Verschiedenheit der Menschen zu schützen - das Prinzip Freiheit" (Lorenz 1986, 351).

Um Gerechtigkeit erzielen zu können, müssen Gemeinsamkeiten vorhanden sein; um Freiheit zu garantieren, müssen Unterschiede bewahrt werden. Um einen Dialog sinnvoll beginnen und erfolgreich führen zu können, bedarf es also sowohl der unterstellten und in der Rekonstruktion verankerten Gemeinschaft als auch der wahrgenommenen und auf Dauer sichergestellten Andersartigkeit. Risiko und Chance des Dialogs bestehen demnach im Verlust des Gemeinsamen zugunsten der Individualität oder im Verlust der Individualität zugunsten der Gemeinsamkeit. Wer im Dialog etwas riskiert, gewinnt etwas; von der skeptischen Warte her betrachtet, stellt sich der Sachverhalt genau umgekehrt dar: Ein möglicher Gewinn auf der einen muß mit einem Verlust auf der anderen Seite (vielleicht zu teuer) erkauft werden. Wer letztere Ansicht vertritt, wird dazu neigen, an Bestehendem festzuhalten. An dieser Stelle muß die Frage nach der Risikobereitschaft gestellt werden - ein Faktor, den Hofstede auf nationaler Ebene als kulturelles Merkmal mit Hilfe des Unsicherheitsvermeidungsindex' abzubilden versucht (vgl. Kapitel 2.2).

Wenn im Kontakt mit einer fremden Kultur das Eigene als das Gemeinsame unterstellt, das heißt „jeder anderen Kultur die Möglichkeit abgesprochen wird, eine volle Weltversion zu sein und [...] sie für einen amputierten Teil von sich selbst gehalten wird" (Rao 1989, 121), dann bedeutet der Kontakt mit dem Fremden jedoch bloße Selbstbestätigung (Lorenz 1989, 123). Diese Einstellung verhindert einen Dialog genauso wie die Annahme, „daß das Fremde unzugänglich und damit unverständlich, wenn nicht gar im Namen von Humanität oder anderen scheinbar universalen Werten auch unzulänglich ist" (Lorenz 1989, 122). Ebensowenig kann die Selbstaufgabe, das heißt das Eintauchen in das Fremde unter Vernachlässigung des Eigenen, als Dialog bezeichnet werden. Erst in der Sprengung der eigenen Weltversion und der Konstruktion einer gemeinsamen Mikroweltversion kann ein gegenseitiger Lehr- und Lernprozeß stattfinden (Lorenz 1989, 122f).

Als psychische Einstellung gegenüber der Auseinandersetzung mit dem anderen manifestieren sich Risiko und Chance als Furcht und als Faszination. Wenn der Kontakt mit dem Anderen vor allem als Risiko betrachtet wird, Individualität oder Gerechtigkeit aufs Spiel zu setzen, wenn also der mögliche Verlust die Einstellung zur Begegnung bestimmt, überwiegt die Furcht. Wenn die Begegnung dagegen vor allem als Chance, Freiheit oder Gerechtigkeit zu gewinnen, wahrgenommen wird, überwiegt die Faszination.

Um Umgangsweisen mit dem Fremden zu unterscheiden, soll hier von *Abgrenzung, Assimilation*[11], *Integration* und *Austausch* gesprochen werden.

In der *Abgrenzung* kommt das Nichtverstehen des oder die Furcht vor dem Fremden zum Ausdruck. Auf die Konfrontation folgt der Rückzug von der verunsichernden Situation und die Rückwendung nach innen, zum Vertrauten hin.

Assimilation bedeutet das Einbeziehen des Fremden in den eigenen Rahmen; dabei stehen die Gemeinsamkeiten im Vordergrund, die Unterschiede werden vernachlässigt (vgl. Narahari Raos (1989, 121) Redeweise von der Betrachtung des Anderen als amputierter Teil des Eigenen). Dadurch verschwindet das Fremde als solches. Diese Reaktionsweise ist ebenfalls vorwiegend durch den Wunsch nach der Beseitigung einer Bedrohung, also durch Furcht, motiviert. Die Eingliederung des Anderen in den eigenen Bezugs- und Handlungsrahmen erlegt dem Fremden die Befolgung der hier geltenden Regeln auf. Dadurch wird die Unsicherheit, die Hofstede (1991) nicht nur als Folge der Begegnung mit dem Unbekannten, sondern als generelles Merkmal des menschlichen Daseins beschreibt, einzuschränken versucht.

Im Falle der *Integration* werden ebenfalls die Unterschiede zugunsten der Gemeinsamkeiten vernachlässigt. Anders als im Fall der Assimi-

---

[11] Jean Piaget (1926; 1949; Piaget/Inhelder 1966) führt in Zusammenhang mit seinen Untersuchungen über die geistige Entwicklung des Kindes den Ausdruck 'Assimilation' ein, um die Anpassung von Informationen aus der Umwelt an bereits bestehende Konzepte zu kennzeichnen. Den dazu komplementären Adaptationsmechanismus, die Anpassung des Individuums an die Umwelt beziehungsweise die Umformung bereits existierender Konzepte im Lichte neuer Erfahrungen, nennt er 'Akkomodation'. Diese

lation wird dabei das Eigene in den Rahmen des Fremden hineingestellt, das damit als das Andere verlorengeht (vgl. das Stichwort 'Selbstaufgabe' in Lorenz 1989, 122). Es überwiegt die Faszination.

Die Unterscheidung von Assimilation und Integration, die vom Ergebnis her insofern gleich sind als das Fremde als solches verschwindet, ermöglicht eine differenzierte Betrachtung von Prozessen, in denen diese beiden Mechanismen wirksam werden. So wird zum Beispiel nicht jede Person, die sich integrieren möchte, von den Anderen auch tatsächlich assimiliert; umgekehrt will nicht jede Person, die assimiliert werden soll, sich auch integrieren. Der erste Fall könnte - von der Gruppe aus betrachtet - unter dem Stichwort 'Verweigerung' verhandelt, der zweite mit dem Ausdruck 'Unterdrückung' bezeichnet werden.

Beim *Austausch* als einem gegenseitigen Lehr- und Lernprozeß, bei dem beide Seiten erhalten bleiben, werden Gemeinsamkeiten wie Unterschiede betrachtet. Das ermöglicht einen Umgang mit Konflikten, in dem weder die Beachtung der Gemeinsamkeiten dazu führt, daß der jeweilige Rahmen aufgegeben wird, noch die Feststellung der Unterschiede einen Rückzug zur Folge hat. Sowohl Furcht als auch Faszination spielen eine Rolle, und gerade die Spannung, die in dieser Ambivalenz liegt, verleiht einer solchen Art von Auseinandersetzung ihre Dynamik. Der Austausch soll hier als der ideale Fall von Kontakt betrachtet werden, weil die ambivalenten Einstellungen in ihrem Spannungsverhältnis zur Bewußtmachung eigener Verhaltensweisen führen und zur Beschäftigung mit fremden kulturellen Handlungsmustern anregen. So können Frustrationen vermindert und Feindschaft vermieden werden, ohne daß das Gefühl der Zugehörigkeit zur eigenen Gruppe verlorengeht:

Verwendungsweise ist trotz der vordergründigen Ähnlichkeit nicht auf die hier behandelten Reaktionsweisen Assimilation und Integration übertragbar.

"It is important then to realise that we and them do not need to be antagonists. [...] Identity does not require xenophobia" (Elliott 1986, 155).

Zwar werden durch Assimilation, Integration und Abgrenzung ebenfalls Konflikte beseitigt, jedoch findet in diesen Fällen keine interkulturelle Kommunikation (mehr) statt, entweder weil eine der beiden Seiten von der anderen absorbiert wird oder sie sich ganz voneinander abwenden. Eine Auseinandersetzung mit den Handlungsweisen des anderen ist nicht mehr möglich, weil das Verschiedene verschwunden ist und daher nicht mehr wahrgenommen werden kann oder weil das Andersartige schlicht ignoriert wird.

Im Ausbalancieren des Spannungsverhältnisses zwischen Individualität und Gemeinsamkeit, Freiheit und Gerechtigkeit, Furcht und Faszination könnte dagegen die Chance interkultureller Begegnungen liegen:

"Die Suche nach Aufrechterhaltung des labilen Gleichgewichts zwischen Gerechtigkeit und Freiheit, und sie spiegelt sich in den dialogischen Elementarsituationen als ein Erzeugen von Übereinstimmung unter Beachtung der Verschiedenheit der Perspektiven, birgt vielleicht die Chance einer neuen Zusammengehörigkeit zwischen den in ihrer Verschiedenartigkeit nun auch anerkannten Lebensweisen und Weltansichten" (Lorenz 1986, 352).

Mit diesen Betrachtungen als Ausgangspunkt lassen sich die Phänomene des Kontaktes mit dem Fremden, wie sie in der Science Fiction beschrieben werden, auf ihre kulturelle Bedeutung hin untersuchen. Die sozialen Verhaltensweisen von Personen, die in anthropologischen Forschungen dargestellt werden, geben darüber Aufschluß, in welcher Weise diese Menschen ihre kulturelle Wirklichkeit symbolisieren; kulturelle Begegnungen in der Science Fiction lassen Interpretationen in bezug darauf zu, wie die an der Handlung beteiligten Figuren das in Abgrenzung zu anderen Kulturen tun, wie sie die Grenze zwischen dem Eigenen und dem Fremden wahrnehmen und artikulieren und wie sie versuchen, sich den fremden Rahmen interpretativ zugänglich zu machen.

3. SCIENCE FICTION ALS ENTWURF VON KONTAKTEN MIT DEM FREMDEN

Situationen, in denen die Frage der Gruppenzugehörigkeit und der damit verbundenen Reaktionstypen Abgrenzung, Assimilation, Integration und Austausch thematisiert wird, werden in der Science Fiction häufig behandelt. Die Konfrontation mit dem Fremden stellt dort eines der Hauptmotive dar (vgl. Wolfe 1979, 15). Das Publikum lernt (fiktive) Menschen (fiktiver) zukünftiger Gesellschaften kennen, Lebewesen fremder Planeten, Androiden*, Roboter, Cyborgs*, nicht-anthropomorphe und sogar nicht-materielle Intelligenz. In den Werken der sogenannten >Heftchen-Science-Fiction< beschränkt sich der Kontakt meist auf kriegerische Auseinandersetzungen, was Thomas Ballmer (1980, 90) zu dem Vorwurf veranlaßt, in der Science Fiction gebe es kaum kommunikative Annäherungen:

> „Problematisiert wird in erster Linie die kriegerische und die kämpferische Auseinandersetzung zwischen verschiedenen Parteien, in der es letztlich um das Überleben der einen Partei geht. Die argumentative Auseinandersetzung und die im Gespräch diskursiv errungene Einigung stehen im Hintergrund."

Die stereotype Aneinanderreihung von Klischees des >guten Erdlings< und des >außerirdischen Monsters< wird vor allem in Werken von der Art der Perry-Rhodan-Reihe konstatiert (vgl. Suerbaum/ Broich/Borgmeier 1981, 82ff; vgl. in diesem Zusammenhang auch die Abbildungen von Titelblättern solcher Heftchen in Hasselblatt 1974), aber auch manche der als Klassiker gehandelten Autoren müssen sich diesen Vorwurf gefallen lassen. In H. G. Wells' *War of the Worlds* zum Beispiel treten die Invasoren vom Mars als blindwütige Tötungsmaschinerie auf. Auch solche Texte können als Modelle von Kontakten mit dem Fremden gelesen werden, und wenn sie von Kritikern als 'faschistoid', 'militaristisch' oder 'kolonialistisch' bezeichnet werden (vgl. Suerbaum/Broich/Borgmeier 1981, 74; 167f), deutet sich bereits an, welcher Typ von realen Ereignissen als Vorbild diente.

Viele Autoren nutzen die Science Fiction jedoch für eine kritische Darstellung von Begegnungen mit dem Fremden, die vor allem von Neugier und dem Wunsch nach Verstehen und Verständigung geprägt sind. Die Bemühungen der Protagonisten in diesem Bereich werden nicht immer als erfolgreich dargestellt (vgl. den vergeblichen Versuch der Wissenschaftler in Stanislaw Lems *Solaris*, mit dem intelligenten Ozean in Kommunikation zu treten), oft jedoch werden Kommunikationsbereitschaft und Aufgeschlossenheit als Voraussetzung für gewaltfreie Konfliktlösungen und das Erlangen von neuen Erkenntnissen geschildert.

Die Entwürfe von Kontakten mit dem Fremden in der Science Fiction sind zahlreich und vielfältig; da jedoch nicht alle Werke sich mit solchen Begegnungen beschäftigen beziehungsweise kritisch auseinandersetzen, ist es notwendig, den Bereich abzugrenzen, auf den kulturanthropologische und kulturphilosophische Fragestellungen anwendbar sind, und die Besonderheiten der *Star-Trek*-Serie darzustellen, die sich für eine solche Betrachtung anbietet.

3.1 Welche Science Fiction?

Als Hugo Gernsback im Jahre 1929 den Begriff 'Science Fiction' verwendete, um die Art von Geschichten zu kennzeichnen, die er in seinem Magazin *Amazing Stories* publizierte (vgl. Scholes/Rabkin 1977, 36f), wurde eine lang andauernde und bis heute nicht abgeschlossene Diskussion darüber eingeleitet, was als Science Fiction gelten soll. Die bunte Mischung von Texten, die Verleger und Herausgeber unter dem Titel 'Science Fiction' auf den Markt brachten (vgl. Hasselblatt 1980; Krämer 1990), provozierte einige ironisch-resignative Begriffsbestimmungen:

> „Science Fiction is what you find on the shelves in the library marked science fiction" (Lundwall 1971, 1).
>
> „[...] eine brauchbare Faustregel ist, als SF einfach das zu bezeichnen, was von den Verlagen unter diesem Namen angeboten wird" (Rottensteiner 1972, 14).
>
> „SF ist, was als solche für ein bestimmtes Marktsegment nach dessen Produktionsbedingungen hergestellt und vertrieben wird" (Schröder 1978, 9).

Die marktorientierte Herangehensweise und die Publikationspraxis haben die >Massenware Science Fiction< hervorgebracht (vgl. Lem 1985, 50ff), weshalb sie von manchen Kritikern als Schundliteratur betrachtet wird. Von den Verfechtern wird Science Fiction gerade aufgrund ihrer offensichtlichen Beliebtheit als wertvolles literarisches Produkt gehandelt - was von so vielen Menschen gelesen wird, kann doch nicht schlecht sein. Diese beiden Positionen zeichnen sich vor allem durch die Polemik aus, mit der sie jeweils vertreten werden, sie liefern jedoch keinerlei Kriterien für die formale und inhaltliche Abgrenzung von Science Fiction gegenüber anderen Formen der Literatur.

Bei der Durchsicht der Definitionen, die in dieser Hinsicht mehr leisten sollen, stellt man fest,

1) daß die meisten Bestimmungen präskriptiv sind, das heißt die Verwendung der Kennzeichnung 'Science Fiction' so dargestellt wird wie sie sein soll und nicht wie sie sich aufgrund der umgangssprachlichen Praxis (deskriptiv) darstellen läßt;

2) daß die Definition entweder so eng gefaßt ist, daß Werke, die man intuitiv als Science Fiction bezeichnen würde, nicht mehr darunterfallen, oder aber der Begriffsrahmen so weit gespannt ist, daß sich die Grenzen zu anderen Formen verwischen;

3) daß es offenbar nicht gelingt, zuverlässige Kriterien für die Verwendung der Kennzeichnung 'Science Fiction' anzugeben; es gibt

weder eine einzige Eigenschaft, die *alle* und *nur* Werke der Science Fiction besitzen, noch ein Bündel von Eigenschaften, die nur für die Science Fiction gelten.

Darko Suvins (1979) Definition zum Beispiel soll die Abgrenzung gegenüber der >realistischen< Literatur des 18. und 19. Jahrhunderts, dem Mythos (myth), dem Märchen (folk tale, fairy tale) und der phantastischen Literatur (fantasy) ermöglichen:

> „SF is [...] a literary genre whose necessary and sufficient conditions are the presence and interaction of estrangement and cognition, and whose main formal device is an imaginative framework alternative to the author's empirical environment" (Suvin 1979, 7f).

Diese Definition könnte aber auch auf fiktive Texte im allgemeinen anwendbar sein; deshalb muß Suvin Zusatzkriterien wie die wissenschaftliche Thematik zur genaueren Abgrenzung einführen (Suvin 1979, 63ff). Und dennoch fällt seine Bestimmung immer entweder so aus, daß Werke ausgeschlossen werden, die Suvin zur Science Fiction zählt, oder solche miteinbezogen werden, die nicht dazugehören sollen; mit anderen Worten: Die Definition ist entweder zu eng oder zu weit.

Normative Bestimmungen nutzen diese Möglichkeit zur Abgrenzung aus, um der Science Fiction je nach Interesse ihren literaturästhetischen, wissenschaftlichen oder soziologisch-ideologischen Standort zuzuweisen. Es besteht offenbar eine besondere Diskrepanz zwischen wissenschaftlichem und ästhetischem Anspruch der Science Fiction, was laut Salewski (1986, 19) in dem Paradox begründet liegt, Wissenschaft und Fiktion zusammenbringen zu wollen. Er hält wissenschaftliches Erklären und poetisches Verdichten für unvereinbar. Tatsächlich bleibt der literarästhetische Aspekt von Science Fiction bei ihrer Überprüfung auf Plausibilität in physikalischem, biologischem, technologischem und sonstigem naturwissenschaftlichen Sinn in der Regel unberücksichtigt, und umgekehrt.

John W. Campbell, der ab 1937 das Magazin *Astounding Stories of Super Science* publizierte, definierte Science Fiction normativ als „eine wissenschaftliche Literatur von wissenschaftlich gebildeten Autoren für wissenschaftlich interessierte Leser" (Hallenberger 1986, 20). Demnach würde nur die Literatur berücksichtigt, die sich mit den Methoden der „hard science" (Suvin 1979, 67) auf ihre Plausibilität hin überprüfen läßt. Eine solche Definition greift ebenso zu kurz wie die von Robert Heinlein, einem der *hardliner* unter den Science-Fiction-Autoren, der folgende Kriterien zugrundelegt:

> „[...] a realistic speculation about possible future events, based solidly on adequate knowledge of the real world, past and present, and on a thorough understanding of the nature and significance of scientific method" (Heinlein 1959, 28).

Diese Anforderungen, die von den Autoren ein umfassendes Wissen über naturwissenschaftliche Forschungsinhalte und -methoden verlangen, reduzieren das Korpus, auf das die Kennzeichnung 'Science Fiction' unter solchen Bedingungen noch zutrifft, auf einen spärlichen Rumpf und geben die Klassifizierung in die Hände einiger weniger Spezialisten. Es würden auch alle die Texte ausgeschlossen, die keine naturwissenschaftliche Spekulation enthalten, sich aber mit Wirkungen und Problemen der Naturwissenschaften auseinandersetzen und somit den Leser unter anderem mit der Technologiediskussion vertraut machen (vgl. Barnouw 1985, 60).

Viele Autoren und Literaturtheoretiker möchten aber gerade diese Werke nicht unberücksichtigt lassen und unterscheiden daher, wie zum Beispiel Stanley Schmidt (1977, 31), innerhalb der Science Fiction als Literatur der wissenschaftlichen Spekulation zwischen Extrapolation und Innovation: Erstere beugt sich den Anforderungen der Naturwissenschaft und kann mit deren Methoden auf ihre Plausibilität hin überprüft werden; letztere kann naturwissenschaftlich weder als möglich noch als unmöglich bewiesen werden. Somit gibt es innerhalb der Science Fiction auch Werke, die keinen bereits etablierten und verifizierten Ansichten widersprechen (Schmidt 1977, 31). Hier öffnet sich die strenge wissenschaftliche Definition den Werken, die sich mehr mit der Beziehung von Mensch und Technik auseinandersetzen:

> „Science fiction relates man to science and technology, for good or for evil [...]. In its most rigid form, it attempts to be uncompromising in its hard facts and irrefutable logic" (Kyle 1976, 10).

Die Abgrenzung zur *fantasy*, die bereits Suvin (1979) am Herzen lag, ergibt sich aus einer solchen Definition in der Weise, daß in der Science Fiction die Naturgesetze nicht außer Kraft gesetzt, sondern spekulativ erweitert und ausgeschöpft werden.

Science Fiction ist jedoch, was die wissenschaftliche Thematik angeht, in ihrer Bewertung bezüglich Plausibilität in die wissenschaftliche Entwicklung mit eingebunden. Wenn man, wie Peter Nicholls (1982, 6f), zwischen *speculative science, imaginary science* und *controversial science* unterscheidet, also zwischen Möglichem, Unmöglichem - das heißt wissenschaftlichem Humbug - und Zweifelhaftem, dann kann es passieren, daß man im Laufe der Zeit seine Einteilung revidieren muß: Das Unterseeboot gehörte zu Jules Vernes Zeiten sicher noch zur Kategorie *imaginary science*, und der Streit um die Wirkung von telepathischen Kräften, die in der Science Fiction häufig vorkommen und laut Nicholls zur *controversial science* zählen, kann vielleicht einmal zugunsten einer der beiden anderen Kategorien entschieden werden.

Stellt sich von wissenschaftlicher Seite her die Frage nach der Plausibilität, so ist es auf literarischer die nach der Ästhetik und der Innovation der Science Fiction. Dabei ist man sich nicht einig, wo man die Science Fiction literaturtheoretisch einordnen soll: Sie ist ein Findelkind der Literaturwissenschaft, von dem niemand so recht weiß, wo es hingehört.

Die Science Fiction hat auch schon selbst versucht, den Anschluß an die sogenannte >anerkannte Literatur< zu finden; bestes Beispiel dafür ist die *New Wave*, zu der Autoren wie James Graham Ballard, Brian Aldiss, Thomas M. Disch und Autorinnen wie Joanna Russ zählen. Der Versuch, der Science Fiction einen avantgardistischen literarischen Rahmen zu geben und ihr dadurch den Weg zu literaturästhetischen Ehren zu bahnen, wird jedoch gemeinhin als Mißerfolg gewertet. Das Experimentieren mit neuen Erzähltechniken sei nur allzu deutlich als Anleihe bei Autoren wie James Joyce, Franz Kafka und Jorge Luis Borges praktiziert worden (vgl. Schröder 1978, 141), die Vermittlung eines neuen sozialen Bewußtseins, die die *New Wave* sich zum Ziel gesetzt hatte, nur den wenigsten Autorinnen und Autoren gelungen (vgl. Scholes/Rabkin 1977, 88). Suerbaum (1981, 60) urteilt sogar, die *New Wave* habe „zur Diskriminierung experimenteller Strömungen bei Autoren und Leserschaft beigetragen". Das literarische Selbstbewußtsein der Science Fiction und ihre Anerkennung als ernsthafte Literatur sind dadurch offenbar nicht gefördert worden.

Von Literaturwissenschaftlern und -kritikern wird die Science Fiction gerne in einem Atemzug mit dem Kriminalroman oder dem Western genannt (vgl. Ermert (Hrsg.) 1980; Hallenberger 1984; Krämer 1990). Mit dem Etikett 'Trivial-', 'Massen-', 'Populär-' oder 'Paraliteratur' versehen, wandert sie in den literarischen Müllkorb. Werke, die die Ansprüche der „Literaturliteratur" (Hasselblatt 1980) erfüllen, werden in der Regel nicht als Science Fiction behandelt (vgl. Amis 1975, 26); umgekehrt haben Autoren, die einmal als Science-Fiction-Schreiber in Erscheinung getreten sind, kaum noch die Chance, als Schriftsteller ernstgenommen zu werden (so geschehen im Falle Lems, der sich darüber auch sehr beklagt; vgl. Lem 1985). Was dabei als schlichte Kennzeichnung daherkommt, bedeutet in Wirklichkeit den Ausschluß aus dem Bereich der >ernstzunehmenden< Literatur:

> „Paraliteratur beinhaltet die Anerkennung der faktischen Trennung von anerkannter und nicht-anerkannter Literatur" (Krämer 1990, 122).

Solche „dogmatisch-normativen Diskreditierungen" (Hasselblatt 1980, 45) werden dem Potential der Science Fiction jedoch nicht gerecht; sie verstellen den Blick auf soziologische, philosophische und literarische Aspekte. Die eigenartige Dichotomie von Unterhaltung und Erkenntniswert, die Herbert Heckmann (1986, 11) vor allem bei der deutschen Literatur diagnostiziert, „die alles tut, um beim Leser nur kein Vergnügen aufkommen zu lassen", scheint zu einer einfachen Formel geführt zu haben: je unterhaltender, desto banaler. Heckmann (1986, 19) stellt zu Recht die Frage, ob die „Gleichsetzung des Vergnügens mit der bloßen Zerstreuung", der Unterhaltung mit der Fluchtlektüre, überhaupt berechtigt sei (vgl. auch Schäfer 1977, 79). Denn abgesehen von der >literarischen Ernsthaftigkeit<, mit der die Literaturkritik sich beschäftigt, bietet die Science Fiction Material für die Untersuchungen anderer Disziplinen.

Wenn auch der prognostische Anspruch hinsichtlich gesellschaftlicher Entwicklungen inzwischen kaum noch vertreten wird, thematisiert die Science Fiction doch Phänomene einer technikorientierten und von Technologie geprägten Realität und setzt sich sozialkritisch damit auseinander:

> „Science fiction [...] is rather poor as an instrument of scientific prediction, but it is an excellent medium for the exploration of the taste, the feel, the human meaning of scientific discoveries" (Rose 1981, 6; vgl. auch Berger, Albert 1976).

Nicht *alle* Werke, die zur Science Fiction gerechnet werden, können *alle* Anforderungen *aller* Disziplinen erfüllen, deshalb muß tatsächlich im Einzelfall entschieden werden, ob ein Werk als >gelungen< gelten kann.

Was hier für die Literatur dargestellt wurde, gilt genauso für das Medium Film, und die Serie *Star Trek*, die im Zentrum der vorliegenden Arbeit steht, ist vor allem durch das Fernsehen bekannt geworden. Sie gehört zu den Beispielen von Science Fiction, die vor allem aus philosophischer Sicht interessant sind, weil sie sich auf kritische Weise, das heißt auch versuchsweise aus nicht-anthropozentrischer Sicht, mit der Begegnung mit dem Fremden auseinandersetzen. Solche Beispiele ermöglichen im Hinblick auf Fragen der interkulturellen Kommunikation das, was Dieter Hasselblatt (1980, 46) als Einüben in „Modelle des Möglichen" bezeichnet und Ursula K. LeGuin für ein wesentliches Merkmal dieses Genres („perhaps the essential gesture of SF"; LeGuin 1973, 43) hält: Die Science Fiction löst sich von der Realität, um sie aus einer neuen Perspektive heraus zu betrachten („pulling back from 'reality' in order to see it better..."; LeGuin 1973, 44).

Für eine Bewertung des philosophischen Potentials der Science Fiction spielen die Kriterien der wissenschaftlichen Plausibilität und des literarischen Anspruchs eine untergeordnete Rolle.[12] Ein philosophisch interessanter Aspekt der Science Fiction, unter dem auch *Star Trek* im folgenden behandelt werden soll, ist die Darstellung der Konfrontation und kritischen Auseinandersetzung mit dem Fremden, die Anlaß gibt, sich mit der eigenen Identität als Mitglied von und der Zugehörigkeit zu einer Gruppe auseinanderzusetzen sowie die Phänomene und Prozesse zu beleuchten, die beim Kontakt mit Fremdem auftreten. Für den Leser beziehungsweise Zuschauer bedeutet das – um es mit Suvins Worten auszudrücken –, in der Begegnung mit dem Anderen, die in einer anderen, einer >möglichen< Welt stattfindet (estrangement), auf das Eigene in

---

[12] Im Idealfall wird ein Werk den Ansprüchen aller drei Positionen gerecht; leider sind diese Fälle nur selten zu finden. Zu den wenigen Autoren, die sowohl den literaturästheti-

der aktuellen Welt zu reflektieren (cognition) (vgl. auch Bozzetto 1992, 5; Winston 1985, 35f).[13]

3.2 STAR TREK IN AMERIKA

Im Jahre 1963 entwarf Gene Roddenberry, der >geistige Vater< der Serie, ein Science-Fiction-Konzept, das den allgemeinen Regeln des Dramas folgen und eine Reihe von Charakteren kontinuierlich weiterentwickeln sollte. Seine Absicht bestand darin, aktuelle soziale und politische Themen anhand einer in die Zukunft verlagerten Handlung darzustellen (Whitfield/Roddenberry 1991, 31-39). Nachdem einige stilistische und inhaltliche Schwerpunkte gesetzt und wieder verworfen worden waren – der erste Pilotfilm „The Cage" fiel bei den Kritikern durch (vgl. Helford 1992, 184-190; Whitfield/Roddenberry 1991, Kap. 8) –, wurde die erste Staffel als eine Reihe von Abenteuern des Raumschiffs *Enterprise* konzipiert, das im 23. Jahrhundert mit einer multikulturellen Besatzung zu einer mehrjährigen Reise in den Weltraum aufbricht, um neue Lebensformen zu entdecken – „to seek out new life forms and new civilizations",

---

schen als auch den wissenschaftlichen und philosophischen Ansprüchen zu genügen versuchen, gehören Stanislaw Lem und Philip K. Dick.
[13] Bernd Gräfrath (1993) behandelt das Spannungsverhältnis zwischen ästhetischem, wissenschaftlichem und philosophischem Anspruch in bezug auf Science Fiction aus einer erkenntnistheoretischen Perspektive, die Autoren wie Lem einen besonderen ästhetischen und wissenschaftlichen Standort zuweist. Im Anschluß an Gottfried Gabriels (1983; 1991) Betrachtungen über >nicht-propositionale Erkenntnis< durch >schöne< Literatur untersucht Gräfrath (1993, Kap. 5; 10) am Beispiel Lems die Bedeutung von Erkenntnis durch Science Fiction. Demnach stehen ihr die beiden Wege offen, die laut Gabriel (1983, 21) die Philosophie wählen kann: der direkte, argumentierende der Wissenschaft und der indirekte, zeigende der Literatur. Die Tatsache, daß Lems Werke sich fast ausschließlich dem wissenschaftlichen Aspekt widmen und nur in den seltensten Fällen auch einem höheren literarästhetischen Anspruch genügen, spricht allerdings für Salewskis (1986, 19) Rede von der Unvereinbarkeit von wissenschaftlicher Darstellung und poetischer Verdichtung.

wie es im Vorspann zu jeder Folge auch heute noch heißt.[14] Bei der Konzeption wurde Wert darauf gelegt, *Star Trek* von den klischeehaften *space operas* – eine Bezeichnung, die für sogenannte Mantel-und Degen-Filme im Weltraum analog zur *soap opera*, dem Familiendrama, und zur *horse opera*, dem Western, geprägt wurde – abzugrenzen. Man wollte sich nicht mit der Verlagerung von Stereotypen aus amerikanischen Wohnzimmern und Westernsaloons in den Sternenhimmel zufriedengeben:

> „[T]he heroes of Star Trek were faced with problems other than simply to catch the bad guys, cure a disease, or find out 'who done it'" (Hark 1979, 21).

Vielmehr sollte in dieser Serie die Möglichkeit der Extrapolation genutzt werden, die einige Kritiker als das wesentliche Potential der Science Fiction ansehen:

> „By challenging anthropocentrism and temporal provincialism, science fiction throws open the whole civilization and its premises to constructive criticism. [...] By dealing with possibilities not ordinarily considered – alternative worlds, alternative visions – it widens our repertoire of possible responses to change" (Toffler 1978, 118; vgl. auch LeGuin 1973, 43f; Rose 1976, 6).

In diesem Sinne sollte *Star Trek* eine Zukunft entwerfen, in der Probleme auf eine Weise gelöst werden, die Roddenberrys humanistischer Einstellung entsprach. Schauspieler, Produzenten und Regisseure betonen in Interviews immer wieder die Sorgfalt, mit der die Drehbücher im Hinblick auf diesen Hintergrund geprüft und in Szene gesetzt wurden (vgl. Schmidt 1977, 45f). Die Art und Weise, in der die Besatzung handelt, sollte Roddenberrys Vorstellungen von der Zukunft der menschlichen Gesellschaft darstellen. Der mit dieser fiktiven Zukunft verbundene Humanismus ist dabei durchaus zur Diskussion zu stellen. Manche Kritiker sind der Meinung, daß sich in der Gesellschaft, wie sie in *Star Trek*

---

[14] Wer sich dabei an die Seefahrerabenteuer des 18. und 19. Jahrhunderts erinnert fühlt, sei auf Roddenberrys Begeisterung für den Forschergeist dieser Epoche hingewiesen; außerdem hielt er Horatio Hornblower für eine der faszinierendsten Figuren der Weltliteratur. Die Verbindung zwischen den Sternenfahrten der *Enterprise* im 23. Jahrhundert

dargestellt wird, das amerikanische Demokratieverständnis aus Roddenberrys Tagen zu Lasten anderer Lebensanschauungen durchgesetzt habe, und sehen daher im Ergebnis von Roddenberrys Absichten die amerikanische imperialistische Politik verkörpert (Perrine 1991, 221); diese Interpretation wird vor allem durch die Einführung der >Föderation der Vereinigten Planeten< (UFP)* in der zweiten Staffel unterstützt: Durch die Einbindung der *Enterprise* in diese militärische Organisation erfüllt das Schiff nicht mehr nur Forschungs-, sondern auch Wach- und Verteidigungsfunktion.[15]

Star Trek, und vor allem die *Classic*-Serie, wird von einigen Kritikern (Byers 1987; Hark 1979; Perrine 1991; Worland 1989) als kulturelles Phänomen in einem bestimmten zeitlichen politischen Kontext, als politisches oder soziales Gleichnis, untersucht; der ständig gefährdete Waffenstillstand zwischen den Klingonen* und der Föderation wird als Verlagerung des Kalten Krieges zwischen den USA und der Sowjetunion der sechziger Jahre (Worland 1989, Kap. 4) in den Weltraum interpretiert;[16] in ähnlicher Weise wird die Opposition zwischen der Föderation und den Romulanern* als Konflikt zwischen der westlichen demokratischen Welt und einer sie bedrohenden östlichen gedeutet, zum Beispiel dem kommunistischen China (Worland 1989, 167).[17] Daß die Serie eine >visual reality of the future<, eine fiktive Realisierung des amerikani-

---

und vergangenen Entdeckungsreisen auf den irdischen Ozeanen wird in der Serie explizit hergestellt (vgl. Perrine 1991, 213).
[15] In dieser Funktion kommt die *Enterprise* vor allem im Konflikt mit den Klingonen*, einem martialischen Imperium, und den Romulanern, einem rätselhaften Volk, das mit den Vulkaniern* verwandt ist, zum Einsatz.
[16] „[T]he Klingons and the Federation were firmly established as two ideologically opposed super-power blocs that compete for the hearts and minds of Third World-planets" (Worland 1989, 167).
[17] Abgesehen von der amerikanischen politisch-ideologischen Interpretation wird *Star Trek* unter anderem aus feministischer Sicht als Spiegel der Geschlechterproblematik (vgl. Blair 1983; Helford 1992) betrachtet und aus psychologischer Perspektive als Projektion individueller oder kollektiver Traumata (vgl. Greenberg 1984; Jewett/Lawrence 1977; Logan 1985).

schen Traums von harmonischer Koexistenz, vorstellen sollte, war von ihrem Erfinder intendiert und liegt zum Teil in dessen biographischen Erfahrungen begründet. Roddenberry hatte als Pilot den Zweiten Weltkrieg miterlebt und während seiner Arbeit für das Drogendezernat in Los Angeles Ende der vierziger Jahre einen Einblick in die sozialen Abgründe dieser Stadt gewonnen. Aus diesen persönlichen Erfahrungen und seinem Faible für Science Fiction entwickelte er eine Serie, die einen politischen und sozialen Einfluß auf die Gesellschaft haben sollte („[a series]of such meaning and importance that it could ultimately change the face of America"; Whitfield/Roddenberry 1991, 21). Sie sollte als Abenteuerserie vermarktet werden und gleichzeitig politische und sozialkritische Inhalte transportieren, und so wird sie auch tatsächlich von Eric J. Worland (1989, 144) beschrieben als „an American parable of the 1960s".[18]

Star Trek bietet jedoch über diese amerikanische Lesart hinaus ertragreiches Anschauungsmaterial für andere Arten interkultureller Untersuchungen. Das Raumschiff, im Vorspann quasi als Hauptfigur genannt („These are the voyages of the starship *Enterprise* on its mission to seek out new life forms and new civilizations"), symbolisiert den Ort der (kulturellen) Wir-Gruppe; es stellt einen optisch deutlich wahrnehmbaren Raum in Abgrenzung zur Schwärze des Alls dar. Für die Besatzungsmitglieder bedeutet die *Enterprise* das Vertraute; außerhalb des Schiffes, im Dunkel, liegt das Unbekannte (vgl. auch Wolfe 1977, 97). Die äußere Hülle des Schiffs markiert die kulturelle Grenze, an der die Begegnungen mit fremden Lebensformen stattfinden. Anhand dieser Kontakte, die als Darstellungen von interkulturellen Wahrnehmungs- und

---

[18] Wissenschaftliche Untersuchungen dieser Art beziehen sich bisher nur auf die sogenannten *Classic*-Folgen; für die Nachfolgeserie der achtziger Jahre, *The Next Generation* (*TNG*), stehen sie noch aus; man darf auf die Interpretationen in bezug auf die politische und soziale Entwicklung der USA gespannt sein, die sich aus der Analyse von *TNG* ergeben werden.

Kommunikationsprozessen gelesen werden können, lassen sich auch Untersuchungen über die Möglichkeit solcher Prozesse anstellen, die über die Interpretation der Serie als Produkt amerikanischer Nationalkultur hinausgehen.

3.3 STAR TREK ALS MODELL VON INTERKULTURELLER KOMMUNIKATION

In Zusammenhang mit der Darstellung von *Star Trek* als Modell von interkultureller Kommunikation muß vor allem geklärt werden, (i) welcher Status dieser Arbeit im Vergleich zu einem anthropologischen Feldforschungsbericht zukommt, (ii) weshalb für die Erörterung von Fragen der interkulturellen Kommunikation ein fiktionales Werk ausgewählt wurde und (iii) worin schließlich die Besonderheiten dieses Beispiels aus der Science Fiction gegenüber anderen fiktionalen Texten liegen.

(i) Das hier zugrundeliegende Interesse ist anthropologisch in dem Sinne, daß die Handlungen der in der Serie auftretenden Figuren auf ihre kulturellen Besonderheiten hin untersucht werden sollen. Die Figuren geben in ihrem Umfeld quasi als Informanten darüber Auskunft, welche Bedeutungen ihre Handlungen und die der anderen Beteiligten für sie, die ausführenden Individuen, haben. Diese Betrachtungsweise unterscheidet sich von den in Kapitel 3.2 angesprochenen insofern, als hier nicht ein amerikanisches Produkt daraufhin analysiert werden soll, in welcher Weise amerikanische Produzenten sich ein Bild von interkultureller Kommunikation machen oder amerikanische Denk- und Verhaltensmuster der sechziger Jahre sich in der Serie widerspiegeln. Damit geht sie auch über den Ansatz der *literary anthropology* hinaus, die die erzählende

Literatur bestimmter Kulturen als Quelle für die Analyse kultureller Verhaltensmuster der jeweiligen Kultur betrachtet (vgl. Poyatos (Hrsg.) 1988). Es soll vielmehr so getan werden, als stehe die Handlung der Serie für sich, als sei sie kein künstlerisches Produkt - das heißt nichts Hergestelltes -, sondern vorgefundene kulturelle Wirklichkeit. Dieses >So-tun-als-ob< verwechselt nicht Fiktion und Realität, sondern setzt sie in eine Beziehung, die von der Person, die sich mit dem Werk interpretierend beschäftigt, bestimmt wird und die Autorintention ausklammert. Als psychische Einstellung wird diese Beziehung im englischen Sprachraum mit dem Ausdruck 'willing suspension of disbelief' gekennzeichnet[19]; damit ist die Bereitschaft gemeint, das Dargestellte als >real< zu akzeptieren und sich wahrnehmend ganz in die Handlung hineinzubegeben. Man tut so, als handele es sich um eine entdeckte Welt und weiß doch, daß es eine erfundene ist.

Gottfried Gabriel hat diesem Verhältnis von entdeckter und erfundener Welt eine semantische Fassung gegeben. Der Unterschied zwischen Fiktion und Realität, wissenschaftlicher Untersuchung und ästhetischem Werk,[20] ist laut Gabriel (1975; 1983) mit dem Problem des Wahrheitsanspruchs verknüpft. Er unterscheidet in diesem Zusammenhang grundsätzlich zwischen fiktionaler und nicht-fiktionaler Rede. Fiktional ist Rede dann, wenn sie nicht-behauptend ist und keinen Anspruch auf Referenzialisierbarkeit (oder Erfülltheit) erhebt (Gabriel 1975, Kap. 1.). Sie darf

---

[19] Der Ausdruck stammt von Samuel Taylor Coleridge, der ihn 1817 im Zusammenhang mit seiner Arbeit an den *Lyrical Ballads* zum ersten Mal verwendet: „[In the plan of the 'Lyrical Ballads'] it was agreed, that my endeavours should be directed to persons and characters supernatural, or at least romantic, yet so as to transfer from our inward nature a human interest and a semblance of truth sufficient to procure for these shadows of imagination that willing suspension of disbelief for the moment, which constitutes poetic faith" (Coleridge 1983, II, S. 6).
[20] Der Ausdruck 'ästhetisches Werk', den Gabriel verwendet, beinhaltet sowohl den artistischen oder Herstellungsaspekt als auch den ästhetischen oder Wahrnehmungsaspekt. Diese Betrachtungsweise impliziert eine über das Produkt hergestellte Beziehung zwischen Produzent und Rezipient.

auch nicht als behauptend aufgefaßt werden (Gabriel 1975, 31). Ein Leser, der eine Rede als fiktional einstuft, erkennt und akzeptiert diese Besonderheiten. Gabriel kommt es nun darauf an zu zeigen, daß und wie fiktionale Rede dennoch Erkenntnis vermitteln kann, das heißt, daß Fiktionen Wahrheit beanspruchen können, allerdings auf andere Weise als nicht-fiktionale Rede.

Der Unterschied läßt sich sprachphilosophisch fassen mit Hilfe der Betrachtung des semantischen Verhältnisses von Werk und Wahrheit, das im Falle der Literatur kein Mitteilungs-, sondern ein Darstellungsverhältnis ist (Gabriel 1983, 13). Durch das Aufzeigen von Allgemeinem und Sinn (Gabriel 1983, 15) weist Literatur über sich hinaus; sie exemplifiziert das Allgemeine im Besonderen. Wissenschaft dagegen verweist >unter sich<. Gabriel spricht daher in bezug auf fiktionale Texte von einer >Umkehrung der Bedeutungsrichtung<. Ästhetische oder nicht-propositionale Erkenntnis (vgl. dazu auch Gabriel 1991) wird nicht durch *Verweisen* auf Gegenstände, sondern durch *Aufweisen* von Allgemeinem und Sinn vermittelt.

Auf der Grundlage dieser Unterscheidung kann weiterhin von nicht-fiktionaler Literatur, nicht-literarischer Fiktion und literarischer Fiktion gesprochen werden. Laut Gabriel (1983, 14) vermitteln nicht-fiktionale literarische Texte Erkenntnis sowohl durch Verweisen auf Gegenstände als auch durch Darstellen von Allgemeinem und Sinn. Dies ist in Zusammenhang mit Geertz' *interpretive anthropology*, die sich in einem Spannungsverhältnis zwischen Literatur und Wissenschaft befindet, besonders interessant:

> „The pretense of looking at the world directly, as though through a one-way screen, seeing others as they really are when only God is looking, is indeed quite widespread. But that is itself a rhetorical strategy, a mode of persuasion; one it may well be difficult to abandon and still be read, or wholly to maintain and still be believed. It is not clear just what ‚faction', imaginative writing about real people in real places at real times, exactly comes to beyond a clever coinage; but an-

thropology is going to have to find out if it is to continue as an intellectual force in contemporary culture - if its mule condition (trumpeted scientific mother's brother, disowned literary father) is not to lead to mule sterility" (Geertz 1988, 141).

Die Arbeit des Anthropologen beziehungsweise des Ethnographen ist interpretativ in dem Sinne, daß eine Kultur von einer bestimmten Person betrachtet wird, die individuelle Eigenschaften besitzt, und die Beschreibung dieser Kultur ein Produkt dieser subjektiven Betrachtung darstellt. Anthropologie als Wissenschaft beansprucht für sich aber auch die Wahrheit ihrer Beschreibungen. Deshalb befinden sich Ethnographen in einem Spannungsverhältnis von Aufweisen und Verweisen:

„Ethnographers need to convince us [...] not merely that they themselves have truly ‚been there', but that have we been there we should have seen what they saw, felt what they felt, concluded what they concluded" (Geertz 1988, 16).

Geertz versteht dieses Spannungsverhältnis als Konflikt zwischen Objektivität und Subjektivität der Darstellung, doch Gabriels semantischer Ansatz erlaubt es, dieses Problem als das Ausbalancieren von Verweisen und Aufweisen zu beschreiben. Dichte Beschreibung >funktioniert< nur dann, wenn beide Aspekte berücksichtigt werden, und dies macht ja gerade Geertz' interpretativen Ansatz aus.

Die folgende Betrachtung von *Star Trek* als Entwurf von interkultureller Kommunikation kann als dichte Beschreibung aufgefaßt werden; der Unterschied zur ethnographischen Arbeit liegt darin, daß deren Gegenstand nicht fiktional ist. Es soll versucht werden, die kulturellen Bedeutungen, die die in der fiktionalen Welt handelnden Figuren diesen Handlungen zuordnen, darzustellen und die Mechanismen der Abgrenzung, der Assimilation, der Integration und des Austauschs transparent zu machen.

(ii) Die Darstellung von Begegnungen mit dem Fremden kann die Begegnung selbst nicht ersetzen, weder als ethnographische Beschreibung noch als fiktionaler Text/Film, auch nicht als Beschreibung eines fiktionalen Textes/Films.[21] Sie kann jedoch - um mit Geertz zu sprechen (vgl. Kapitel 2.1) - zur Erweiterung des menschlichen Diskursuniversums beitragen oder - um es mit Hasselblatt etwas bescheidener auszudrücken - in Modelle des Möglichen einüben (vgl. Kapitel 3.1). Für *Star Trek* wird zu zeigen sein, wie die Serie in der Darstellung des Besonderen das Allgemeine interkultureller Begegnungen aufweist.

Wenn man auf den interaktionistischen Ansatz zurückkommt, der sowohl Geertz' als auch Lorenz' Arbeiten zugrundeliegt, so läßt sich eine weitere Besonderheit der Darstellung interkultureller Begegnungen in fiktionalen Texten/Filmen gegenüber Begegnungen im alltäglichen Zusammenhang herausarbeiten. Wenn man den Text/Film als Handlungsangebot an das Publikum versteht und die Interpretation als das Ergebnis einer interaktionistischen Tätigkeit, so läßt sich Interpretieren als Dialog zwischen Publikum und Text/Film beschreiben. Die Vergewisserung in bezug auf die Deutung erfolgt dann über die Frage, ob der Text/Film diese Interpretation >mitmacht<. In dieser Dialogsituation hat das Publikum im Unterschied zu einer in einen konkreten alltäglichen Handlungszusammenhang eingebundenen Person jedoch die Möglichkeit, seine Deutungen zu überprüfen und sich seiner Strategien zu vergewissern. Eine Person, die einen Text/Film interpretiert, steht nicht unter Handlungs- und Entscheidungsdruck, sondern kann abwägen, überdenken oder revidieren, was einen spielerischen Umgang erlaubt (vgl. Soeffner 1979, 335).

---

[21] Rao (1989) würde die Beschäftigung mit einem Text über Fremdes nicht als eine Auseinandersetzung in Form von gegenseitigem Lehren und Lernen verstehen, sondern als Aneignung von Wissen und damit nicht als *Lernen von* sondern als *Lernen über*. Diese Art der Beschäftigung mit dem Fremden würde nicht unter 'Dialog' fallen (vgl. aber Soeffners (1979) Redeweise von Interpretation als Dialog).

(iii) Im Falle von Texten und Filmen aus der Science Fiction können solche Übungen besonders interessant sein, da hier andere Universalien zugrundegelegt und damit andere Denkschemata gebildet werden. Das Universale 'Mensch' wird ersetzt durch 'intelligente Lebensform', dergegenüber 'Mensch' nunmehr als partikular auftritt. Das Vermögen der Sprache und der kognitiven Leistungen ist damit als die Grundeigenschaft unterstellt, die Kommunikation über die Grenzen aller Arten von intelligenten Lebensformen hinweg erlaubt. Diese Fähigkeit wird von den Protagonisten mitgebracht und für alle Lebewesen, mit denen sie Kontakt aufnehmen, als gemeinsame Basis unterstellt. Diese Prämisse macht den Austausch über kulturelle Grenzen hinweg überhaupt erst möglich. Und dadurch, daß die Eigenschaft, ein Mensch zu sein, gegenüber den als universal verstandenen kognitiven und kommunikativen Fähigkeiten als partikularer Aspekt auftritt, kann die anthropologische Frage aus einer anderen Perspektive heraus formuliert werden. Unterstellte Gemeinsamkeiten beinhalten nicht nur theoretische Konzeptualisierungen, sondern auch ein bestimmtes Verständnis von Rechten und Pflichten, die für jedes Individuum, dem die betreffende gemeinsame Eigenschaft zugesprochen wird, gelten sollen. Wenn die Gemeinsamkeiten verschoben sind - was im vorliegenden Fall bedeutet, daß nicht mehr das Menschsein als Maßstab gilt, sondern kognitive und kommunikative Fähigkeiten -, dann verändern sich damit auch die mit der als gemeinsam unterstellten Eigenschaft verbundenen Rechte und Pflichten. Diejenigen, die zum Menschsein gehören, lassen sich nunmehr von außen, aus einem veränderten Blickwinkel, thematisieren.

Die Science Fiction kann sich diesem Aspekt aus vielerlei Richtungen nähern. *Star Trek* zeichnet sich vor allem durch die Vielfalt der Darstellung solcher Themen aus.

Die *Star Trek*-Serie, die in den 60er Jahren zum ersten Mal im amerikanischen Fernsehen ausgestrahlt wurde, entwickelte sich über die Grenzen der USA hinaus schnell zu einer der populärsten Science-Fiction-Serien.[22] Der erste Serienblock, die sogenannten *Classics* (Paramount 1966-69) mit Captain Kirk, Mister Spock und Dr. McCoy an der Spitze und ihre Nachfolger *The Next Generation (TNG*; Paramount 1987-94) und *Deep Space Nine (DS9*; Paramount 1993ff) fanden weltweit Millionen von Zuschauern. Die inzwischen mehr als 250 Episoden präsentieren sich allerdings nicht als ein homogenes Ganzes, sondern setzen jeweils unterschiedliche Schwerpunkte. Manche Folgen dienen hauptsächlich einer Vertiefung bestimmter Charaktere, andere der Behandlung eines technischen Problems. Dementsprechend unterschiedlich werden naturwissenschaftliche, literarische oder sozialkritische Akzente gesetzt. Für eine philosophische oder anthropologische Beschäftigung mit einem solchen Phänomen ist es daher sinnvoll, eine Anzahl repräsentativer Beispiele auszuwählen.[23]

Im Rahmen der vorliegenden Arbeit interessieren vor allem diejenigen Episoden, in denen die Begegnung mit dem Fremden im Mittelpunkt der Handlung steht; mit Hilfe der methodologischen Grundlagen aus Kapitel 2. soll die Art und Weise untersucht werden, in der die an der

---

[22] Um die eigentliche Fernsehproduktion herum ist ein ganzer Wirtschaftszweig entstanden: Zahllose >technische< Handbücher, die sich mit der Konstruktion des Raumschiffs befassen, fiktive Biographien der Hauptfiguren und authentische über die Schauspieler sowie Romane und Comics, die bestimmte Episoden erweitern und fortspinnen, werden im Handel angeboten; dazu Kleidungsstücke, wie sie die Hauptfiguren tragen, Reproduktionen von Geräten, die in der Serie verwendet werden, Schmuck, Sticker und so weiter. Unter dieser Flut von Fan-Artikeln finden sich auch ein paar anthropologisch und linguistisch interessante, zum Beispiel eine fiktive Geschichte der vulkanischen Kultur, ein Lexikon der in der Serie vorkommenden Spezies und ein Wörterbuch der klingonischen Sprache, die von Linguisten mit Wortschatz und Grammatik zum vollständigen Gebrauch speziell für *Star Trek* entwickelt wurde.
[23] Alle Angaben zur Entwicklung der Serie und der einzelnen Charaktere spiegeln den Informationsstand zum Zeitpunkt der Enstehung der vorliegenden Arbeit (1995) wider. Die neue Serie „Voyager" wurde zum Beispiel nicht berücksichtigt. Auf die Diskussion

Handlung beteiligten Personen sich fremde kulturelle Phänomene interpretativ zugänglich machen und mit Furcht und Faszination als Reaktionen auf das Unbekannte umzugehen versuchen. Das Hauptaugenmerk wird dabei auf der *Classic*-Serie liegen, doch auch die Nachfolger *TNG* und *DS9* bieten eine Fülle von Material für anthropologische und philosophische Betrachtungen. Um einen allgemeinen Eindruck von *Star Trek* zu vermitteln und einen groben Überblick über die Konzeption der Serie und der Hauptfiguren zu vermitteln, sollen deshalb diese drei Blöcke kurz vorgestellt werden; im Anschluß an diese Darstellung werden die regelmäßig auftretenden Figuren mit ihren wesentlichen Funktionen noch einmal tabellarisch zusammengefaßt (zur Produktionsgeschichte vgl. Helford 1992; Whitfield/Roddenberry 1991).

Die Protagonisten aller drei Serienblöcke stammen von der Brücke*, der Krankenstation und dem Maschinenraum[24]; bestimmte Grundstrukturen wiederholen sich in leicht veränderter Form: So spielt sich die Haupthandlung von *DS9* nicht mehr auf einem Schiff ab, das den Weltraum bereist und nach fremden Lebensformen sucht, sondern auf einer Raumstation, die als Anlaufstelle für Angehörige verschiedener Kulturen dient.

Die Handlung der *Classics* konzentriert sich im wesentlichen auf drei Hauptfiguren: Captain Kirk, seinen Ersten Offizier Mister Spock und Dr. McCoy, den Schiffsarzt. James T. **Kirk**, der jüngste Captain der Sternenflotte, ein Amerikaner, vertritt den *actio*-Part; sein Charakter zeichnet sich durch Verantwortungsbewußtsein und diplomatisches Geschick sowie Durchsetzungsvermögen, Intuition, Flexibilität und eine

---

von *Star Trek* als philosophisches Gedankenexperiment haben diese Neuerungen auch keinen Einfluß.
[24] Zur psychoanalytischen Deutung des Raumschiffs als Organismus und von Brücke–Krankenstation–Maschinenraum als Gehirn–Herz–Bauch vgl. Berger, Arthur 1976, 110-122.

gehörige Portion Abenteuerlust aus. Diese Eigenschaften führen nicht selten zu heiklen Zwischenfällen, eröffnen aber auch oft unkonventionelle Auswege aus scheinbar aussichtslosen Situationen. Er ist ein >Weltraum-Playboy<, was der Serie von feministischer Seite einige Kritik einbringt (vgl. Blair 1983, Cranny-Francis 1985); aus ideologiekritischer Perspektive wird Kirk, wie bereits erwähnt, als futuristischer John F. Kennedy (Worland 1988; 1989, 152-165) oder als Inbegriff des weißen bürgerlichen Amerikaners (Byers 1987, 326) dargestellt.

Kirk versucht nur selten, seine Ansichten dogmatisch durchzusetzen, und holt für Entscheidungen, die das Schiff und seine Besatzung betreffen, meist den Rat von **Spock** ein, dem Vertreter der *ratio*. Als Halbvulkanier führt dieser mit logischem Scharfsinn und ohne irrationale Vorurteile Vernunftargumente ins Feld, wenn andere sich von ihren Gefühlen hinreißen lassen. Seine menschliche Seite versucht er zu unterdrücken, was nach außen hin unproblematisch erscheint, denn in seiner Physiognomie unterscheidet er sich nicht von anderen Vulkaniern: Mit seiner grünlichen Hautfarbe, den spitzen Ohren und den zu den Schläfen hin steil nach oben verlaufenden Augenbrauen ist er sofort als solcher zu erkennen. Spock ist der einzige Nicht-Terraner* in der Mannschaft – die Bedeutung seiner Anwesenheit an Bord wird in Kapitel 4.1 ausführlich behandelt werden. Durch seine oft sehr unterkühlt und unbeteiligt wirkende Art zieht er häufig den Unmut von „Bones" (in der deutschen Fassung „Pille") Dr. Leonard **McCoy** auf sich, der sich sehr stark von seiner Empathie und seiner Intuition leiten läßt und in der Serie den *emotio*-Part vertritt. Er übt seinen Beruf aus tiefster humanistischer Überzeugung aus, hat aber oft mit seinen Ängsten vor Fremdem zu kämpfen. Sein Mißtrauen gegenüber der modernen Technologie ist offensichtlich, und so vermittelt er insgesamt eher den Eindruck eines engagierten Landarztes als den eines Exomediziners* des 23. Jahrhunderts.[25]

Die drei Hauptfiguren sind über ihre dienstliche Loyalität hinaus auch persönlich eng miteinander verbunden; die *Classic*-Serie hält die Ideale von Freundschaft und Solidarität hoch; die Bereitschaft, das eigene Leben für das Wohl eines anderen zu riskieren, wird in mehreren Episoden thematisiert. Wie in Kapitel 4. zu zeigen sein wird, spielt die affektive Komponente neben den allgemeinen Rationalitätsstandards, die das Handeln der Besatzungsmitglieder bestimmen, eine große Rolle für die Lösung von Konflikten.

Als weitere regelmäßig auftretende Charaktere führte Roddenberry den asiatischen Lieutenant Hikaru Sulu als Navigator ein; außerdem Commander Montgomery „Scotty" Scott, den Schiffsingenieur, und Lieutenant Nyota Uhura als Kommunikationsoffizier, die >erste schwarze Frau im Weltraum<. Zu Beginn der zweiten Staffel der *Classics* tritt der russische Fähnrich Pavel Chekov zum ersten Mal auf.[26]

Auf den ersten Blick stellt sich die Besatzung als multinationale und multiethnische Gemeinschaft dar; doch fällt dieser Aspekt in bezug auf die

---

[25] Die durch Kirk, Spock und McCoy vertretenen Aspekte *actio* (Handeln), *ratio* (Denken) und *emotio* (Fühlen) werden aus psychoanalytischer Sicht als Ich, Über-Ich und Es gedeutet (vgl. Berger 1976); darüber hinaus liefern sie aber auch wichtige Anhaltspunkte für Zugangsweisen zu fremden Kulturen, wie sie in der interkulturellen Kommunikation von Bedeutung sind: Eintreten in einen Handlungszusammenhang mit den Anderen, Erkenntnisgewinn durch wissenschaftliche Analyse oder empathisches Erschließen des Fremden.

[26] Über die Spekulationen bezüglich dieser Figur schreibt Eric Worland (1989, 174): „According to an apocryphal story Trekkies like to believe fervently, the addition of a Russian to the Enterprise crew was prompted by an indignant review of 'Star Trek' in Pravda which chided the arrogant capitalists at NBC for refusing to acknowledge the important achievements of the Soviet space program; surely there should be at least one latter-day Yuri Gagarin aboard the starship the Soviets argued, and thus Chekov appeared. A more mundane explanation for the character's origin however, is provided in a Roddenberry memo 'Needed Crew Type' [...]. It seems Ensign Chekov was not so much designed to appease the Soviets or even to contribute realistically to an international crew so much as to offer 'Davy Jones to the Stars' for teen-age girls." Allan Asherman (1993, 69) behauptet, die Fernsehgesellschaft NBC selbst habe die Geschichte von der bewußten Einführung eines russischen Charakters in die Serie in der Öffentlichkeit verbreitet.

Handlung kaum ins Gewicht: Sulu, Uhura und Chekov sind im Verhältnis zu den drei Hauptfiguren deutlich unterrepräsentiert (vgl. Helford 1992, 190-195). (Die Vernachlässigung der persönlichen Geschichte dieser Figuren und der Darstellung ihrer wechselseitigen Anpassungsschwierigkeiten an Bord wurde in *TNG* durch intensivere Beschäftigung mit den kulturellen Besonderheiten der Mannschaft zu kompensieren versucht. Zwar haben sich die Handlungsschwerpunkte Brücke – Krankenstation – Maschinenraum nicht verändert, doch stehen mehrere Crew-Mitglieder verschiedener Herkunft im Mittelpunkt des Geschehens.)

Die *TNG-Enterprise* in geht im 24. Jahrhundert auf Reisen; sie bietet der Mannschaft die Möglichkeit, ihre Familien mit an Bord zu bringen, was in dramaturgischer Hinsicht neue Handlungsspielräume eröffnet. Zwischen der Föderation und dem klingonischen Imperium besteht zu diesem Zeitpunkt ein Friedensvertrag, mit dem sich jedoch nicht alle Klingonen abfinden wollen. Das eröffnet einerseits den Autorinnen und Autoren die Möglichkeit, einen tieferen Einblick in die von einem strengen Ehrenkodex geregelte Gesellschaft dieses martialischen Volkes zu gewähren; andererseits bleibt aufgrund der aufwieglerischen Aktivitäten einiger Friedensgegner das Spannungspotential erhalten. Das Verhältnis zu den Romulanern ist nach wie vor von Mißtrauen geprägt; durch ihre Abschirmung gegenüber anderen Völkern, die durch eine Art Tarnkappe für ihre Raumschiffe (*cloaking device**) noch betont wird, wirken sie rätselhaft und furchteinflößend zugleich. Ein weiterer Widersacher der Föderation, die Ferengi*, zeichnen sich – abgesehen von ihrer untersetzten Statur und ihren für menschliches Empfinden von Proportionen überdimensional großen Ohren – vor allem durch Profitgier und Verschlagenheit aus; das einzige, was für sie zählt, ist, ein gutes Geschäft zu machen; dieses Ziel verfolgen sie mit grotesker Beharrlichkeit und fallen dadurch nicht selten der List eines gewieften Kontrahenten zum Opfer. Eine besonders faszinierende und gleichermaßen furchteinflößende Lebensform sind die Borg*, teils organische, teils mechanische, technologisch hochentwickelte Wesen, die kollektiv leben und denken und bei ihrer Reise durch die Galaxien ganze Planeten verschlingen, um daraus Material und Energie für die Erweiterung ihrer Gesellschaft zu gewinnen. In einer späteren Folge von *TNG* werden die reptilienhaften Cardassianer* eingeführt, die die Bösewichte von *DS9* verkörpern.

Wenn die *Enterprise* einmal nicht in diplomatischer Mission unterwegs ist, hat sie nach wie vor die Aufgabe, unbekannte Lebensformen zu entdecken. Das Kommando führt dabei Captain Jean-Luc **Picard**, ein gebürtiger Franzose in den Fünfzigern, der im Gegensatz zu dem jungen Draufgänger Kirk als besonnene Autoritätsperson gilt und sich nur selten zu Spontaneitäten hinreißen läßt. Beiden Captains gemeinsam ist ihr Interesse an Literatur, vor allem an Shakespeares Dramen. Diese Vorliebe wird dramaturgisch oft dazu genutzt, in einer Episode Strukturen und Inhalte eines Shakespeareschen Dramas aufzugreifen, sie soll aber auch die Wertschätzung kultureller Tradition in einer technologisch hochentwickelten Gesellschaft betonen. Picard zur Seite steht Commander William T. **Riker**, der Erste Offizier. Er spielt Posaune (Jazz) und hat ein wenig von dem Playboy-Image übernommen, das Kirk auf den Leib geschrieben war. Eine sporadisch wieder aufflackernde, aber vor einigen Jahren beendete Liebesbeziehung verbindet ihn mit Deanna **Troi**, der *ship counselor*. Als Betazoide*-Terraner-Mischling verfügt sie über empathische Fähigkeiten, die ihr bei ihrer Arbeit als psychologische Beraterin an Bord zugute kommen: Sie kann die Gefühle anderer Personen mitempfinden.

Lieutenant Commander **Data**, dessen dramaturgische Funktion in Kapitel 4.1 näher behandelt werden soll, übertrifft als Android alle übrigen Mannschaftsmitglieder an Kombinationsfähigkeit, Reaktionsschnelligkeit und physischer Stärke. Er repräsentiert in der fiktiven Gegenwart die bisher höchstentwickelte Form künstlicher Intelligenz; was ihm im Vergleich mit seinen menschlichen Kollegen fehlt, sind Intuition, Spontaneität und alle sonstigen Eigenschaften empfindsamer Wesen. Damit steht er auch in krassem Gegensatz zu Lieutenant **Worf**, dem einzigen Klingonen an Bord der *Enterprise*, der, nachdem er seine leiblichen Eltern bei einem kriegerischen Zwischenfall verloren hatte, von einem Terraner-Ehepaar aufgezogen wurde. Die kulturelle Zerissenheit zwischen seinem klingonischen Erbe und der terranischen Erziehung durch seine Adoptiveltern sowie den Regeln der Sternenflotte stürzt ihn wiederholt in schwere Gewissenskonflikte (vgl. Kapitel 4.1).

Auf der Krankenstation führt die Chefärztin Dr. Beverly **Crusher** das Kommando; sie vertritt im wesentlichen die gleichen humanitären Ansichten wie vormals Dr. McCoy, reagiert jedoch weniger impulsiv und steht moderner Technologie positiv gegenüber. Für das Funktionieren der Maschinen an Bord der *Enterprise* ist Chefingenieur Geordi **LaForge** verantwortlich. Er trägt eine ungewöhnliche Sehhilfe, einen sogenannten VISOR*; das komplizierte brillenähnliche Gerät überträgt elektronische Impulse aus der Umgebung auf das Gehirn und ermöglicht dem dunkelhäutigen Techniker, der seit seiner Geburt blind ist, seine Umwelt optisch wahrzunehmen. Seine Aufgabe an Bord, seine Begeisterung für die Technologie des Raumschiffs, in der er „Scotty" nicht nachsteht, und sein elektronisches Augentransplantat tragen zu einer besonderen Affinität zwischen ihm und Data bei. Über das Verhältnis zu LaForge lernt der Android, den Begriff 'Freundschaft' zu definieren.

In dieser Nachfolgeserie der *Classics* ist die Dreierkonstellation *actio–ratio–emotio* aufgelöst und auf mehrere Handlungsträger verteilt; einzig Data vertritt allein den *ratio*-Part. Der Captain ist nicht mehr Amerikaner, und die weiblichen Figuren erhalten etwas mehr Gewicht.[27] Die Entwicklung im Bereich der Tricktechnik gegenüber den *Classics* verdeutlicht den technologischen Fortschritt des Films innerhalb der letzten zwanzig Jahre.

Die Serie *Deep Space 9*, die seit Ende 1993 in Amerika ausgestrahlt wird, versucht noch stärker, amerikanische Denkschemata zu durchbrechen: Commander Benjamin **Sisko** ist Afro-Amerikaner, gleich zwei nicht-terranische weibliche Besatzungsmitglieder – Major **Kira** Nerys, eine Bajoranerin*, und Lieutenant Jadzia **Dax**, die als Trill* eigentlich zwei (symbiotisch lebende) Wesen repräsentiert – nehmen verantwortliche Positionen auf der Brücke der Raumstation ein. Constable **Odo**, der Gestaltwandler (shape shifter)*, dessen dramaturgische Funktion ebenfalls in Kapitel 4.1 zur Sprache kommen wird, leitet die Sicherheitsabteilung; für die Technik ist Chief Miles **O'Brien** verantwortlich, der sich auf beinahe ebenso emotionale Weise mit der Raumstation verbunden fühlt wie vormals Scotty und LaForge; die Einbeziehung des Verhältnisses zu

---

[27] Außer den bereits genannten treten noch weitere Charaktere in mehreren Episoden auf, doch sollen hier nur diejenigen aufgeführt werden, die im Zusammenhang mit der Analyse interkultureller Wahrnehmungsprozesse eine wichtige Rolle spielen. Die Serie läßt viel Raum für sogenannte >Gastrollen<, in denen beliebte Schauspieler aus anderen Serien oder aus den *Classics* in anderen Funktionen auftreten. Darunter fallen zum Beispiel der Part von Trois exaltierter Mutter Lwxana und die Figur der Guinan, die die Schiffsbar betreibt. Die schwarze Schauspielerin Whoopi Goldberg, die in dieser Rolle in mehreren Folgen auftritt, hat sich ausdrücklich diesen Part in *Star Trek* gewünscht, weil sie von dem multikulturellen Anspruch der Serie beeindruckt war (vgl. Shapiro 1990). Bei den Fans besonders beliebt ist auch Q, eine Art Hexenmeister des Universums, der sich durch Zeit und Raum bewegen kann und der Crew des *TNG-Enterprise* einige zum Teil sehr unangenehme Überraschungen bereitet.
Viele Neuerungen dieses Serienblocks – das Holodeck zum Beispiel, auf dem virtuelle Realitäten erzeugt und dessen psychosoziale Auswirkungen in einigen Episoden behandelt werden – können hier nur gestreift werden. Wer sich mit bestimmten Aspekten in *Star Trek* genauer beschäftigen möchte, sei auf die umfassende kommentierte Bibliographie von Susan R. Gibberman (1991) verwiesen.

seiner Frau und seiner Tochter in die Handlung der Serie lassen ihn jedoch weniger eigenbrötlerisch erscheinen. Um die Gesundheit der Bewohner kümmert sich Dr. Julian **Bashir**, ein jungenhaft wirkender Draufgänger, der sich von seiner Arbeit an Bord der Raumstation eine Menge Abenteuer erhofft, was ihn nicht daran hindert, seine Aufgabe als Arzt für die Vielzahl anatomisch sehr unterschiedlicher Besucher gewissenhaft zu erfüllen - das persönliche Engagement scheint nach Roddenberrys Vorstellungen zu den Charakteristika des Mediziners zu gehören. Der >Freizeitbereich< wird durch den Barbesitzer **Quark** repräsentiert, einen Vertreter der unvermindert profitsüchtigen, aber inzwischen leidlich befriedeten Ferengi.

Um den Überblick über die Vielzahl der in den drei Serienblöcken regelmäßig auftretenden Figuren zu erleichtern, hier eine Zusammenfassung:

Name:	Dienstfunktion:	Herkunft:
Classics		
Kirk	Captain	Amerikaner
Mr. Spock	Erster Offizier	Vulkanier
Dr. McCoy	Arzt	Amerikaner
Mr. Scott	Commander; Chefingenieur	Schotte
Mr. Sulu	Lieutenant; Navigator	Asiate
Ms. Uhura	Lieutenant; Kommunikationsoffizier	Afrikanerin
Mr. Chekov	Fähnrich	Russe
The Next Generation (TNG)		
Picard	Captain	Franzose
Riker	Erster Offizier	Amerikaner
Troi	Ship Counselor	Betazoidin
Data	Lt. Commander; Navigator	Android
Worf	Lieutenant; Sicherheitsoffizier	Klingone
Dr. Crusher	Ärztin	Amerikanerin
LaForge	Chefingenieur	Amerikaner
Deep Space 9 (DS9)		
Sisko	Commander; Leiter der Station	Afro-Amerikaner
Kira	Major	Bajoranerin
Dax	Lieutenant	Trill
Odo	Constable; Sicherheitsoffizier	Gestaltwandler
Dr. Bashir	Arzt	orientalischer Herkunft
O'Brien	Chefingenieur	irischer Abstammung
Quark	Barbesitzer	Ferengi

Tabelle 1: Die Protagonisten der drei Serienblöcke.

Die *Star-Trek*-Serie hat sich im Laufe der Zeit immer mehr dem experimentellen Umgang mit Problemen der interkulturellen Kommunikation geöffnet. Das liegt daran, daß (i) das Publikum – das zum größten Teil aus Zuschauern besteht, die die Serie regelmäßig verfolgen – allmählich auf gewagtere Gedankenexperimente hingeführt werden konnte und somit für die Produzenten die Gefahr des kommerziellen Fehlschlags gering war, (ii) die moderne Tricktechnik immer aufwendiger gestaltete Illusionen erlaubt, auch was die optische Realisierung fremder Lebensformen betrifft, und (iii) die Produzenten, Autoren und Regisseure sich von Anfang an um eine differenzierte Darstellung von Kontakten mit dem Fremden bemüht hatten. Roddenberry scheint besonders darüber gewacht zu haben, daß die Richtlinien beachtet wurden, an denen sich seiner Meinung nach eine seriöse Science-Fiction-Serie orientieren sollte:

> „Although Star Trek had to entertain or go off the air, we believed our format was unique enough to allow us to challenge and stimulate the audience. Making Star Trek happen was a bone-crusher, and unless it also 'said something' and we challenged our viewer to think and react, then it wasn't worth all we had put into the show" (Whitfield/Roddenberry 1991, 112).

Obwohl Whitfields Darstellung der Entstehungsgeschichte von *Star Trek* leicht verklärte Züge trägt, lassen sich bestimmte Grundsätze, die er Roddenberry zuschreibt, an den meisten Episoden ablesen: So sollte beispielsweise die naturwissenschaftliche Plausibilität gewährleistet sein, die auch Stanley Schmidt (1977, 31) fordert (vgl. Kapitel 3.1; Whitfield/Roddenberry 1991, 34). Was den dramaturgischen Anspruch betrifft, war Roddenberry der Meinung, seine Serie müsse die Charaktere glaubwürdig und kohärent darstellen und den Regeln des Dramas folgen (Whitfield/Roddenberry 1991, 35ff). Sein sozialkritisches Interesse bestand darin, im Sinne von Hasselblatt (1980, 46) und LeGuin (1973, 43f) aktuelle gesellschaftliche Probleme zu extrapolieren (vgl. Kapitel

3.1; Whitfield/Roddenberry 1991, 21ff). Der Behandlung dieser Themen legte Roddenberry eine humanistische Einstellung zugrunde.[28] Dazu gehörte auch der optimistische Blick in die Zukunft: Im Gegensatz zu *dark-age*-Produktionen wie *Alien, Mad Max, Blade Runner* und anderen stellt *Star Trek* die menschliche Zukunft als Überwindung nationaler Konflikte in letzter Sekunde dar. Die Episode „Space Seed" (*Classic* Nr. 23)[29] liefert einige Informationen über die Geschichte dieser fiktiven Zukunft: Die Bevölkerung der Erde hat es nach dem 3. Weltkrieg und den sogenannten >Eugenischen Kriegen< gerade noch geschafft, einen atomaren Holocaust zu verhindern und zu einem friedlichen Zusammenleben zu finden. Die Darstellung dieser Gesellschaft der Zukunft impliziert die Prämisse, daß die Menschheit in Richtung auf eine gewaltfreie Lösung von Konflikten hin entwicklungsfähig ist.

Die Organier* aus der Episode „Errand of Mercy" (*Classic* Nr. 27) verkörpern Roddenberrys Hoffnung auf die argumentative Kraft derjenigen, die Frieden schaffen wollen, weil sie aus rationalen und humanitären Überlegungen zu der Erkenntnis gelangt sind, daß nur eine friedliche Nutzung von Technologie die endgültige Zerstörung jeglichen intelligenten, empfindungsfähigen Lebens verhindern kann (vgl. Atkins 1983, 96). Die Organier beenden den Kampf zwischen den Klingonen und der Föderation um den strategisch wichtigen Planeten Organia, indem sie

---

[28] Der affektive Charakter aller Begleitphänomene um *Star Trek* herum fällt besonders stark ins Auge: Stephen Whitfield (1991) lobt den Teamgeist und die Loyalität des Mitarbeiterstabs, und viele der Beteiligten, seien es Schauspieler oder Mitglieder des technischen Teams, betonen in Interviews die familiäre Atmosphäre und den freundschaftlichen Umgang während der Dreharbeiten, so daß man den Eindruck gewinnt, das Verhalten auf der realen Ebene korrespondiere mit demjenigen auf der fiktiven. Mag diese Darstellungsweise im schlimmsten Fall auf eine raffinierte Produktionspolitik zurückzuführen sein, so ist doch die Intention bemerkenswert, neben bestimmten Rationalitätsstandards solche ideellen Werte hochzuhalten.
[29] Die Angabe der Episodennummern folgt der Auflistung in den >episode guides< (vgl. Asherman 1993; Sander 1992; 1995) und soll einen Eindruck davon vermitteln, an welchem Punkt der dramaturgischen Entwicklung der Serie und ihrer Charaktere die jeweilige Folge zu finden ist.

mittels ihrer geistigen Kräfte die Waffen beider Parteien außer Funktion setzen und die Unterzeichnung des >Nichtangriffsvertrages von Organia< erreichen, auf den in späteren Episoden der Serie als Meilenstein in der universalen politischen Entwicklung Bezug genommen wird. Die Tatsache, daß die Friedensstifter zur Lösung des Konfliktes keinerlei physische Gewalt einsetzen und im Verlauf der Handlung niemand zu Schaden kommt, unterstreicht die Bedeutung pazifistischer Bewegungen in Roddenberrys Weltbild.

Die Dokumentationen von Friedens- und Konfliktforschern (zum Beispiel Jungk (Hrsg.) 1969) aus den 60er Jahren drücken die gleiche Grundhaltung aus: Sie verdeutlichen das Gewicht, das die Wissenschaftler auf die Entwicklung der Technik legen, vermitteln gleichzeitig aber auch ihre Besorgnis angesichts des explosionsartig expandierenden wirtschaftlichen und technologischen Fortschritts. Viele Wissenschaftler weisen darauf hin, daß mit den technischen Neuerungen des 20. Jahrhunderts vorausschauender hätte umgegangen werden müssen und für die Zukunft der Menschheit das Erreichen eines Weltfriedens unabdingbar sei, der aus der gewaltfreien Lösung von Konflikten resultiere:

> „Daß noch ein Atomkrieg kommen wird, ist leider gar nicht ausgeschlossen. Daß der Atomkrieg eine Institution werden wird wie die Kriege der Großmächte im 18. Jahrhundert, das halte ich für ausgeschlossen, und zwar deshalb, weil diese Institution sich selbst spätestens beim zweiten oder dritten Versuch vernichten wird. Wir können uns auch nicht leisten, nur zu sagen: Das wird ja wohl nicht eintreten, so schlimm wird es wohl nicht kommen. Denn es kommt immer so lange nicht so schlimm, bis es doch so schlimm kommt. Es ist vielmehr notwendig, daß man institutionell, systematisch plant, was an die Stelle der alle unsere Verhaltensformen in der großen Politik auch heute noch bestimmenden Möglichkeit des großen Krieges treten soll.
> In diesem Sinne, sage ich, ist der institutionell gesicherte Weltfriede Lebensbedingung des technischen Zeitalters. [...] Der Weltfriede, den zu schaffen uns heute notwendig ist, kann nicht die Abschaffung der Aggression sein [...]. Heute handelt es sich darum, die Menschen, so wie sie sind, dazu zu bringen, daß sie ihre Konflikte so austragen, daß sie dadurch ihre Fortexistenz nicht gefährden" (von Weizsäcker 1969, 25).

Star Trek nimmt den Weltfrieden voraus; die in der Serie behandelten Konflikte präsentieren sich vordergründig als interplanetare Auseinandersetzungen; die terranische Bevölkerung scheint wirtschaftlich und politisch geeint. Der Entwurf einer solchen Zukunft stellt den Frieden in optimistischer Weise als erreichbar dar, die interplanetarischen Konflikte und ihre Bewältigung deuten aber zurück auf die Bemühungen, die für die Schaffung eines solchen Weltfriedens notwendig waren. Die Orientierung an humanistischen Prinzipien wird dabei als universale Grundhaltung vorausgesetzt. Der in *Star Trek* als institutionalisiert dargestellte Weltfriede basiert auf einer Politik des Multikulturalismus, die eine Vielzahl unterschiedlicher Kulturen in einem gemeinsamen politischen und wirtschaftlichen Verband zusammenzufassen versucht, ohne ihre jeweiligen Besonderheiten zu unterdrücken. Allerdings muß in diesem Zusammenhang die Frage gestellt werden, ob auf der Darstellungsebene nicht die internationalen Konflikte schlicht durch interplanetarische ersetzt wurden (vgl. Kapitel 5.1).

Ein weiteres wichtiges Anthropinon in Roddenberrys Katalog menschlicher Eigenschaften ist die Neugier, deren größte Herausforderung in der Erforschung des Weltraums besteht; dort erfährt der Mensch in der Begegnung mit den erstaunlichsten Lebewesen auch, wer er selbst ist. In der Begegnung mit dem Fremden wird er auf seine >Menschlichkeit< zurückgeführt (vgl. Wolfe 1979, 185). Die vielseitige Behandlung solcher Kontakte in *Star Trek* liefert reiches Material für die Interpretation von Phänomenen der interkulturellen Kommunikation. Konflikte gehören dabei zu den zentralen Aspekten; sie ermöglichen die Thematisierung kultureller Elemente der Wahrnehmung und des Handelns.[30] In diesem Zusammenhang ist die sogenannte >Oberste Direktive<

---

[30] Die Interpretation der Serie als amerikanisches *cultural phenomenon* ist unter diesem Gesichtspunkt nur <u>eine</u> mögliche Form der Beschreibung.

(Prime Directive)* von großer Bedeutung: Sie verbietet der Föderation das Eingreifen in die Entwicklung fremder Kulturen, es sei denn, eine Einmischung würde von jenen ausdrücklich erbeten. Diese Regel soll die freie Entfaltung aller Lebensformen garantieren und Ausbeutung verhindern; sie stürzt die Flottenkapitäne jedoch oft in ein ethisches Dilemma.

In der *Classic*-Episode „A Private Little War" (Nr. 49) zum Beispiel findet die Crew der *Enterprise* heraus, daß die Klingonen einen Teil der Bevölkerung des Planeten Neural mit Waffen ausgestattet haben, deren Leistungsfähigkeit den technologischen Stand dieses Planeten weit übersteigt. Kirk ignoriert in diesem Fall die Oberste Direktive, um die andere Seite vor der Vernichtung zu bewahren: Er stattet diese mit gleichermaßen fortschrittlichem Kriegsgerät aus. Dem sehr skeptischen McCoy erklärt er, er könne zwar die kriegerische Auseinandersetzung zwischen den beiden Parteien nicht verhindern, ohne noch mehr in ihre Entwicklung einzugreifen – die Bewohner halten den Landetrupp der *Enterprise* für Reisende aus einer fernen Region ihres Planeten, ahnen also noch gar nichts von der Möglichkeit anderer Welten –, aber er müsse zumindest das Gleichgewicht der Kräfte wiederherstellen, um Leben zu retten.

Dagegen wird in der *TNG*-Folge „Home Soil" (Nr. 18) ein sogenanntes Terraforming-Projekt* auf einer Kolonie abgebrochen, weil Data in Bodenproben eine anorganische Lebensform entdeckt, mit der schließlich sogar eine Kommunikation erreicht wird und deren Entwicklung durch die Arbeit der Wissenschaftler empfindlich gestört würde. Für beide Lebensformen, die humanoide und die kristalline, war es schwierig, einander überhaupt als empfindungs- und intelligenzbegabte Organismen zu erkennen; die Bauweise des jeweils anderen lag sehr weit von vertrauten Mustern entfernt. Die völlig andere Wahrnehmungsweise der Kristallinen kommt in deren Beschreibung der Humanoiden zum Ausdruck: >häßliche Beutel, die zum größten Teil mit Wasser gefüllt sind<.

Nun scheint es, als bestünde die Bedeutung der Obersten Direktive im Schutz von Leben, doch in „Homeward" (*TNG* Nr. 165) weigert Picard sich unter Berufung auf eben diese Regel, die Bevölkerung eines Planeten, die sein Bruder als verdeckter Beobachter erforscht, zu evakuieren, obwohl diese Menschen von einer globalen Katastrophe bedroht sind. Erst als sein Bruder sich über die Entscheidung des Captains hinwegsetzt, indem er eine schlafende Gruppe in eine holographische Reproduktion - das heißt eine täuschend naturgetreue, vom Computer generierte Illusion - ihrer Heimat an Bord des Schiffes transportiert, ringt Picard sich dazu durch, eine Umsiedlung zu versuchen, die ihre kulturelle Entfaltung nicht zu sehr beeinflußt.

Diese drei Folgen deuten bereits an, welchen Spielraum die Interpretierbarkeit der Obersten Direktive für die Diskussion ethischer Probleme und die Erörterung von Begriffen wie 'freie Entfaltung', 'Verantwortung', 'Hilfe', 'Unterdrückung', 'Einmischung' oder 'kulturelle Bedeutung' eröffnet. Die Begegnung mit fremden Lebensformen veranlaßt die Hauptfiguren dazu, sich ihre eigenen Handlungsmuster bewußtzumachen, ihre Motive zu ergründen und ihre Entscheidungen zu analysieren. Darüberhinaus weisen diese Episoden darauf hin, daß die Handlungsweisen der Protagonisten nicht als die einzig richtigen Lösungen zu sehen sind, sondern hinterfragt werden müssen.

4. FREMDKONTAKTE

> „The aliens [...] are a mirror to man just as the differing country is a mirror for his world. But the mirror is not only a reflecting one, it is also a transforming one, virgin womb and alchemical dynamo: the mirror is a crucible" (Suvin 1979, 5).

Viele Autoren, die über Science Fiction schreiben (zum Beispiel Krulik 1983; Suvin 1979; Winston 1985; Wolfe 1977; 1979), betonen die Bedeutung, die in dieser Art von Texten oder Filmen der Begegnung mit Außerirdischen, mit *aliens*, zukommt. Die Faszination des Publikums entsteht durch die Konfrontation mit dem Ungewöhnlichen, die sich im Falle der Science Fiction von Begegnungen mit dem Fremden in anderen fiktiven Texten unterscheidet. Der Außerirdische hält dem Betrachter einen Spiegel vor, der ihm durch seine bizzare Fremdartigkeit ein neues Bild von sich selbst und eine andere Sichtweise der Welt vermittelt:

> „[N]otre nature nous prédispose à accepter les interprétations familières, standard des choses et des événements sans les mettre en question jusqu'à ce qu'une force ou des situations externes nous contraignent à le faire. [...] [L]a description de mondes possibles nous permet de voir notre monde avec d'autres yeux et nous donne une compréhension intuitive" (Winston 1985, 35f).

Die Crew der *Enterprise* begegnet auf ihren Reisen vielen fremdartigen Lebewesen, die der Mannschaft jeweils andere Anregungen zum Denken und Handeln geben; der Blick, den die Begegnung mit dem Ungewöhnlichen auf das Eigene ermöglicht, ist durch die Art der Verschiedenheit des Anderen geprägt. Im Gegensatz zu den Werken der vierziger und fünfziger Jahre, die extraterrestrische Wesen fast ausschließlich als mordgierige Ungeheuer zeichneten, sind die *aliens* in *Star Trek* von ganz unterschiedlichem Aussehen und Habitus. Die meisten sind menschenähnlich, unterscheiden sich jedoch in ihrer Denk- und Lebensweise stark von der Besatzung der *Enterprise*; manche, zum Beispiel die kristalline Lebensform aus der *TNG*-Episode „Home Soil" und die Horta aus der *Classic*-Folge „The Devil in the Dark" (Nr. 26; vgl. Kapitel 4.2.3), sind darüber hinaus schon in ihrem organischen Aufbau so fremdartig, daß sie zuerst gar nicht als Lebewesen erkannt werden. Die Crew sieht sich ständig mit Phänomenen konfrontiert, die sich nicht in ihre gewohnten Schemata einordnen lassen. Abgesehen von der Vielzahl von Kontakten mit Bewohnern fremder Planeten tritt in allen drei Serienblöcken mindestens eine ständig präsente Figur auf, deren (dramaturgische) Funktion darin besteht, den anderen Beteiligten ihre kulturspezifische, ethnozentrische oder xenophobe Sichtweise bewußtzumachen und die oft als Vermittler in Konflikten auftritt: der Fremde-im-Innern.

4.1 DER FREMDE-IM-INNERN

Der Fremde-im-Innern ist eine Person, die prinzipiell zur Wir-Gruppe gehört, jedoch oft in ihrem Verhalten von dem der Mehrheit der Mitglieder abweicht und daher in ständiger Gefahr lebt, ausgegrenzt zu werden. In bestimmten Situationen, in denen die Wir-Gruppe einer fremden Gruppe oder einem unbekannten Phänomen begegnet, wird der Fremde-im-Innern zum >Grenzgänger< oder zum Vermittler, da er sowohl Anteil an den kulturellen Verhaltensweisen der Wir-Gruppe hat, als auch durch seine Verschiedenheit den übrigen Mitgliedern vor Augen hält, daß die eigene Wahrnehmung der Welt nicht die einzig mögliche ist.

Bereits die *Classics* nutzen die Rolle des Fremden-im-Innern, um alternative Interpretationen fremder Lebensformen darzustellen. Mr.

Spock, halb Vulkanier, halb Terraner, steht im ständigen Konflikt zwischen dem logisch-rationalen und dem impulsiv-emotionalen Anteil seines Charakters. Die biologischen Schwierigkeiten, die sein vulkanischer Vater und seine terranische Mutter zu überwinden hatten, um ein gemeinsames Kind zur Welt zu bringen, unterstreichen die kulturelle Problematik beim Aufeinandertreffen der beiden verschiedenen Welten. Spocks Außenseiterposition innerhalb der durch das Raumschiff symbolisierten kulturellen Einheit resultiert aus dem intrapersonalen Konflikt, der sein Leben bestimmt, und seiner äußeren Erscheinung, die neben seiner individuellen Sprech- und Denkweise die übrigen Besatzungsmitglieder ständig an seine Andersartigkeit erinnert.

Seine Kindheit und Jugend hat Spock auf dem Heimatplaneten seines Vaters verbracht und ist daher mit der vulkanischen Kultur vertrauter als mit der seiner Mutter, was dazu beigetragen hat, daß er sich vor allem mit vulkanischen Werten, Regeln und Sichtweisen identifiziert. Seine Konzentration auf diese Lebensweise erlaubt es ihm, eine – wenn auch künstliche und brüchige – Barriere zwischen sich und der Welt zu errichten, die ihn vor Demütigungen schützen soll. Die Vulkanier haben sich nach einem inzwischen weit zurückliegenden verheerenden Bürgerkrieg ganz der >Logik< verschrieben, das heißt, sie richten ihr Handeln allein nach rationalen Gesichtspunkten aus und orientieren sich an einem Prinzip, das die vorurteilsfreie Begegnung mit anderen Lebewesen und eine friedliche Koexistenz gewährleisten soll: IDIC (Infinite Diversity in Infinite Combination)*. Darin sucht Spock Schutz vor den Diskriminierungen, Demütigungen und Anfeindungen, denen er bereits als Kind auf Vulkan ausgesetzt war[1]: Denn eine Person, die sich von den emotionalen Aspekten ihres

---

[1] Das Verhalten der vulkanischen Kinder und Jugendlichen, die Spock offenbar allerlei üble Streiche gespielt haben, widerspricht übrigens dem vulkanischen Credo von Unvoreingenommenheit und Friedfertigkeit, was darauf hindeutet, daß die Vulkanier die tolerante Einstellung gegenüber jedweder Lebensform und die harmonische Koexistenz

Wesens abgewandt und ganz dem nüchternen Kalkül verschrieben hat, kann keine Kränkung, Verzweiflung oder Einsamkeit berühren. Daß dadurch jedoch ein bedeutender Aspekt ihrer Persönlichkeit unterdrückt wird, zeigen die Episoden „The Naked Time" (*Classic* Nr. 5) und „This Side of Paradise" (*Classic* Nr. 25) besonders deutlich.

„The Naked Time" handelt von einem Virus, mit dem sich die gesamte Crew infiziert; er reißt sämtliche psychischen Barrieren nieder und setzt die verborgensten Emotionen frei. Auch Spock fällt dieser Infektion zum Opfer: Es gelingt ihm gerade noch, sich von den anderen zurückzuziehen, bevor ihn die Tragik seiner Situation als Grenzgänger zwischen zwei Kulturen übermannt und die lange unterdrückten Emotionen ihn überwältigen.

Auf ähnliche, jedoch weit beglückendere Weise wird ein Landetrupp der *Enterprise* in der Episode „This Side of Paradise" auf einem Planeten durch die Sporen einer Pflanze in einen Rauschzustand unkontrollierbarer Euphorie versetzt. Spock, ausgelassen und fröhlich, läßt plötzlich seinen Gefühlen freien Lauf, entdeckt seine Verliebtheit in eine frühere Kollegin wieder und erfreut sich in kindlicher Unschuld an der Schönheit der Landschaft. Captain Kirk gelingt es schließlich, die Wirkung der Sporen aufzuheben und seine Besatzung auf den Boden der Tatsachen zurückzuholen. An der Grenze zwischen Rausch und Ernüchterung stellt Spock fest, daß er unter dem Einfluß dieser Droge zum ersten Mal glücklich gewesen ist.

---

vielfältiger Kulturen noch nicht soweit verinnerlicht haben, daß sie als >natürlicher Aspekt< ihres Wesens erscheinen; sie müssen vielmehr kulturell, und zwar bewußt, vermittelt werden. Manche Vulkanier leiden außerdem im Alter an einer Krankheit, die die verschütteten Gefühle freilegt und den Betroffenen zu einem hilflosen Opfer unvermittelter Emotionsschübe macht. Auch Spocks Vater Sarek wird in hohem Alter davon betroffen, und Captain Picard erlebt in zwei Episoden („Sarek", *TNG* Nr. 71; „Unification" *TNG* Nr. 107/108) den Verfall dieses zuvor besonnenen Diplomaten zu einem von Weinkrämpfen und Selbstvorwürfen geschüttelten Bündel Elend mit.

Da Spock als Erster Offizier einen der verantwortungsvollsten Posten an Bord des Schiffes bekleidet, wird seinen Entscheidungen und Handlungen besondere Aufmerksamkeit zuteil. Dies hat zur Folge, daß er sich in heiklen Situationen als Zielscheibe von Kritik und Schuldzuweisungen geradezu anzubieten scheint; seine unkonventionelle Art, auf Gefahren zu reagieren, ist für die Besatzungsmitglieder oft nicht mit ihren Vorstellungen vom Verantwortungsbewußtsein eines Führungsoffiziers in Einklang zu bringen, weshalb sie ihm mit Mißtrauen begegnen. Seine >logische< Einstellung und die nüchterne, sachliche Art, mit Gefahrensituationen umzugehen, werden ihm manchmal als Gefühllosigkeit, Rücksichtslosigkeit oder sogar Feindseligkeit angelastet. Manchen gelingt es nicht, seine Handlungsweise als vulkanisch zu akzeptieren; oft wird von ihm verlangt, >menschlich< zu handeln; vor allem Dr. McCoy fühlt sich herausgefordert, an Spocks emotionale Seite zu appellieren.

In „Bread and Circusses" (*Classic* Nr. 55) besuchen Kirk, Spock und McCoy einen Planeten, in dessen Umlaufbahn sie das Wrack eines Föderationsraumschiffs entdeckt haben. Klima und Gestalt der Oberfläche entsprechen beinahe irdischen Verhältnissen, und bald stellt sich heraus, daß sich auch die Gesellschaft ähnlich derjenigen der Erde entwickelt hat – mit dem Unterschied, daß das >Römische Reich< nicht untergegangen ist, sondern sich in seiner Tradition bis zum Stand einer Industriegesellschaft des 20. Jahrhunderts weiterentwickelt hat. Der Captain des beschädigten Raumschiffs ist nach der Havarie auf dem Planeten notgelandet und hat, entgegen der Ersten Direktive, sein technologisches Wissen dazu benutzt, sich eine hohe Machtposition zu sichern. Er ist nicht gewillt, sein angenehmes Leben aufzugeben und sich gegenüber der Föderation für sein Handeln zu rechtfertigen; vielmehr will er Kirk dazu zwingen, seine Mannschaft zum Planeten herunterzubeamen* und die *Enterprise* zu vernichten. Er hofft, auf diese Weise weiterhin unentdeckt zu bleiben. Um Kirks eisernen Willen und sein unerschütterliches Pflichtgefühl zu brechen, läßt er Spock und McCoy gegen zwei Gladiatoren antreten[2], doch hat er die enormen physischen Kräfte des Vulkaniers falsch eingeschätzt, der, nachdem er seinen eigenen Gegner außer Gefecht gesetzt hat, McCoy vor der sicheren Niederlage durch den zweiten Gladiator bewahrt. Daraufhin werden die beiden in eine Gefängniszelle gebracht, während man Kirk nun mit anderen Mitteln umzustimmen versucht. In der folgenden Szene wird das Verhältnis zwischen Spock und McCoy deutlich:

> McCoy (beobachtet von seiner Pritsche aus mit nachsichtigem Lächeln Spock, der sich an den Gittern der Zelle zu schaffen macht): Angry, Mr. Spock? Or frustrated, perhaps?
> Spock (mit ausdrucksloser Miene): Such emotions are foreign to me, Doctor. I'm merely testing the strength of the door.
> McCoy: For the fifteenth time? (nähert sich langsam) Spock, I know ... we've had our disagreements ... or maybe they're jokes ... as Jim[3] says we're often not sure ourselves ... uhm ... but ... uhm ... what I'm trying to say is –
> Spock: Doctor, I'm seeking a means to escape. Will you please be brief.
> McCoy (faßt sich ein Herz): What I'm trying to say is you saved my life in the arena.
> Spock: Yes, that's quite true.
> McCoy (zuerst sprachlos, dann wütend): I'm trying to thank you, you ... pointed-eared hobgoblin!!!
> Spock (beiläufig, immer noch mit der Untersuchung des Gitters beschäftigt und mit unbewegter Miene): Oh yes, you humans have that emotional need to express gratitude. 'You're welcome', I believe, is the correct response. However, Doctor, you must remember that I am entirely motivated by logic. The loss of our ship's

---

[2] In dieser Folge stellt Roddenberry seine satirischen Talente unter Beweis, indem er sich über die Praktiken des Fernsehens lustigmacht. Die Gladiatorenkämpfe werden nämlich angeblich live übertragen; Applaus und Buhrufe kommen allerdings vom Band, und um die Einschaltquoten hochzutreiben, werden die Kämpfe von den >game masters< manipuliert: Einer von ihnen ermahnt den Gladiatoren Flavius: „You bring this network's ratings down, and we'll do a *special* on you!"
[3] 'Jim' wird Captain Kirk von seinen Freunden genannt. Die Zuschauer können an der Verwendung dieses Namens erkennen, daß in der betreffenden Situation der Aspekt der freundschaftlichen Verbundenheit gegenüber der dienstlichen Loyalität überwiegt.

surgeon, whatever I may think of his relative skill, would mean a reduction in the efficiency of the *Enterprise,* and therefore –

McCoy (rückt ganz nahe an Spock heran, drängt ihn in eine Ecke der Zelle): Do you know why you're not afraid to die, Spock? You're more afraid of living. Each day you stay alive is one more day you might slip – and let your human half peek out. (rückt noch näher an Spock heran, der beide Hände um die Gitterstäbe gelegt hat und zwischen ihnen hindurch ins Leere zu blicken scheint; eindringlich flüsternd und mit einem kleinen triumphierenden Lächeln) That's it, isn't it? Insecurity! You wouldn't know what to do with a genuine warm, decent feeling.

Spock (schließt die Augen; öffnet sie dann langsam wieder und wendet sich mit dem für ihn typischen Hochziehen der Augenbrauen dem Doktor zu): Really, Doctor?

McCoy (schaut ihn eine Weile forschend an; dann sanft): I know. I'm worried about Jim, too.[4]

Das Aufblitzen in McCoys Augen scheint den Jäger zu verraten, der seine Beute gestellt und verwundet hat; mit seiner Feststellung, Spock fürchte sich viel mehr vor dem Leben als vor dem Tod, hat er offensichtlich den Panzer durchstoßen, mit dem der andere sich zu schützen versucht. Spocks Ausweichen und sein Gesicht hinter den Gitterstäben unterstreichen seine psychische Lage: Die Wände seines inneren Gefängnisses sind genauso unüberwindlich wie die Türen dieser Zelle. Als McCoy erkennt, mit welcher Anstrengung die vulkanische Seite gegen die menschliche kämpfen muß, zieht er sich zurück, und auf seine letzte Bemerkung reagiert Spock auch nicht mehr mit einem >logischen< Einwand.

Die beiden sind durch ihre Verschiedenheit auf eine ganz besondere Weise miteinander verbunden; ihre ständigen Dispute sind ein Sinnbild für den Grundgedanken der Serie: Gegensätzliche Prinzipien stehen zwar

---

[4] Dieses und alle folgenden Dialogbeispiele wurden von den englischen Originalfolgen transkribiert. Es wurde versucht, auch parasprachliche Besonderheiten wie Redepausen, Lautstärke und so weiter mit Hilfe von Interpunktionen und anderen stilistischen Hilfsmitteln im Text wiederzugeben.

häufig in Konflikt miteinander, können jedoch nur gemeinsam ein harmonisches Ganzes bilden. Obwohl Spock und McCoy oft unterschiedlicher Meinung sind, überstehen sie die gefährlichsten Situationen gemeinsam, indem sie einander in ihren Fähigkeiten ergänzen. Wenn es darauf ankommt, sind beide in der Lage, die Motive und Strategien des anderen richtig einzuschätzen und zugunsten ihrer Zusammenarbeit darauf Rücksicht zu nehmen, und in lebensgefährlichen Situationen überbieten sie einander in ihrer Bereitschaft, sich für den anderen zu opfern.

In den meisten Fällen führen Spocks Anregungen oder Bedenken letztlich zu einer Revidierung von Vorurteilen seitens der übrigen Beteiligten und zu produktiven, kreativen und friedlichen Lösungen. Der Austausch mit fremden Wesen kommt oft über seine Person zustande, und seine Wahrnehmung und Interpretation bilden ein Gegengewicht zu der anthropozentrischen Sichtweise seiner Gefährten. Was sich in bezug auf Spock als Zerissenheit zwischen zwei Kulturen darstellt, wirkt sich unter dem Aspekt der interkulturellen Kommunikation als Differenzierung kultureller Wahrnehmung und Möglichkeit zum Perspektivenwechsel aus (vgl. Kapitel 4.1.1).

An Bord der *TNG-Enterprise* erfüllen der Android Data und der Klingone Worf diese Funktion.

Im Unterschied zu Spock muß Data, dessen Handeln von den elektronischen Abläufen in seinem positronischen Gehirn* bestimmt wird, sich nicht vor Demütigungen schützen, da er nicht empfindungsbegabt ist und seine Situation als einziges Exemplar seiner Art unter Humanoiden nicht als befremdlich oder bedrückend wahrnehmen kann. Um die Handlungsweise seiner Kollegen besser nachvollziehen zu können, bemüht Data sich sehr, gerade das zu erreichen, was Spock zu unterdrücken versucht.

In der *TNG*-Episode „Unification" (Nr. 107/108) treffen die beiden aufeinander, und der Android stellt fest, daß Spock Möglichkeiten ausweicht, die Data vermutlich niemals haben wird.[5] Da er keinen persönlichen kulturellen Kontext besitzt und weder Furcht noch Freude empfinden kann, basieren Datas Interpretationen fremden Verhaltens allein auf der Auswertung gespeicherter Daten aus Computern und eigenen Beobachtungen. Seine Handlungen resultieren aus rationalem Kalkül und logischen Schlußfolgerungen; die Art, in der er seine Ergebnisse mitteilt und seine Entscheidungen umsetzt, ist Spocks sehr ähnlich.

Der Klingone Worf befindet sich wie der Vulkanier Spock in einem Konflikt zwischen zwei verschiedenen Kulturen. Die Erziehung durch seine terranischen Adoptiveltern hat ihn aus dem stark ritualisierten und von einem strengen Ehrenkodex geprägten klingonischen Entwicklungsprozeß herausgerissen. Zwar haben seine Adoptiveltern stets darauf geachtet, daß er die Kultur seiner leiblichen Eltern studieren konnte, doch ist es ihm ebenfalls nicht gelungen, seinen Platz in der Gesellschaft eindeutig zu bestimmen und eine geschlossene Persönlichkeit auszubilden. Einerseits dient er an Bord eines Raumschiffs der Föderation, andererseits beschäftigt er sich in jeder freien Minute mit der Geschichte, den Gesetzen, den Bräuchen und dem Kriegerethos der Klingonen. So wie Spock sich bemüht, ein >richtiger Vulkanier< zu sein, versucht Worf, als >echter Klingone< anerkannt zu werden und gerät dadurch ständig zwischen die Fronten. Denn im Gegensatz zu den Vulkaniern, die der Föderation zwar skeptisch, aber politisch neutral gegenüberstehen, kommt es mit den Klingonen immer wieder zu Konflikten, die den Frieden

---

[5] Eine anthropozentrische Deutung würde dem Androiden hier einen Ausdruck von Bedauern zuschreiben. Übrigens stellt sich im weiteren Verlauf der Serie heraus, daß Data einen >Bruder< hat, den Androiden Lore, der früher als Data konstruiert wurde und mit einem sogenannten >emotion-chip< ausgestattet ist; er sorgt in der Serie für einigen

zwischen den beiden Mächten gefährden. Von klingonischer Seite wird dann oft an Worfs Loyalität mit dem Reich seiner Vorfahren appelliert und als Belohnung die ruhmvolle Aufnahme in die klingonische Gemeinschaft in Aussicht gestellt. Ansonsten gilt er im Imperium als Verräter, der durch den langen Kontakt zur Föderation seine klingonischen Prinzipien vergessen hat und verweichlicht ist; er gehört nicht mehr dazu.

Die verschiedenen Möglichkeiten der Zuordnung von Worf und Spock werfen ein Licht auf die Unbestimmtheit der Regeln, nach denen Personen ihr kultureller Standort zugewiesen wird und darauf, welche Rolle dabei die persönliche und die gesellschaftliche, die biologische und die kulturelle Herkunft spielen.[6] Worf wird einerseits von den Klingonen ausgegrenzt, weil er durch seine lange Abwesenheit von seinem Heimatplaneten den Anspruch auf Anerkennung als Angehöriger des Imperiums verwirkt hat; andererseits verlangt man manchmal von ihm, aufgrund seiner biologischen Abstammung und trotz seiner terranischen Erziehung klingonisch zu handeln; Spock dagegen wird von den Vulkaniern trotz der langen Jahre, die er auf Vulkan verbracht hat, nicht akzeptiert. Seine menschlichen Kollegen identifizieren ihn manchmal unter Vernachlässi-

---

Ärger. Data selbst erhält zu einem späteren Zeitpunkt einen solchen Chip, doch er aktiviert ihn nur selten.

[6] Die Anthropologin Marilyn Strathern hat zu diesem Thema interessante Nachforschungen angestellt: In ihren beiden Aufsätzen über Blutsverwandtschaft und die Wahrnehmung von Zugehörigkeit zu dem Dorf Elmdon in Essex (Strathern 1982a; 1982b) stellt sie dar, wie >kinship ideology< von den Dorfbewohnern als Mittel zur Abgrenzung der Dorfgemeinschaft von Fremden und gleichzeitig auch zur Öffnung nach außen hin genutzt wird. Ursprünglich hatten die Elmdoner auf die Migration von Ortsansässigen aus dem Ort hinaus und Fremden nach Elmdon hinein mit der Unterscheidung von >real Elmdoners< und >outsiders< reagiert; erstere waren >people of the blood<, das heißt Leute, die durch Blutsverwandtschaft ein Netz von Beziehungen aufgebaut hatten, welches die Grenzen der Dorfgemeinschaft bestimmte. Die >outsider< waren gering angesehen, und daher bezogen sich Nachkommen aus Mischehen zwischen einem >echten< Elmdoner und einem >Fremden< immer auf ihre Verwandtschaft mit ersterem, um ihren sozialen Status zu festigen. Mit der Zeit jedoch wurde die Einheirat von Personen, deren Verwandte von außerhalb des Ortes >draußen< hoch angesehen waren, als sozialer Prestigegewinn betrachtet, so daß neuerdings die Bezugnahme auf die Blutsverwandtschaft zur Dorfgemeinschaft die Zugehörigkeit zum Ort definiert, die Verbindung nach außen

gung seiner halb-menschlichen Abstammung als Vulkanier, oft wird ihm jedoch unter Nichtbeachtung der vulkanischen Aspekte seiner Persönlichkeit >humanes< Verhalten abverlangt.

An diesen nur skizzenhaft dargestellten Konflikten läßt sich bereits erkennen, welche Bedeutung der kulturelle Aspekt für die Zuordnung einer Person zu einer Gruppe hat und welche komplexe Rolle kulturelle und >natürliche< Merkmale bei der Identifikation von Individuen als Vertreter einer Kultur spielen. Die Tatsache, daß einem Individuum die universale Eigenschaft 'intelligente Lebensform', das heißt 'sprach- und vernunftbegabtes Lebewesen', zugesprochen werden kann, reicht nicht aus, um ihm als Person einen Platz in der Gruppe zuzuweisen. Es sind vielmehr die partikularen Aspekte, die über die Zugehörigkeit entscheiden. Wenn der logisch-rationale, das heißt der universale, Aspekt von Spocks Persönlichkeit allein auftritt, macht er in bestimmten Situationen in den Augen seiner menschlichen Kollegen gerade Spocks Fremdartigkeit aus. Die Widersprüchlichkeit ihres Verhaltens spiegelt die Unsicherheit darüber wider, welcher Aspekt, der universale oder der partikulare, relevant sein soll. Der Wunsch, einer bestimmten Gruppe anzugehören, reicht für eine Zuordnung jedenfalls nicht aus.

Wie identifiziert man dann aber erst den Standort einer Person, deren Geschichte man nicht kennt oder die überhaupt keine persönliche Vergangenheit besitzt? In Datas Fall könnte man sich damit behelfen – und so wird in der Serie auch verfahren –, daß man den Konstrukteur, der Data entwickelt hat, als seinen geistigen Vater betrachtet und seine Programmierung als kulturellen Kontext. Ganz schwierig wird es jedoch in bezug auf Odo, den Gestaltwandler (shape shifter) in *Deep Space 9*. Er

---

dagegen das allgemeine soziale Prestige. Je nach Situation wird der eine oder der andere Aspekt besonders betont.

ist nämlich nicht nur auf der Raumstation – wie Data an Bord der *Enterprise* – der einzige Vertreter seiner Art, sondern er scheint im ganzen Universum einzigartig zu sein. Als man ihn nach einer planetaren Katastrophe irgendwo im Weltraum fand, hatte er jede Erinnerung verloren, und es gab nicht den geringsten Hinweis darauf, woher er kam. Von allen Fremden-im-Innern, die in *Star Trek* vorgestellt werden, ist Odo der einsamste. Seine kulturelle Unbestimmtheit wird durch seine körperliche Erscheinung vortrefflich illustriert: Als Gestaltwandler kann er seine äußere Form jedem belebten oder unbelebten Gegenstand seiner Umgebung anpassen, was ihn zum Sicherheitschef geradezu prädestiniert. Als Blumenvase auf einem Tisch kann er unbemerkt die konspirativen Treffen intriganter Besucher belauschen, als Gemälde an der Wand in Quarks Bar die illegalen Geschäfte seines liebsten Widersachers aufdecken und durch Veränderung seiner Größe blitzschnell durch die kleinsten Ritzen schlüpfen, um einer Gefahr oder einer mißlichen Situation zu entkommen.[7] Für den Dienst an Bord der Raumstation hat Odo eine humanoide Gestalt angenommen, doch muß er in regelmäßigen Abständen zur Erholung in einen Zustand zurückkehren, in dem er am ehesten als oszillierende gallertartige Masse zu beschreiben ist. Er bemüht sich darum, seine Rückverwandlung mit äußerster Diskretion zu bewerkstelligen, und bis auf Lwxana Troi – und die Fernsehzuschauer natürlich –, mit der er in

---

[7] Man braucht nicht viel Phantasie, um sich auszumalen, welche Scherze Odos Fähigkeit herausfordert. Die Häufigkeit gutwilliger bis bösartiger Witze und Streiche, denen eine Person zum Opfer fällt, scheint neben äußerer Erscheinung, Sprache und Verhalten ein zuverlässiges Kriterium für die Identifikation eines Außenseiters zu sein. Viele *Star-Trek*-Episoden enden nach amerikanischem Serienmuster mit einem Scherz in entspannter Runde, und nicht selten gehen diese Späße auf Kosten von Spock, Data, Worf oder Odo. Umgekehrt kann auch der Außenseiter eine ironische Distanz zu seiner Position für Streiche ausnützen. So gibt Odo gerne vor, Quark belauscht zu haben, um ihm eins auszuwischen. Der Ferengi zerbricht sich dann tagelang den Kopf darüber, in welcher Gestalt der Sicherheitschef sich bei ihm eingeschlichen haben mag. Auch Spock bringt es bisweilen fertig, durch übertrieben vulkanische Reaktionen den Spieß umzudrehen und die Lacher auf seiner Seite zu haben; sogar Data lernt mit seinen Eigenarten spielerisch umzugehen. Worf ist der einzige, der überhaupt keinen Humor besitzt.

einer solchen kritischen Phase im Turbolift steckenbleibt und die ihn in einer rührenden Szene in ihrem Kleid auffängt, damit er nicht durch die Bodenritzen sickert (vgl. „The Forsaken"; *DS9* Nr. 17), hat ihn noch niemand in dieser Verfassung gesehen. Seine körperliche Unbestimmtheit und seine Geschichtslosigkeit umgeben ihn mit einer Aura des Geheimnisvollen und Unberechenbaren, sie lassen ihn inmitten der bunten Vielfalt der Gesellschaft auf der Station völlig isoliert dastehen.[8]

Die Situation dieser Fremden-im-Innern, die vordergründig integriert, aber immer von Ausgeschlossensein bedroht sind, wirft Fragen bezüglich der kulturellen Bestimmung von Individuen und ihrer Zuordnung zu einer Gruppe auf. So konfliktbeladen und manchmal leidvoll das Leben dieser Außenseiter an Bord sein kann, so groß ist auch die Bedeutung ihrer Anwesenheit für das Erkennen kultureller Wahrnehmungs- und Verhaltensmuster von seiten der Beteiligten. Sie fordern dazu auf, darüber nachzudenken, mit Hilfe welcher Kriterien Zuordnungen vorgenommen und damit Stereotype und Vorurteile produziert werden. Die Fremden-im-Innern übernehmen auch eine besondere Rolle beim Kontakt mit dem von Außen kommenden Fremden: Sie überschreiten am häufigsten die Grenze, die >Wir< und >die Anderen< voneinander trennt und an der die Spannung zwischen Furcht und Faszination am größten ist.

---

[8] Was an der Darstellung der Fremden-im-Innern in den drei verschiedenen Serienblöcken im Vergleich besonders auffällt, ist eine Steigerung des Fremdartigen bei den einzelnen Charakteren. Während Spock - biologisch betrachtet - noch ein halber Mensch ist und sich im Vergleich mit den anderen Fremden-im-Innern äußerlich wenig von den übrigen Besatzungsmitgliedern unterscheidet, stammt Worf von einem recht fremdartigen Volk ab, das zudem lange Zeit gegen die Föderation Krieg geführt hat. Data ist nicht einmal eine Lebensform im herkömmlichen Sinn, und Odo läßt sich durch seine totale körperliche und kulturelle Unbestimmtheit erst gar nicht zuverlässig beschreiben. Daraus könnte auf der dramaturgischen Ebene der Schluß gezogen werden, daß die Produzenten der Serie in den achtziger Jahren drastischere Formen der Andersartigkeit inszenieren mußten, um dem Publikum die Fremdheit des jeweiligen Charakters zu vermitteln. Daß die Wahrnehmung eines Charakters als Fremder-im-Innern jedoch hauptsächlich davon abhängt, wie die übrigen Protagonisten sich ihm gegenüber verhalten, zeigen die Arbeiten von Harvey R. Greenberg (1984) und Nell Logan (1985): Die Jugendlichen der achtziger

Dadurch nehmen sie häufig eine Vermittlerposition ein. In jedem der drei Serienblöcke gibt es Episoden, die sich mit den Problemen dieser Figuren beschäftigen; dies soll im folgenden in bezug auf Spock, Data und Worf genauer untersucht werden.

4.1.1 *Journey to Babel:* Mr. Spock - der Grenzgänger zwischen zwei Kulturen

„Journey to Babel" (*Classic* Nr. 40) thematisiert den Konflikt unterschiedlicher Rechte und Pflichten von Personen in bezug auf verschiedene Gruppen und die Erwartungen anderer Gruppenmitglieder gegenüber einer Person, die als zur Gruppe gehörig betrachtet wird.

Auf dem Planetoiden mit dem sinnreichen Namen 'Babel' soll eine Konferenz der Botschafter der *United Federation of Planets** stattfinden. Die *Enterprise* hat in dieser Episode die Aufgabe, die Konferenzteilnehmer, die sich in Aussehen, Sprache und Gepflogenheiten sehr voneinander unterscheiden, zum Tagungsort zu bringen. Im Orbit um den Planeten Vulkan, wo man Botschafter Sarek und seine Frau Amanda an Bord nimmt, legt die *Enterprise* einen Zwischenstopp ein.

Beim Empfang der beiden Gäste vom Planeten Vulkan stellt sich in einer für alle Anwesenden befremdlichen Situation heraus, daß es sich bei dem Vulkanier Sarek und seiner menschlichen Frau Amanda um Spocks Eltern handelt. Das Verhältnis zwischen Sohn und Eltern, vor allem zwischen Vater und Sohn, erscheint Spocks Mannschaftskollegen reichlich unterkühlt. Im Verlauf der Handlung klärt sich auf, daß es zwischen Sarek und seinem halbblütigen Sohn Differenzen gegeben hat, was Spocks Ausbildung betrifft, und daß die beiden seit einigen Jahren nicht mehr miteinander gesprochen haben. Offenbar hat Spock durch seinen Eintritt

---

Jahre erkennen in Spock meist die Außenseiterrolle wieder, in die sie sich selbst in ihrer

in die Raumflotten-Akademie mit einem vulkanischen Prinzip gebrochen und sich in den Augen seines Vaters von seiner rationalen, >logischen<, pazifistischen vulkanischen Seite ab- und der emotionalen, irrationalen, kämpferischen menschlichen zugewendet. Alle Handlungen dieser beiden Personen werden von nun an von den Mitgliedern der Besatzung im Lichte dieses Verhältnisses interpretiert, alles was Spock tut, zerfällt in einen menschlichen und einen vulkanischen Aspekt.

Die Situation an Bord des Schiffes spitzt sich sehr bald zu, als einer der Botschafter ermordet aufgefunden wird und aufgrund der besonderen Tötungsweise Sarek, der außerdem kurz vor dessen Tod heftig mit dem Tellarer* gestritten hatte, in Verdacht gerät. Darüber hinaus wird die *Enterprise* von einem nicht identifizierbaren Schiff verfolgt. Diese Ereignisse gefährden das Zustandekommen der ohnehin unter schlechten Vorzeichen stehenden Konferenz. Alle Beteiligten sind sehr angespannt.

Da erleidet Sarek einen schweren Herzanfall, was ihn zwar einerseits vom Verdacht des Mordes entlastet, weil er bereits seit einiger Zeit körperlich geschwächt ist, andererseits ist dadurch Sareks wichtige Tätigkeit als Vermittler für die Konferenz gefährdet. Allein eine komplizierte Operation, für die Spock in einem für ihn nicht ungefährlichen Verfahren Blut spenden müßte, kann den Vulkanier retten. Spock stimmt ohne Zögern und entgegen der Ängste seiner Mutter, die um beider Leben fürchtet, zu.

Als auch Captain Kirk bei einem weiteren Attentat schwer verletzt wird, übernimmt Spock als Erster Offizier das Kommando über das Schiff und damit die Verantwortung für die Passagiere. Diese neue Situation macht es ihm aus seiner Sicht unmöglich, seinem Vater Blut zu spenden. Auch seiner Mutter gelingt es nicht, ihn dazu zu bewegen, das

---

aktuellen Situation von der Gesellschaft gedrängt fühlen.

Kommando an einen anderen Offizier zu übergeben. Captain Kirk gibt nun vor, sich gut genug zu fühlen, um das Schiff führen zu können, und entläßt Spock aus seinen Pflichten als stellvertretender Kommandant, damit die lebensrettende Operation durchgeführt werden kann. Der Attentäter wird am Ende als Spion der Orioner* entlarvt, die nicht zum Bündnis gehören; als Andorianer getarnt, der an der Konferenz teilnimmt, sollte er die Diplomaten gegeneinander aufbringen und dem Schiff, das die *Enterprise* verfolgt, eine Gelegenheit zum Angriff verschaffen. Das Volk vom Orion sah durch die mögliche Einigung der Diplomaten bei der Konferenz eigene Machtinteressen gefährdet.

Abgesehen von der Gruppe der Vulkanier, der Menschen und *Starfleet* spielen im Geschehen dieser Episode bestimmte Beziehungen zwischen den Mitgliedern eine wichtige Rolle, vor allem das Vater-Sohn-, das Mutter-Sohn-, das Befehligender-Untergebener- und das Freundschafts-Verhältnis.

Zu Anfang scheint es, als sei seine Rolle als Offizier der Sternenflotte für Spock handlungsbestimmend. Bei einer Organisation wie *Starfleet*, deren Kriterien der Mitgliedschaft exakt und explizit festgelegt sind, fällt die Zuordnung einer Handlung zur Rolle der Person als Mitglied dieser Organisation nicht schwer: Wer eine bestimmte Ausbildung abgeschlossen und die vorgeschriebenen Prüfungen absolviert hat sowie eine bestimmte Uniform trägt, gehört zur Sternenflotte. Bei ihrem Eintritt in diese Gruppe akzeptiert eine Person eine ihr zugewiesene relative Position und die Befugnisse und Pflichten, die damit verbunden sind. Ein Verstoß dagegen wird bestraft, gegebenenfalls mit dem Ausschluß aus der Gruppe.

Was es heißt, ein Vulkanier oder ein Mensch zu sein, läßt sich weniger leicht bestimmen; die an der Handlung beteiligten Individuen in

„Journey to Babel" haben Schwierigkeiten, Spocks Handlungen in bezug auf seine Zugehörigkeit zu diesen beiden Gruppen zu deuten. Dem Publikum, das dem Geschehen gegenüber eine quasi anthropologische Haltung einnehmen kann, liefern ihre Reaktionen Indizien dafür, in welcher Rolle Spock wahrgenommen wird und welche Erwartungen von seiten der Beteiligten mit ihrer Wahrnehmung verknüpft sind. Ein zentraler Aspekt des Vater-Sohn-Konfliktes besteht offenbar in der Unvereinbarkeit, die für Sarek hinsichtlich der Pflicht des Sternenflottenoffiziers zur Verteidigung der Föderation und der Gewaltfreiheit der Vulkanier besteht:

> Kirk: I gather Spock disagreed with his father over his choice of career.
> Amanda: My husband has nothing against *Starfleet*. But Vulcans believe that peace should not depend on force.

Die Spannungen zwischen Sarek und Spock wurzeln Amandas Ansicht nach in der vulkanischen Denk- und Lebensweise:

> Amanda: You don't understand the Vulcan way, Captain: It's logical. It's better than ours. But it's not easy. It has kept Spock and Sarek from speaking as father and son for eighteen years.

Im Lichte dieses Konfliktes zwischen Vater und Sohn werden die vulkanischen und die menschlichen Aspekte von Spocks Verhalten zu deuten versucht.

Zunächst stehen Kirk und McCoy dem Problem gegenüber, daß sie Sareks und Spocks Verhalten nicht in ihre gewohnten Handlungsschemata der Vater-Sohn-Beziehung einordnen können. Sarek will nicht von Spock durch das Schiff geführt werden und lehnt auch sonst jede Demonstration der Fähigkeiten und Kenntnisse des Ersten Offiziers der *Enterprise* ab, die Kirk anregt. Die Bemühungen des Captain, den vulkanischen Botschafter auf die Qualitäten seines Sohnes aufmerksam zu machen, enden damit, daß der Vulkanier sich zurückzieht und den Captain mit einer Menge ungelöster Fragen zurückläßt.

Spocks Verhalten erscheint den Mitgliedern der Crew jedoch nicht weniger befremdlich. Seine Reaktion auf den Mord an dem tellarischen Botschafter, die vulkanische Tötungsweise und den vorangegangenen Streit zwischen Sarek und dem ermordeten Diplomaten bringt den Captain etwas aus der Fassung:

> <u>Spock</u>: Indeed? Interesting.
> <u>Kirk</u>: Interesting?! Spock, do you realize that makes your father the most likely suspect?!

Diese Äußerung gibt Anlaß zu Spekulationen: Spricht Spock hier als Vulkanier, der Fakten zur Kenntnis nimmt und sachlich diskutiert? Oder als *Starfleet*-Offizier, den in Ausübung seiner Pflicht die persönlichen Implikationen dieses Vorfalls nicht an einer objektiven Betrachtung hindern dürfen? Oder ist das Verhältnis zu seinem Vater so weit abgekühlt, daß ihn der Mordverdacht gegenüber Sarek gar nicht mehr berührt? Amandas Reaktion zeigt dagegen deutlich, daß sie sich ihren Mann überhaupt nicht als Mörder vorstellen kann:

> <u>Amanda</u>: This is ridiculous, Captain! You aren't accusing *him*...?!

Im Vergleich dazu erscheint Spocks Verhalten sehr kühl und unbeteiligt, doch die Art und Weise, wie Sarek selbst sich über die Schilderung des Falles äußert, gibt den Anwesenden weiteren Anlaß zum Nachdenken:

> <u>Sarek</u>: Indeed? Interesting.

Ist Spocks Verhalten, das sich in dieser Situation von dem seiner Mutter so sehr unterscheidet und dem seines Vaters so ähnlich ist, vulkanisch? Er gibt seinen menschlichen Kollegen und Freunden an Bord weiterhin Rätsel auf. Seine spontane Bereitschaft zu der lebensgefährlichen Blutspende für seinen Vater läßt ihn in ihren Augen mutig und opferbereit erscheinen, umso überraschter ist Dr. McCoy von Spocks Meinungsänderung nach dem Attentat auf Kirk:

> McCoy: Your father is much worse. There's no longer a choice. I have to operate immediately. We can begin as soon as you're prepared.
> Spock: No, Doctor.
> McCoy (schockiert): Why?
> Spock: My first responsibility is to the ship. Our passengers' security is by *Starfleet* order of first importance. We are being followed by an alien, possibly hostile vessel. I cannot relinquish command under these circumstances. (Er kehrt dem Doktor den Rücken zu und will den Raum verlassen.)
> McCoy (barsch): You can turn command over to Scotty!
> Spock (wendet sich dem Arzt zu): On what grounds, Doctor? Command requirements do not recognize personal privilege.

Von menschlicher Seite könnte man ihm unterstellen, er wolle die Chance, sich zum Kommandeur des Schiffs aufzuschwingen, nicht zugunsten seines Vaters ungenutzt lassen; McCoy jedenfalls ist fassungslos. In einem Dialog zwischen Spock und Amanda, die ihren Sohn dazu bewegen will, seinem Vater das Leben zu retten, werden seine Motive - zumindest für das Fernsehpublikum - endlich deutlicher:

> Amanda: Any competent officer can command this ship. Only you can give your father the blood transfusion that he needs to live.
> Spock: Any competent officer can command this ship under normal circumstances. The circumstances are not normal. We're carrying over one hundred valuable Federation passengers, we're being persued by an alien ship, we're subject to a possible attack, there has been murder and attempted murder on board. I cannot dismiss my duties.
> Amanda: Duty! Your duty is your father!
> Spock: I know. But this must take precedence. If I could give the transfusion without loss of time or efficiency, I would. Sarek understands my reason.
> Amanda: But I don't. It's not human... Oh, that's not a dirty word! You're human, too! Let that part of you come through! Your father's dying!

Spock: Mother, how can you have lived on Vulcan so long, married a Vulcan, raised a son on Vulcan, without understanding what it means to be a Vulcan.
Amanda: If this is what it means, I don't want to know!
Spock: It means to adopt the philosophy, a way of life which is logical and beneficial. We cannot disregard this philosophy merely for personal gain. No matter how important that gain might be.
Amanda: Nothing is as important as your father's life.
Spock: Can you imagine what my father would say if I were to agree, if I were to give up command of this vessel, jeopardize hundreds of lives, risk interplanetary war, all for the life of one person?
Amanda: When you were five years old and came home, stiff-lipped, anguished, because the other boys tormented you, saying that you weren't ... really Vulcan ... I watched you, knowing that inside the human part of you was crying ... and I cried, too ... There must be some part of me in you ... some part that I still can reach. [...] Oh go to him, now. Please!
Spock: I cannot.

Spock läßt sich nicht umstimmen; Amanda, die sich in ihrer Verzweiflung und Hilflosigkeit zu einer Ohrfeige hinreißen läßt, verläßt unter Tränen den Raum. Spocks Geste, der seine Hand und seinen Kopf gegen die geschlossene Tür drückt, und die Art und Weise, in der er monoton die Begründung für sein Handeln seiner Mutter im beinahe gleichen Wortlaut vorträgt wie vorher McCoy, läßt den inneren Kampf zwischen Spocks menschlicher und seiner vulkanischen >Hälfte< erahnen. Er trifft seine Entscheidungen nicht nur gemäß den Vorschriften der Sternenflotte, sondern nach seiner >mentalen Programmierung< als Vulkanier. Die Äußerung 'I cannot' kann heißen 'Ich kann nicht anders handeln, weil ich Vulkanier bin', 'Ich kann nur gemäß meiner mentalen Programmierung handeln' (vgl. Hofstede 1991) - oder auch 'Ich kann nicht anders, weil ich Vulkanier sein und von meinem Vater als solcher anerkannt werden will', das heißt 'Ich vermittle mit meinem Handeln eine ganz bestimmte kulturelle Bedeutung' (vgl. Geertz 1975). Die Episode endet in dieser Hinsicht mit einer nicht eindeutig zu beantwortenden Frage. Das Publikum vermag an den Reaktionen und Deutungen der Protagonisten nicht klar abzulesen, welche Bedeutung sie Spocks Verhalten zuordnen. Ob er aus einem kulturellen oder biologischen Zwang heraus handelt und ihm Alternativen nicht zur Verfügung stehen, oder ob er unter verschiedenen möglichen Handlungsweisen diese eine ganz bewußt auswählt, um seine Zugehörigkeit zu den Vulkaniern zu demonstrieren, bleibt offen. An der gelösten Atmosphäre an Sareks Krankenbett nach der überstandenen Operation und der Beseitigung der Gefahr für das Schiff zeigt sich jedenfalls, daß Spocks Entscheidung bei Sarek auf Anerkennung trifft. Spock läßt seinen Vater nicht kaltherzig im Stich, sondern erfüllt nach den vulkanischen Regeln seine Pflicht als Teil einer Gesellschaft, in der das Wohl der vielen über dem des einzelnen steht.

Diese Episode verdeutlicht die Willkür, mit der die Grenze zwischen >Wir< und >die Anderen< gezogen werden kann. Fichters (1957, 11) Merkmal der gemeinsamen Abstammung (vgl. Kapitel 2.) überdeckt hier alle Unterschiede: Amanda und viele Mitglieder der Crew beschwören Spocks Verwandtschaft mit seiner Mutter geradezu, um ihn zu einer >menschlichen< Entscheidung zu bewegen, und vernachlässigen dabei die vulkanischen Aspekte seiner Persönlichkeit. Allein die über die vulkanisch-menschliche Grenze hinweg reichende Freundschaft zwischen Kirk und Spock und das intuitive Verständnis des Captains für die Beweggründe seines Ersten Offiziers ermöglichen ein für alle Beteiligten glückliches Ende: Sarek wird gerettet, der Mord aufgeklärt und das Schiff außer Gefahr gebracht. Darüber hinaus erwirbt Spock durch seine Handlungsweise die Anerkennung seines Vaters, wenn sie sich auch auf vulkanische Weise äußert:

<u>Amanda</u>: And you, Sarek, would you also say thank you to your son?

> Sarek: I do not understand.
> Amanda: For saving your life.
> Sarek: Spock acted in the only logical manner open to him. One does not thank logic.

Für Sarek fügt sich Spocks Handeln nahtlos in die vulkanischen Denk- und Verhaltensmuster ein. Wenn Spock seine Äußerung 'I cannot' in dem Sinne gemeint hat, daß er damit bewußt seine Zugehörigkeit zur vulkanischen Kultur beweisen wollte, so kann dieser Fall von Vermittlung kultureller Bedeutung in bezug auf Spock und Sarek als gelungen beurteilt werden. Amandas Entrüstung auf die >vulkanische< Feststellung ihres Mannes wird von Spock und Sarek ebenfalls auf vulkanische Weise kommentiert:

> Spock: Emotional, isn't she?
> Sarek: She has always been that way.
> Spock: Indeed? Why did you marry her?
> Sarek: At the time it seemed a logical thing to do.

An der Episode „Journey to Babel" werden die kulturellen Bedeutungsnetze deutlich, in denen die Beteiligten verstrickt sind, ebenso die Art und Weise, wie Handlungsinterpretationen auf der Basis solcher Netze über die Zuordnung einer Person zu einer Gruppe entscheiden. Darüber hinaus springt die Komplexität kultureller Phänomene im Vergleich zur expliziten Struktur einer Organisation wie *Starfleet* ins Auge. Und schließlich erkennen die Beteiligten nicht nur das spezifisch Vulkanische an Spocks Handlungen, sondern auch im Kontrast dazu das spezifisch Menschliche ihres eigenen Verhaltens. Der Widerstreit zwischen logisch-rationalem und impulsiv-emotionalem Anteil, der in bezug auf Spock als intrapersonaler Konflikt wahrgenommen wird, stellt das Verhältnis des Universale 'intelligente Lebensform' zum Partikulare 'Mensch' in Form eines persönlichen Schicksals dar. In diesem Konflikt wird das Menschsein überhaupt erst als partikular erkennbar.

Durch solche Erlebnisse lernen die Besatzungsmitglieder, mit den Stereotypen und Vorurteilen gegenüber dem Unbekannten umzugehen und ihre Strategien für die Kommunikation zu überprüfen.

4.1.2 *The Measure of a Man:* Data - komplizierte Maschine oder künstlich erzeugtes Lebewesen?

Auch der Android Data hat die (dramaturgische) Funktion, durch die Andersartigkeit seiner Denk- und Handlungsmuster grundsätzliche Fragen der menschlichen[9] Existenz zur Diskussion zu stellen. In der Episode „The Measure of a Man" (*TNG* Nr. 35) zum Beispiel wird darüber verhandelt, ob Data ein fühlendes Wesen (a sentient being) ist. Die Erörterung dieser Frage dient jedoch nicht nur dazu, den Status des Androiden an Bord des Schiffes und innerhalb der Sprachgemeinschaft der Föderation zu klären. Sie macht auch die Art und Weise deutlich, in der Ausdrücke wie 'Mensch', 'menschlich', 'intelligent', 'Bewußtsein' oder 'Gefühl' verwendet werden, und thematisiert den Zusammenhang zwischen der Wahrnehmung eines Individuums als fremdes Wesen und der Konzeption wechselseitiger Rechte und Pflichten.

Als Captain Picard mit seiner Mannschaft die Ausstattung einer neuen Raumstation koordiniert, wird er dort vom Besuch des Computerspezialisten Maddox überrascht. Maddox beschäftigt sich seit einigen Jahren mit der Erforschung künstlicher Intelligenz und besonders intensiv

---

[9] An dieser Stelle müßte ein Ausdruck stehen, der eine nicht-anthropozentrische Gegenüberstellung ermöglichen würde. In der Serie wird der Ausdruck 'human' jedoch sehr oft auch im Zusammenhang mit nicht-menschlichen beziehungsweise nicht-terranischen Lebewesen gebraucht. Die alternative Verwendung von 'humanoid' verrückt die anthropozentrische Betrachtungsweise nur geringfügig. Offenbar hat die Erfindungsgabe der

mit den Arbeiten des Wissenschaftlers, der Data konstruiert hat. Er glaubt, in seinen Forschungen nunmehr so weit fortgeschritten zu sein, daß er das positronische Gehirn des Androiden zerlegen, genau analysieren und duplizieren kann. Dies würde es ihm ermöglichen, die bisher einzigartige Arbeit jenes Wissenschaftlers zu wiederholen und beliebig viele Kopien von Data anzufertigen. Die Genehmigung für sein Projekt hat er an oberster Stelle eingeholt. Dadurch wird es für Data, der Maddox' Forschungsergebnisse für nicht abgesichert hält, und für Picard, der um die Unversehrtheit seines hochqualifizierten Besatzungsmitgliedes besorgt ist, sehr schwer, die Durchführung des Experiments zu verhindern. Als der Captain Data vorschlägt, den Dienst zu quittieren, um sich dem Zugriff des Commanders zu entziehen, kontert Maddox mit dem Einwand, der Android sei laut Statut der Sternenflotte deren Eigentum und könne deswegen gar nicht austreten. Daraufhin beantragt Picard eine Anhörung unter Vorsitz der auf der Raumstation anwesenden Richterin, in der er diesen Passus anfechten und Datas Status ein für allemal klären will. Er selbst vertritt dabei Datas Interessen; Commander Riker kommt als zweithöchstem Offizier die undankbare Aufgabe zu, entgegen seiner Überzeugung Maddox' Position zu verteidigen, die besagt, daß Data lediglich eine hochentwickelte Maschine (an extraordinary piece of engineering) ist und Picards Haltung dem Androiden gegenüber auf einer Projektion beruht:

> Maddox: You are endowing Data with human characteristics because it looks human. But it is not. If it were a box on wheels I would not be facing this opposition.[10]

Autoren, die mit 'Lebensform' einen sinnvollen Überbegriff zu 'Mensch' angeboten haben, sie an dieser Stelle im Stich gelassen.
[10] Maddox' Einstellung gegenüber seinem Forschungsobjekt war bereits zu einem früheren Zeitpunkt recht deutlich geworden: Er hatte vor einigen Jahren bei Datas erster Bewerbung für die Raumflottenakademie als einziges Kommissionsmitglied mit der

Rikers Strategie besteht in der Anhörung darin, dieses Argument zu untermauern, indem er - ausgehend von Datas Angabe der Definition von 'android' aus *Webster's Dictionary* ('an automaton made to resemble a human being') - zu beweisen versucht, daß Data eine von Menschen geschaffene Maschine beziehungsweise eine komplizierte Gliederpuppe ist:

> Riker: The commander is a physical representation of a dream. An idea, conceived of by the mind of a man. Its purpose: to serve human needs and interests. It's a collection of neural nets and heuristic algorithms - its responses dictated by an elaborate software written by a man. And now ... and now a man will shut it off (betätigt einen Mechanismus an Datas Rücken, den das Publikum nicht sehen kann; Datas Oberkörper sackt nach vorn; sein Kopf schlägt auf die Tischplatte). Pinocchio is broken. Its strings have been cut.

In dieser Argumentation ist ein deutlicher Hinweis auf die Anmaßung enthalten, von Menschenhand geschaffene Gegenstände als Lebewesen zu bezeichnen, sie auf die gleiche Stufe mit anderen Lebensformen zu stellen und damit die schöpferische Kraft des menschlichen Geistes mit der des Universums zu vergleichen. Nach Rikers Darstellung kann ein Gegenstand, der von Lebewesen hergestellt worden ist, nicht selbst ein Lebewesen sein – und sich damit auch nicht auf die Rechte und Pflichten berufen, die für die Gemeinschaft der in die Föderation integrierten Individuen gelten.

Picard, von dieser Demonstration sichtlich beeindruckt und mitgenommen, beantragt eine Verhandlungspause, die er dazu nutzt, die Argumentation des Commanders noch einmal zu überdenken. Guinan, die Leiterin der >Schiffsbar<, macht Picard darauf aufmerksam, daß die Frage, ob ein Wesen jemandes Eigentum sei, gravierende Folgen für die Konzeption von gegenseitigen Rechten und Pflichten sowie die Umgangsweise mit diesem Wesen hat:

Begründung, dieser sei kein fühlendes (sentient) Wesen, gegen die Aufnahme des

> Guinan: Consider that in the history of man there have always been disposable creatures. They do the dirty work. They do the work that no one else wants to do because it's too difficult or too hazardous. And an army of Datas, all disposable - you don't have to think about their welfare, you don't think about how they feel. Whole generations of disposable people...
> Picard: You're talking about slavery.[11]

In seiner nun folgenden Rede bei der Anhörung lenkt Picard die Aufmerksamkeit der Anwesenden von der Diskussion darüber, ob Data eine Maschine oder ein Lebewesen ist, auf die Frage, wie der Ausdruck 'sentience' verwendet wird und anhand welcher Kriterien einem Individuum die Eigenschaft 'sentient being' zugeordnet wird. Rikers Darstellung wird nicht direkt zu widerlegen versucht, sondern zunächst zugunsten einer anderen Strategie beiseite geschoben. Um Picards Argumentation im einzelnen nachvollziehen zu können, soll an dieser Stelle eine längere Passage aus seiner Rede wiedergegeben werden:

> Picard (zu Maddox): Commander, would you enlighten us? What is required for sentience?
> Maddox: Intelligence. Self-awareness. Consciousness.
> Picard: Prove to the court that I am sentient.
> Maddox: This is absurd. We all know you're sentient.
> Picard: So I'm sentient but Commander Data is not?
> Maddox: That's right.
> Picard: Why? Why am I sentient?
> Maddox: Well, you are self-aware.
> Picard: Ah, that's the second of your criteria. Well, let's deal with the first: intelligence. Is Commander Data intelligent?

Androiden gestimmt.
[11] Eine besondere dramaturgische Bedeutung kommt in dieser Szene der Tatsache zu, daß die Rolle der Guinan von einer schwarzen Schauspielerin, nämlich von Whoopy Goldberg, verkörpert wird. Sie ist unter anderem bekannt durch ihre Rolle in dem Film „The Color Purple" - deutsch: „Die Farbe Lila". Der Film behandelt die Probleme der Rassen- und Frauendiskriminierung am Beispiel einer jungen schwarzen Frau, die sich gegen die Unterdrückung durch Weiße – und durch schwarze Männer – zu wehren versucht.

Maddox: Yes. It has the ability to learn and understand and to cope with new situations.
Picard: Like this hearing?
Maddox: Yes.
Picard: What about self-awareness? What does that mean? Why am I self-aware?
Maddox: Because you are conscious of your existence and actions. You are aware of yourself and your own ego.
Picard (zu Data gewandt): Commander Data, what are you doing now?
Data: I'm taking part in a legal hearing to determine my rights and status: Am I a personal property?
Picard: And what's at stake?
Data: My rights and status. Perhaps my very life.
Picard: My rights. My status. My life ... It seems reasonably self-aware to me, Commander. [...] Commander, you have devoted your life to the study of cybernetics in general? [...] And Commander Data in particular? [...] And now you propose to dismantle him.
Maddox: So that I can learn from it and construct more.
Picard: How many more?
Maddox: As many as are needed. ... Hundreds, thousands, if necessary. ... There's no limit.
Picard: A single Data - (zu Data gewandt) and forgive me, Commander - is a curiosity. A wonder even a thousand of Datas. Isn't that becoming ... a race? And won't we be judged by how we treat that race? Now, tell me, Commander: What is Data? [...] You see, you have met two of your three criteria for sentience ... so what if you meet the third: consciousness in even the smallest degree? What is he then? *I* don't know. ... Do *you*? [...] (zur Richterin) Now, sooner or later this man [...] will succeed in replicating Commander Data, and the decision you reach here today will determine how we will regard this ... creation of our genius. It will reveal the kind of people we are. [...] It will reach far beyond this court room and this ... one android. It could be seen differently, redefine the boundaries of personal liberty and freedom.

In ihrem abschließenden Urteil kommt die Richterin zu dem Schluß, daß sie nicht in der Lage sei, aufgrund der vorgetragenen Argumente zu bestimmen, ob Data eine Maschine oder ein Lebewesen ist. Dem Satz 'Ein Android ist ein Lebewesen' kann nicht eindeutig ein Wahrheitswert zugeordnet werden.[12] Somit muß entschieden werden, wie Data bezeichnet und vor allem wie er behandelt werden soll. Der weder empirisch noch epistemologisch zu klärende Streit wird nun auf der Ebene ethischer Argumentationen aufgelöst: Solange nicht eindeutig bestimmt werden kann, ob Data eine Maschine oder eine Lebensform ist, soll er als Mitglied der Gemeinschaft der bisher bekannten Lebewesen behandelt werden, mit allen gegenseitigen Rechten und Pflichten, die innerhalb dieser Gemeinschaft anerkannt sind. Dazu gehört zum Beispiel auch das Recht auf körperliche Unversehrtheit, weshalb der Android nun in aller Form die Teilnahme an Maddox' Experiment ablehnen kann. Data bietet dem Commander jedoch an, ihn bei seinen Forschungen zu unterstützen.

Die dramaturgische Wende dieser Episode ist – auch unter philosophischen Gesichtspunkten – bemerkenswert: Anfangs wurde versucht, Rechte und Pflichten in bezug auf Data mit Hilfe von empirischen und

---

[12] Auf theoretischer Ebene werden in der Philosophie Gedankenexperimente entworfen, die ganz ähnliche Probleme behandeln. In seinem Aufsatz 'Robots: machines or artificially created life?' (Putnam 1964) beispielsweise macht Hilary Putnam auf die Bedeutung von epistemologischen Fragen über die Funktionsweise von Robotern für die Diskussion von bestimmten anthropozentrischen Konzepten aufmerksam.
Um das Problem zu erörtern, das ihn in diesem Zusammenhang am meisten interessiert, stellt Putnam sich einen Roboter mit einer Reihe von kognitiven Fähigkeiten vor: „[...] (1) it uses language and constructs theories; (2) it does not initially ‚know' its own physical make-up, except superficially; (3) it is equipped with sense organs, and able to perform experiments; (4) it comes to know its own make-up through empirical investigation and theory construction" (Putnam 1964, 671).
Eine der zentralen Fragen, die in Zusammenhang mit dem Status eines solchen Roboters zu stellen wäre, lautet 'Kann ein Roboter Empfindungen (sensations) haben?'. So landet man schließlich bei der epistemologischen Frage, ob Roboter ein Bewußtsein haben - oder auch bei der ethischen, ob sie Bürgerrechte besitzen sollten.
Nachdem Putnam verschiedene Argumente gegeneinander diskutiert hat, kommt er zu dem Schluß, daß dem Satz 'Roboter sind Lebewesen' kein Wahrheitswert zugeordnet werden kann, sondern entschieden werden muß, ob Roboter als Mitglieder unserer Sprachgemeinschaft behandelt werden sollen. Die epistemologische Frage, ob solche Roboter denken, fühlen, lebendig sind, ein Bewußtsein haben, kann nicht eindeutig beantwortet werden; daher plädiert Putnam dafür, eine Entscheidung zu ihren Gunsten zu treffen:
„If we are to make a decision, it seems preferable to me to extend our concept so that robots *are* conscious - for ‚discrimination' based on the ‚softness' or ‚hardness' of the body parts of a synthetic ‚organism' seems as silly as discriminatory treatment of humans on the basis of skin color" (Putnam 1964, 691).

erkenntnistheoretischen Untersuchungen auf der Basis objektivierbarer Argumente zu formulieren. Am Ende steht dagegen im Vordergrund die Frage der *Verantwortung* gegenüber einem Individuum, das den Anspruch erhebt, als gleichwertiges Mitglied der Gemeinschaft anerkannt zu werden. Das Argument, daß Data von Menschen konstruiert wurde, also künstlich ist, dient nun nicht mehr dazu, seinen Status als Sache zu bekräftigen, sondern im Gegenteil dazu, seine Anerkennung als eigenständiges Wesen einzufordern. Rikers Strategie hatte darin bestanden, die Haltung von Menschen, die Androiden als Lebewesen betrachten, als arrogant zu denunzieren. Picard hatte dagegen die Frage, ob Data ein Lebewesen ist, in Richtung auf eine ganz andere Problematik verschoben: Solange nicht eindeutig bestimmt werden könne, ob dem Androiden das Prädikat 'sentient being' zugesprochen werden könne, müßten die Menschen, gerade weil sie ihn konstruiert hätten, dem Produkt ihrer technologischen Arbeit gegenüber verantwortlich handeln. Die Richterin weist in ihrem Urteilsspruch auf Unschärfen in der Verwendung sprachlicher Ausdrücke wie 'konstruieren' und 'erzeugen' hin. Man könne zum Beispiel auch in Zusammenhang mit dem biologischen Zeugungsvorgang auf Konzepte zurückgreifen, die in Maddox' Argumentation dazu verwendet worden waren, Datas Rechte als Lebensform in Frage zu stellen. Als Ergebnis der Kombination von elterlichen DNA-Mustern seien Kinder ebenfalls von Menschen geschaffene >Produkte< und würden dennoch nicht als Sachen angesehen.[13] Mit der Verlagerung des Gewichts auf die

---

[13] Interessant wäre in diesem Fall eine Betrachtung von Grenzfällen wie der Befruchtung *in vitro*, der >Herstellung< von Retortenbabies, der Genmanipulation und der Erzeugung von Klonen. In Zusammenhang mit diesen neuen Möglichkeiten der biologischen Technologie wird die Frage der technologischen Manipulation gegenüber der >natürlichen< Entwicklung aus verschiedenen Perspektiven diskutiert. Wenn auch einige dieser Verfahren im Bereich der menschlichen Fortpflanzung, der bereits als >Fortpflanzungstechnologie< disziplinären Charakter erhält, noch Zukunftsmusik sind, spielt die ethische und rechtliche Auseinandersetzung damit bereits eine wichtige Rolle

Verantwortung der Handelnden wird hier ein Problem angesprochen, das einen wichtigen Aspekt der aktuellen, realen Technologie darstellt. Der technologische Fortschritt macht eine Abschätzung der ethischen, rechtlichen und technischen Folgen menschlichen Handelns unabdingbar. Der Philosoph Hans Jonas hat diese Notwendigkeit, die aus einer >Krise der technischen Machbarkeit< resultiert, als das >Prinzip Verantwortung< formuliert (Jonas 1979; 1985): Obwohl nicht alle möglichen Folgen menschlichen Handelns abschätzbar seien, müsse versucht werden, ein möglichst großes Wissen darüber zu erreichen und in Verantwortung für die künftigen Generationen zu entscheiden. Ein solcher Appell liegt in Picards Hinweis auf die Möglichkeit der Enstehung einer neuen Rasse aus der Vervielfältigung von Androiden, für deren Wohl diejenigen zur Rechenschaft gezogen würden, die sie geschaffen haben.

An dieser Episode wird auch der Zusammenhang von sprachlichen Ausdrücken, ihrer Verwendung zur Kennzeichnung von Individuen und der Handlungsweise diesen gegenüber deutlich. Maddox, der in Data eine komplizierte Maschine sieht, bezieht sich sprachlich auf ihn mit dem Pronomen 'it'.[14] Während des Beratungsgesprächs über das Experiment, das er durchzuführen beabsichtigt, spricht er Data niemals direkt an, sondern wendet sich an Dritte, als er erklärt, wie er vorzugehen beabsichtigt. Die Fragen und Bemerkungen des Androiden beantwortet oder kommentiert er stets so, als hätten Picard oder Riker sie geäußert. Er betritt Datas Quartier ohne vorherige Anfrage und blättert in einem Buch, das dort auf dem Tisch liegt, ohne auf Datas Bemerkung ('Is it not customary to request permission before entering individuals' quarters?') einzugehen; er gesteht ihm keine Privatsphäre zu. Was Data in bezug auf

---

(vgl. Braun/Mieth/Steigleder (Hrsg.) 1987; Herfarth/Buhr (Hrsg.) 1994; Marquard/ Seiler/Staudinger (Hrsg.) 1989; Sass (Hrsg.) 1989; Sporken 1971).
[14] Dieser Aspekt des sprachlichen Bezugs wird in Kapitel 4.2.5 ausführlich behandelt werden.

sich selbst als Einstellung, Bedürfnis, Erfahrung oder Erlebnis bezeichnet, sind in seinen Augen digitalisierbare Daten, die als Informationen aufschlüsselbar sind und keinerlei individuelle Qualität besitzen.

Dagegen verhalten sich die Besatzungsmitglieder der *Enterprise* Data gegenüber wie zu einer Person, die sie akzeptieren, schätzen oder sogar mögen. Sie bereiten eine Abschiedsfeier für ihn vor, bei der sie ihm Geschenke überreichen und ihrer Traurigkeit über seinen Weggang Ausdruck verleihen. Picard verhält sich während der Gerichtsverhandlung nicht so, als verhandele er über einen bestimmten Gegenstand, sondern als vertrete er die Interessen eines Mandanten; er behandelt Data als gleichberechtigtes Besatzungsmitglied ('a valued member of my bridge crew'). Den meisten Protagonisten wird in diesem Zusammenhang erst deutlich, daß sie den Androiden die ganze Zeit schon wie selbstverständlich als Mitglied ihrer Gemeinschaft behandelt haben. Zwar geben seine Reaktionsweisen ihnen oft Rätsel auf oder wirken verwirrend bis ernüchternd- so kann der Android nicht spontan auf Humor reagieren; wenn die Pointe jedoch erst einmal erklärt ist, ist sie nicht mehr witzig -, andererseits bewirken viele seiner Bemerkungen und Handlungen ein Gefühl der Zuneigung und des Respekts bei seinen Kollegen. Als Riker nach dem Gerichtsurteil der in ein Freudenfest umgewandelten Abschiedsfeier für Data fernbleibt, weil er sich wegen der ihm zwar aufgedrängten, aber doch recht überzeugend ausgeübten Funktion als Vertreter der Anklage dort fehl am Platz fühlt, lädt der Android ihn persönlich ein. Er sehe Rikers Verhalten eher als Ausdruck seiner Freundschaft und seines Verantwortungsgefühls ihm gegenüber: Hätte Riker sich geweigert, Maddox' Position zu vertreten, wäre es erst gar nicht zu einer Verhandlung gekommen und Data damit von vornherein die Chance verwehrt gewesen, einen ordentlichen Status zu erhalten. Obwohl Data Gefühle offenbar nicht in der gleichen Weise erlebt und ausdrückt wie seine Kollegen, kann er doch Konzepte wie Freundschaft, Zuneigung, Pflichtbewußtsein oder Sehnsucht in seine eigene Sprache übersetzen. So kann er zum Beispiel jemanden vermissen: Er erklärt einmal, seine Rezeptoren registrierten die Häufigkeit von Kontakten mit Personen; seine Schaltkreise stellten auch fest, wenn die Frequenz abnehme; dies könne man durchaus als Gewöhnungseffekt beziehungsweise Sehnsucht bezeichnen.

Durch Datas Analysen und Übersetzungen menschlicher Rede- und Handlungsweisen sowie durch die Verhandlung seines Status als Grenzfall in dieser Episode werden auch sprachliche Mittel zur Verfügung gestellt, mit deren Hilfe man kulturelle oder artspezifische Verhaltensmuster >diesseits< und >jenseits< der Grenze thematisieren und beschreiben kann.

4.1.3 Home is where the heart is – Worf

Worfs persönliche Situation als Fremder-im-Innern ist vor allem von Konflikten zwischen seiner klingonischen Herkunft und der terranischen Sozialisation durch seine menschlichen Adoptiveltern gekennzeichnet. Seine Probleme sind denen von Spock insofern ähnlich, als auch er sich bezüglich seiner kulturellen Zugehörigkeit in einem Zwiespalt befindet; allerdings unterscheiden sie sich bezüglich der Voraussetzungen. Worfs Konflikt stellt sich - zumindest vordergründig - nicht als der Widerstreit zweier gleichberechtigter Anteile der Persönlichkeit dar, wie es in bezug auf Spocks vulkanische und seine >menschliche< Hälfte dargestellt wurde, sondern als der Gegensatz von 'angeboren' und 'erworben', also von Natur und Kultur.

Ein weitverzweigtes Netz von patrilinear bestimmten Verwandtschaftsbeziehungen weist den Klingonen ihren Platz innerhalb der gesellschaftlichen Ordnung zu und stellt ihnen Orientierungen für ihr Handeln zur Verfügung. Als Volk sind die Klingonen eng miteinander verbunden; sie nennen einander über die Grenzen der eigenen Familie oder des Clans hinaus 'Bruder' beziehungsweise 'Schwester'. Die Handlungen des einzelnen haben für die gesamte Gesellschaft Bedeutung. Von dieser Gemeinschaft ist Worf abgeschnitten und gleichzeitig stark beeinflußt. Als kleiner Junge adoptiert und fernab von der klingonischen Gesellschaft aufgewachsen, gerät er häufig in einen Konflikt zwischen den Regeln, die die Lebensweise seiner terranischen Pflegeeltern bestimmen, und dem klingonischen Verhaltenskodex, mit dessen Einzelheiten er sich intensiv beschäftigt. Sein Quartier an Bord der *Enterprise* ist im klingonischen Stil eingerichtet; er verbringt viel Zeit mit der Einübung klingonischer Kampftechniken und der Lektüre klingonischer Geschichtsbücher und Legenden. Obwohl er beinahe sein ganzes Leben unter Menschen zugebracht hat, ist er dort nicht völlig integriert. Dazu mag auch sein Äußeres beigetragen haben, das sich von dem der Menschen stark unterscheidet und offenbar ganz bestimmte Assoziationen auslöst: Klingonen sind im Durchschnitt größer als Menschen und von imposanter Statur. Ihre Haut ist dunkel und zeigt auf Stirn und Rücken ausgeprägte Auffaltungen; die meisten tragen ihr langes schwarzes Haar offen. Im Vergleich zur menschlichen Physiognomie wirkt ihre Kieferpartie sehr kräftig; wütende Klingonen entblößen die Zähne und teilen ihren Unmut durch kurze, rauhe, kehlige Laute mit. Auf Menschen machen sie dann den Eindruck eines gereizten Raubtieres.[15] Die klingonische Sprache enthält allgemein eine Vielzahl von einsilbigen Wörtern mit Reibe- und Zischlauten, dunklen Vokalen und harten Konsonanten.

---

[15] Der Name 'Worf' unterstützt noch den wilden oder bedrohlichen Gesamteindruck seiner äußeren Erscheinung: Worf - wolfe - Wolf. Lwxana Troi, Deannas exzentrische Mutter, nennt ihn denn auch beharrlich 'Lieutenant Woof' (deutsch: 'Lieutenant Wuff').

In den *Classics* werden die Klingonen - die dort maskenbildnerisch mit einem viel geringeren Aufwand in Szene gesetzt werden als in *TNG* - als aggressives, kriegerisches Volk dargestellt, das durch Überfälle und Intrigen ständig den galaktischen Frieden gefährdet. Die Stereotypen und Vorurteile der Protagonisten über dieses Volk werden niemals in Frage gestellt. In *TNG*, und vor allem durch Worfs persönliches Schicksal, erfährt das Publikum etwas mehr über die Lebensweise der Klingonen, ihre Werte und Normen sowie die Struktur ihrer Gesellschaft.

In der Episode „Heart of Glory" (*TNG* Nr.20) rettet ein Erkundungsteam drei klingonische Krieger von einem havarierten Frachtschiff, kurz bevor es explodiert; einer der drei ist schwer verletzt. Die Geschichte, die die Klingonen über den Unfallhergang erzählen, kommt der Besatzung der *Enterprise* nicht sehr glaubwürdig vor, doch die Gastfreundschaft und die Sorge um den Schwerverletzten stehen im Vordergrund. Während Dr. Crusher auf der Krankenstation den bewußtlosen Klingonen versorgt, bietet Worf sich für die Betreuung der beiden anderen an.

Als deren Kamerad stirbt, werden Crusher und Picard Zeugen einer beeindruckenden Szene: Einer der Klingonen verhindert, daß der Sterbende die Augen schließt, und im Augenblick seines Todes stoßen die Klingonen – auch Worf – einen langen, rauhen Schrei aus. Data erkennt in diesem Ereignis ein klingonisches Ritual: Der Krieger, der ehrenhaft sterbe, trete dem Tod furchtlos und deshalb mit offenen Augen entgegen; der Schrei der Kameraden sei eine Art Kampfansage. Picard, der der Brückenmannschaft von dem Vorfall erzählt, erwähnt, in dieser Situation sei Worf ihm vorgekommen wie ein Fremder. Er und Riker machen sich Sorgen um die Wirkung, die der unerwartete Besuch auf Worfs seelisches Gleichgewicht haben könnte. Tatsächlich offenbaren die beiden Gäste diesem, daß sie den Frachter gestohlen haben, um sich einer sektiererischen Gruppe anzuschließen, die sich der Allianz des klingonischen Imperiums mit der Föderation nicht beugen will. Dabei haben sie einen klingonischen Kreuzer, der sie an der Flucht hindern wollte, zerstört. Sie können nicht glauben, daß ein Krieger sich einer Gemeinschaft anschließt, die die martialische Lebensweise der Klingonen ablehnt und deren Ehrenkodex in Frage stellt. Sie versuchen, Worf für ihren Plan zu gewinnen; er soll ihnen zur Flucht und zu einem Kampfschiff verhelfen.

Kurz darauf wird die *Enterprise* von einem klingonischen Kriegsschiff kontaktiert, dessen Commander die Auslieferung der Verbrecher fordert. Sie sollen vor ein klingonisches Gericht gestellt werden, das sie für ihre Taten mit größter Wahrscheinlichkeit zum Tode verurteilen wird. Was für die Klingonen, die ja den Tod im Grunde nicht fürchten, sondern sogar im Kampf suchen, dabei die eigentliche Härte der Strafe ausmacht: Der Tod durch Exekution gilt als unehrenhaft, und die Schande fällt bis in die folgenden Generationen auf ihre Familie zurück. Daraufhin provozieren die beiden Verbrecher ein Gefecht an Bord der *Enterprise*, bei dem der eine getötet wird. Der andere, Koris, verschanzt sich im Maschinenraum und droht, das Schiff zu zerstören. Worf, der zuvor bei dem Commander des Klingonenkreuzers um eine ehrenhafte Todesstrafe für die beiden Rebellen gebeten hatte, versucht mit Koris zu verhandeln. Gegenüber Koris' Appellen an Worfs klingonischen Kampfgeist und seine Versuche, ihn für die Sache der Rebellen zu gewinnen, bleibt Worf standhaft. Der wahre Kampf eines Kriegers finde nicht in der Schlacht statt, sondern in seinem Herzen. Diesen Feind, der einen um des eigenen, eingebildeten Ruhmes Willen zu unrechtem Handeln zu verführen versuche, gelte es zu überwinden. Worf erschießt den anderen Klingonen schließlich in Notwehr und vollzieht das Todesritual. Damit ist Koris die

Schande eines unehrenhaften Todes erspart geblieben, und man kann sich des Eindrucks nicht erwehren, als habe er seit seiner Ankunft auf der *Enterprise* versucht, dieses Ende herbeizuführen. Sogar der klingonische Kommandant dankt Worf dafür, daß er Koris im Kampf getötet hat. Der unehrenhafte Tod von Koris und seinen Komplizen hätte nicht nur über deren Familien bis in folgende Generationen hinein Schande gebracht, sondern über das gesamte Imperium.

In dieser Episode wird Worf zum ersten Mal von anderen Klingonen auf seinen Platz in der klingonischen Gemeinschaft angesprochen und auf die damit verbundenen Rechte und Pflichten aufmerksam gemacht. Zwar trifft er hier eine individuelle Wahl, indem er sich für seinen Dienst an Bord der *Enterprise* entscheidet, doch gleichzeitig beschäftigt er sich noch intensiver als zuvor mit der Kultur und der Geschichte seiner Vorfahren und übt sich noch öfter in der Beherrschung klingonischer Rituale und Kampftechniken. In den Episoden „The Emissary" (*TNG* Nr. 46), „Sins of the Father" (*TNG* Nr. 65), „Reunion" (*TNG* Nr. 81) und „Redemption" (*TNG* Nr. 100/101) wird er dann mit Ereignissen konfrontiert, die seine gesamte Existenz in Frage stellen.

„The Emissary" stellt das Aufeinandertreffen zweier kultureller Grenzgänger und ihre unterschiedlichen Umgangsweisen mit ihrer jeweiligen Außenseiterposition vor. Bei der Abgesandten, auf die sich der Titel dieser Episode bezieht, handelt es sich um Botschafterin K'Ehleyr, die die *Enterprise* um Unterstützung bei einer diplomatischen Mission bittet. Ein klingonisches Kriegsschiff, das seit mehr als siebzig Jahren verschollen war, ist wiederentdeckt worden. Da die Besatzung dieses Raumschiffs zu Beginn ihrer Reise im Kälteschlaf lag, besteht die Möglichkeit, daß die Mannschaft noch lebt, aufwacht und sich dann auf dem politischen Wissensstand der Vergangenheit befindet - einer Zeit, als das

Waffenstillstandsabkommen zwischen der Föderation und dem klingonischen Imperium noch nicht bestand. Eine kriegerische Handlung dieses Schiffes gegenüber der Föderation könnte den Frieden gefährden. K'Ehleyr, halb Terranerin, halb Klingone, eignet sich aufgrund ihres Grenzgängerstatus beziehungsweise ihrer Zugehörigkeit zu den beiden Kulturen besonders gut als Vermittlerin zwischen der Föderation und dem klingonischen Imperium, hat jedoch mit den beiden biologischen und kulturellen Anteilen ihrer Persönlichkeit offenbar schwer zu kämpfen. Deanna Troi erzählt ihr, daß sie selbst auch ein Mischling sei und daher K'Ehleyrs Situation gut nachempfinden könne:

> K'Ehleyr: You must have grown up like I did: trapped between cultures.
> Troi: I never felt trapped. I tried to experience the richness and diversity of the two worlds.
> K'Ehleyr: Perhaps you got the best of each. Myself, I think I got the worst of each. [...] Having my mother's sense of humour is bad enough. It's got me into plenty of trouble.
> Troi: And your klingon side?
> K'Ehleyr: That I keep under tight control. It's like a terrible temper. It's not something I want people to see.
> Troi: Everyone has tempers.
> K'Ehleyr: Not like mine. Sometimes I feel there is a monster inside of me, fighting to get out. [...] My klingon side can be ... terrifying. Even to me.
> Troi: It gives you strength. It's a part of you.
> K'Ehleyr (jetzt grinsend): That doesn't mean I have to like it.

Was das Problem des klingonischen Raumschiffs betrifft, ist K'Ehleyr der Meinung, daß man eine Katastrophe nur verhindern kann, wenn man das Schiff zerstört, bevor es ein Föderationsschiff angreift. Klingonische Krieger seien für Argumente nicht zugänglich. Picard will sich damit jedoch nicht abfinden und beauftragt Worf, zusammen mit der Botschafterin Alternativen zu entwerfen. Die beiden können sich jedoch nicht einigen, weil sie sowohl persönliche Konflikte auszutragen als auch politische Probleme zu bewältigen haben. Sie sind in einer Art Haßliebe verbunden, die aus den zwiespältigen Gefühlen gegenüber den kulturellen Verhaltensmustern des anderen resultiert. K'Ehleyr, die ihre klingonische Seite zu unterdrücken versucht, plädiert paradoxerweise mit klingonischem Fatalismus dafür, das fremde Schiff zu zerstören und die Krieger im Kampf ehrenhaft sterben zu lassen. Worf, der sich sonst am Ehrenkodex seiner Vorfahren orientiert, beharrt dagegen darauf, daß eine friedliche Lösung gefunden werden kann und muß. Es kommt zu einem heftigen Streit, der damit endet, daß K'Ehleyr wütend den Raum verläßt und in ihrem Quartier mit bloßer Hand einen Tisch zertrümmert.

Die Bedrohung durch das klingonische Schiff wird schließlich mit Hilfe einer List, die Worf ersinnt, auf friedliche Weise abgewendet; das Verhältnis zwischen Worf und K'Ehleyr bleibt jedoch kompliziert. Sie fühlen sich offenbar stark zueinander hingezogen und verbringen einige leidenschaftliche Stunden miteinander, doch sie finden nicht zu einer harmonischen und dauerhaften Beziehung. Als Worf die ersten Formeln des traditionellen klingonischen Partnerschaftseides zu sprechen beginnt, unterbricht K'Ehleyr ihn wütend und wirft ihm vor, sich blind an einem überkommenen Brauch zu orientieren, ohne sich der Tragweite einer solchen Verbindung bewußt zu sein. Sie will sich nicht den klingonischen Regeln der Partnerschaft beugen, weil sie Worf unreflektiertes Festhalten an überholten Traditionen unterstellt. Gefährten zu sein stellt für Klingonen offensichtlich die stärkste und verantwortungsvollste Relation zwischen zwei Personen dar. Kurz bevor K'Ehleyr die *Enterprise* verläßt, versucht Worf ihr zu erklären, daß er den Partnerschaftsschwur ablegen wollte, weil diese Verbindung seinen Gefühlen für K'Ehleyr genau entsprechen würde. Obwohl beide am Schluß die Tiefe ihrer gegenseitigen Zuneigung erkennen, sehen sie keine Möglichkeit, zusammenzubleiben.

Diese Episode trägt dazu bei, die Kenntnisse über Worfs persönlichen Hintergrund und über das klingonische Volk weiter zu vertiefen. Worf betrachtet die klingonischen Traditionen als sinnvolle Handlungsrichtlinien, die die Beziehungen zwischen Personen definieren und festigen und den Zusammenhalt des Volkes garantieren; K'Ehleyr dagegen hält sie für sinnentleerte, erstarrte und nicht mehr zeitgemäße Phrasen. Das klingonische Ehrgefühl nennt sie Fatalismus, die widerspruchslose Einordnung in das soziale Gefüge Minimalismus. Dagegen lehnen sich ihr Individualismus und ihr Freiheitsdrang auf. An K'Ehleyrs Verhalten wird jedoch auch deutlich, mit welcher Macht das klingonische Erbe sich auch bei einer Halb-Klingone Bahn bricht und wie stark sie vom klingonischen Ehren- und Verhaltenskodex beeinflußt wird. Ihr Kampf mit der einen >Hälfte< ihrer Persönlichkeit erinnert an Spocks Konflikt. Für Worf bedeutet diese Begegnung einen erneuten Anstoß zur Auseinandersetzung mit seiner persönlichen Situation. Einerseits versucht er für sich ein Weltbild zu entwerfen und seinen Platz selbständig und unabhängig zu definieren, andererseits spürt er immer wieder, wie stark er in der klingonischen Tradition verwurzelt ist. Sein persönlicher Konflikt ergibt sich daraus, daß zwei wesentliche Aspekte der kulturellen Orientierung eines Individuums sich in seinem Fall nicht (mehr) vereinbaren lassen: Die selbsterzeugten Sinnzusammenhänge stehen zu den überlieferten im Widerspruch. Durch die Orientierung an ersteren gefährdet Worf seine Zugehörigkeit zu einer Gemeinschaft, die am traditionsbezogenen Anteil ihrer Kultur besonders stark festhält.

Sein Schicksal erfährt schließlich in der Episode „Sins of the Father" eine tragische Wende. Der klingonische Hohe Rat erhebt schwere Anschuldigungen gegen Worfs leibliche Familie: Vor einiger Zeit hatten die Romulaner den klingonischen Außenposten Khitomer überfallen und dabei ein Blutbad angerichtet. Nun hat man herausgefunden, daß ein klingonischer Verräter dieses Massaker verursacht hat. Der Ankläger Duras beschuldigt Worfs leiblichen Vater Mogh, der selbst bei diesem Angriff ums Leben kam, den Romulanern den Zugangscode zum Verteidigungssystem von Khitomer übermittelt zu haben. Worf will den Hohen Rat herausfordern, diese Anschuldigungen zu beweisen oder zurückzunehmen, wovon K'mpec, der Führer des Rates, ihn vergebens abzubringen versucht. Picard, Riker und Data stellen Nachforschungen an und stoßen auf einige Ungereimtheiten und Widersprüche, die Duras' angebliche Beweise für Moghs Verrat mehr als unglaubwürdig erscheinen lassen. Mit der Beharrlichkeit von Picard und dessen Gegenbeweisen konfrontiert, gibt K'mpec ihm und Worf gegenüber schließlich zu, daß in Wahrheit Duras' Vater der Verräter gewesen sei. Da die Familie Duras jedoch sehr einflußreich ist und viele Anhänger im Hohen Rat besitzt, würde eine solche Schande das gesamte soziale Gefüge zerstören und einen Bürgerkrieg auslösen, der letztendlich auch den mühsam ausgehandelten Frieden mit der Föderation gefährden könnte. Man hatte offenbar geglaubt, Worfs Familie habe außer ihm keine Nachkommen und Worf selbst habe sich von seinen Wurzeln so weit entfernt, daß er auf Genugtuung verzichten würde. Daher hatte man versucht, die Schuld auf Mogh abzuwälzen. Angesichts der Gefahr eines Bürgerkrieges erklärt Worf sich bereit, die Schande ganz allein auf sich zu nehmen. In einer sorgfältig inszenierten Gerichtsverhandlung wird er daraufhin aus der klingonischen Gemeinschaft ausgeschlossen. Kein Klingone wird mehr mit ihm sprechen oder ihn auch nur ansehen. Stellvertretend für das gesamte klingonische Volk wenden die Anwesenden sich von Worf ab. K'mpec, Picard, Worf und Duras sind die einzigen, die die wahren Hintergründe dieser Ächtung kennen.

Das kollektivistische Prinzip, das der klingonischen Gesellschaft zugrundeliegt und in der Episode „Heart of Glory" bereits eine wichtige Rolle spielt, wird hier noch deutlicher dargestellt. Gleichzeitig erkennt man die Brüche im klingonischen Zusammengehörigkeitsgefühl. Offenbar bot der Ehrenkodex keine Möglichkeit, die Schande auf redliche Art und Weise zu verarbeiten und den Khitomer-Verrat gemäß den klingonischen Gesetzen zu bestrafen, ohne das politische Gleichgewicht zu gefährden. Die fälschliche Beschuldigung Moghs stellt bezogen auf die klingonischen Verhaltensregeln ihrerseits ein unehrenhaftes Verhalten dar; wäre Duras dem Ehrenkodex und dem kollektivistischen Gesellschaftsideal gefolgt, hätte *er* die Schande auf sich genommen und damit sein Volk entlastet. Auch der Anführer des Hohen Rates hat sich - wenn auch aus Sorge um den Frieden - in dieser Hinsicht schuldig gemacht. Es stellt sich jedoch bald heraus, daß K'mpec den offenen Kampf um die Macht nicht verhindern, sondern nur aufschieben kann.

„Reunion" zeigt das klingonische Imperium erneut am Rande des Bürgerkriegs. K'mpec liegt im Sterben; er weiß, daß er langsam vergiftet worden ist, und bittet Picard, der bereits in Zusammenhang mit den Anschuldigungen gegen Worfs leibliche Familie als neutraler Berater offiziell in das Geschehen miteinbezogen worden war, um Hilfe. Der Captain soll herausfinden, welcher von den beiden um die Macht streitenden Anführer, Duras oder Gowron, für diese feige Tat verantwortlich ist. K'mpec möchte verhindern, daß ein Brudermörder den Vorsitz im Hohen Rat übernimmt. Als Beraterin für Picard hat er K'Ehleyr zu sich gebeten. Diese bringt ihren Sohn Alexander mit. Worf, der bis dahin noch gar nicht wußte, daß er Vater geworden ist, hat mit zwiespältigen Gefühlen zu kämpfen: Er ist wütend auf K'Ehleyr, weil sie ihn nicht benachrichtigt hat; er fühlt sich für Alexander verantwortlich und ist gleichzeitig verzweifelt, weil er ihn nicht als seinen Sohn anerkennen kann, ohne daß auf das Kind die Schande übertragen wird, die er als sein Vater auf sich genommen hat. K'Ehleyr ist wütend auf Worf, weil er sich gegenüber dem Hohen Rat nicht gewehrt hat und sie nicht glaubt, daß die offizielle Version des Tathergangs auf Khitomer der Wahrheit entspricht. Worfs und Picards Verschlossenheit verstärken ihre Zweifel noch, und als sich andeutet, daß Duras für K'mpecs Tod verantwortlich ist, stellt sie auf eigene Faust Nachforschungen an. Als Duras bemerkt, welchen Verdacht K'Ehleyr gegen ihn hegt und sie ihn offen beschuldigt, sticht er sie nieder. Sie stirbt in Worfs Armen, der für sie das klingonische Todesritual vollzieht und anschließend Duras zum Kampf herausfordert und tötet, um K'Ehleyr zu rächen.

In diesem Moment mißachtet er alle Regeln und Vorschriften, die sein Status als Offizier der Sternenflotte ihm vorschreiben. Er handelt nach dem klingonischen Gesetz, nach dem er als K'Ehleyrs Gefährte Rache üben kann und sogar muß. Obwohl er aus der klingonischen Gemeinschaft ausgeschlossen worden ist, respektieren selbst Duras' Anhänger, die an dem verräterischen Komplott ihres Anführers beteiligt sind, Worfs Herausforderung. Keiner von ihnen wagt es, in den Kampf einzugreifen. Die Verbindung zweier klingonischer Gefährten wiegt schwerer als jede soziale Ächtung; Worf wird in dieser Situation als der gedemütigte Teil einer engen, beinahe symbiotischen Partnerschaft betrachtet, der zu Recht nach Genugtuung verlangt. Picard dagegen fällt die schwere Aufgabe zu, die Handlungen seines Offiziers zu beurteilen. Er weist ihn darauf hin, daß angesichts der multikulturellen Beziehungen innerhalb der Sternenflotte die Notwendigkeit bestehe, sich auf bestimmte, für alle Mitglieder verbindliche Regeln zu einigen. Die Vielfalt der unterschiedlichen kulturellen Bedürfnisse lasse es gar nicht zu, jedem einzelnen gerecht zu werden. Jede Person, die sich für die Arbeit an Bord eines Föderationsschiffs entscheide, müsse sich daher in den Rahmen der dort geltenden Gesetze einfügen. Worf solle sich genau überlegen, ob er dazu noch bereit sei. Die Situation gestaltet sich auch für den Captain sehr schwierig, da er einerseits klare Vorschriften in bezug auf die Beurteilung seiner Mannschaft zu befolgen hat, andererseits jedoch sowohl persönlich als auch in seiner Funktion als Föderationsoffizier in die politischen Konflikte des klingonischen Imperiums verwickelt ist. Als neutraler Berater in einem klingonischen Konflikt muß er Worfs Handlung nach deren Ehrenkodex beurteilen; als Angehöriger der Sternenflotte ist er in der Führung seiner Mannschaft den Regeln der Sternenflotte verpflichtet. Ein solcher Fall ist in der Geschichte der interstellaren Beziehungen der Föderation offenbar bisher einzigartig. Diese außerordentlich komplizierte Sachlage ermöglicht es ihm schließlich, dem Hohen Rat die Beurteilung von Worfs Tat, die dort als legale Rache an einem feigen Mörder gilt, zu überlassen.

Je mehr Worf in den klingonischen Machtkampf hineingezogen wird, umso wichtiger wird für ihn eine persönliche Standortbestimmung. In „Redemption" spitzen sich die inneren Konflikte im Hohen Rat derart zu, daß Worf sich veranlaßt sieht, den momentanen Anführer Gowron, dessen Position stark gefährdet ist, von dem Komplott der Duras-Familie und den gegenüber Mogh fälschlicherweise erhobenen Anschuldigungen in Kenntnis zu setzen. Er sieht zu diesem Zeitpunkt eine Möglichkeit, dem Treiben der Duras ein Ende zu setzen und auf legalem Weg die Familienehre wiederherzustellen, indem er Gowron unterstützt. Er fühlt sich jetzt ganz als Klingone:

> Worf: I was rescued on Khitomer by humans, raised and loved by human parents. I spent most of my life around humans. [...] But I was born at Klingon. My heart is of that world. I do hear the cry of the warrior. I belong with my people.

Nach einiger Zeit merkt er jedoch, daß er viele Handlungsweisen der klingonischen Gesellschaft nicht akzeptieren kann und sich dort nicht wohlfühlt. Er kehrt zurück zur *Enterprise* und zu der Überzeugung, die er vor Jahren Koris gegenüber vertreten und nach der auch K'Ehleyr zu leben versucht hatte: Jedes Individuum ist frei und hat sogar die Pflicht, seine Lebensweise selbstverantwortlich zu wählen. Für manche bedeutet das, daß sie einsam bleiben. Jeder muß jedoch für sich überprüfen, welche Handlungsweisen als vernünftig gelten können und in welchem Zusammenhang sie am besten realisiert werden können. Deshalb lehnt Worf es ab, an einem Nachkommen der Duras-Familie Rache zu üben:

> Gowron: It's the klingon way.
> Worf: I know. But it's not my way.

Das Bedürfnis, als Mitglied der klingonischen Gemeinschaft anerkannt zu werden, rückt für Worf allmählich in den Hintergrund. Viel wichtiger erscheint es ihm, den Widerstreit in seinem Innern aufzulösen, so wie er es in „Heart of Glory" Koris gegenüber dargestellt hatte. Um es in der Weise auszudrücken, die in Kapitel 2.3 vorgestellt wurde: Worf entscheidet sich dafür, die Gemeinsamkeit zugunsten der Individualität, die klingonische Gerechtigkeit zugunsten seiner persönlichen Freiheit aufzugeben. Seine Erfahrungen mit Vertretern anderer Kulturen haben es ihm im Laufe der Zeit unmöglich gemacht, sich in die klingonische zu integrieren. Wie K'Ehleyr hat er sich von der festgefügten kollektivistischen Struktur der klingonischen Gesellschaft und der Verbindlichkeit ihrer festgefügten Tradition so weit entfernt, daß seine Werte und Ziele sich nicht mehr mit deren Regeln vereinbaren lassen.[16]

---

[16] Der Ägyptologe Jan Assmann behandelt auf theoretischer Ebene den Zusammenhang von kollektivem Gedächtnis und kultureller Identität (Assmann 1988), und zwar aus einer Perspektive, die sich von der biologischen Theorie der Vererbung kollektiver Gedächtnisinhalte gelöst hat. Er verlegt die Frage der kollektiven Gewinnung und Bewahrung von Wissen in den Bereich der Kultur, welche die beim Menschen nicht mehr verfügbaren

Anhand von Worfs Schicksal, der zwischen zwei Kulturen hin- und hergerissen wird, erfahren die Protagonisten viel über die Art und Weise, in der sich die kulturellen Handlungs- und Deutungsmuster von Klingonen und Menschen unterscheiden. Die klingonische Kultur konfrontiert die Besatzung der *Enterprise* immer wieder mit schwer zu deutenden Verhaltensweisen. Die Crew wird durch die Fremdartigkeit der klingonischen Lebensweise, der sie durch die Anteilnahme an Worfs persönlichem Schicksal begegnen, dazu veranlaßt, sich mit der Besonderheit dieser fremden Werte, Deutungen und Lebensweisen und deren Unterschieden zu den jeweils eigenen auseinanderzusetzen. In Worfs Person konzentriert sich dabei - ähnlich wie in Spocks Fall - der Konflikt zweier Kulturen. Gleichzeitig wird jedoch auch deutlich, daß er als Individuum die Freiheit besitzt, aus allen Schemata auszubrechen und Sinnzusammenhänge neu zu

---

genetischen Programme der Arterhaltung ersetzt. Hier schwingt im Hintergrund die Auseinandersetzung der philosophischen Anthropologie mit der Frage nach dem Wesen des Menschen mit, in der die Gegenüberstellung von Natur und Kultur unter Stichwörtern wie 'Instinktverlust', 'Instinktentbundenheit', 'Mängelwesen', 'Fähigkeitswesen' etc. verhandelt wird (vgl. dazu die entsprechenden Kapitel in Lorenz 1990). Das kulturelle Gedächtnis des Menschen wird von Assmann in seiner Funktion als analog zum genetischen Programm im Tierreich beschrieben. Diese Betrachtungsweise gibt auch einen Hinweis auf die Metapher 'Programm' beziehungsweise 'program', die sowohl von Geertz als auch von Hofstede verwendet, aber nicht erklärt wird und in Kapitel 4.1.2 in Zusammenhang mit den Betrachtungen über Data bereits zur Sprache kam.
Assmann definiert das kulturelle Gedächtnis als „Sammelbegriff für alles Wissen, das im spezifischen Interaktionsrahmen einer Gesellschaft Handeln und Erleben steuert und von Generation zu Generation zur wiederholten Einübung und Einweisung ansteht" (Assmann 1988, 9). Das kulturelle Gedächtnis besitzt als Fixpunkte in der Vergangenheit bestimmte „Erinnerungsfiguren", die als „Feste, Riten, Epen, Gedichte, Bilder" (Assmann 1988, 12) in der Gegenwart aktualisiert werden. Es zeichnet sich aus durch Identitätskonkretheit oder Gruppenbezogenheit, Rekonstruktivität, Geformtheit, Organisiertheit, Verbindlichkeit und Reflexivität (Assmann 1988, 13ff). Das Merkmal 'Identitätskonkretheit' kennzeichnet die identitätsstiftende Dimension des kulturellen Gedächtnisses für eine Gruppe. Das geteilte Wissen schafft ein Bewußtsein der Zusammengehörigkeit und der Andersartigkeit gegenüber denen, die über dieses Wissen nicht verfügen. Ein Merkmal, auf das Assmann in seinem Aufsatz nicht näher eingeht, das jedoch in seinen Ausführungen eine Rolle spielt, ist das interaktionistische Vermitteltsein von kollektivem Wissen. Es wird nicht nur über „Objektivationen der Kultur" (Assmann 1988, 12) mitgeteilt, sondern im wahrsten Sinne des Wortes be- und verhandelt.
In Zusammenhang mit Assmanns Betrachtungen lassen sich Ausdrücke wie 'Bruder', 'Schwester', 'Familie', 'Verwandtschaft' oder 'mentale *software*' als Metaphern

konstruieren. In dem Moment, als Worf sich gemäß den Regeln der für die Protagonisten fremden klingonischen Kultur verhält, erscheint er selbst ihnen fremd. Nachdem Picard seinen Sicherheitsoffizier beim Sterberitual für den verletzten Klingonenkrieger (vgl. „Heart of Glory") gesehen hat, vertraut er Riker und Data an, Worf sei ihm in diesem Augenblick als ganz andere Person erschienen. In seiner persönlichen Zerissenheit überschreitet Worf genauso wie die anderen Fremden-im-Innern die Grenze zwischen >Wir< und >die Anderen< und wird heimatlos. Im Unterschied zu Spock und Data, die beide versuchen, sich in eine bestimmte Gemeinschaft zu integrieren und ihren kulturellen Standort von dieser Gruppe her zu definieren, scheint Worf den Entschluß gefaßt zu haben, seinen Grenzgängerstatus als seine persönliche Lebenssituation zu akzeptieren.

4.1.4 *The Enemy Within*

Die Episode „The Enemy Within" (*Classic* Nr. 6) behandelt das Problem der Identität in einem Fall von Persönlichkeitsspaltung. Sie erklärt den inneren Konflikt, der in Spocks, Worfs, K'Ehleyrs und auch Trois Fall als Widerstreit - oder auch als Ergänzung - verschiedener kultureller Anteile der Persönlichkeit dargestellt wird, zu einer allgemeinen Grundsituation intelligenter Lebewesen.

Als nach einer Expedition auf den Planeten Alpha 177 ein Besatzungsmitglied von der Oberfläche auf das Schiff zurückgebeamt wird, ereignet sich, von den Technikern zunächst unbemerkt, ein folgenschwerer Zwischenfall. Ein mineralischer Staub, der an der Kleidung des Mannes haftet, stört die Funktionen des Transporters. Das Besatzungsmit-

---

behandeln, die bestimmte Merkmale des kulturellen Gedächtnisses und die Ordnung der ihm zugehörigen Menschen zum Ausdruck bringen.

glied selbst übersteht den Transportvorgang unbeschadet; die Fehlfunktion wirkt sich erst beim folgenden Beamen aus. Captain Kirk, der als nächstes von dem Planeten zum Schiff zurückkehrt, fühlt sich ein wenig schwindlig und läßt sich von Chefingenieur Scott zu seinem Quartier geleiten. Nachdem alle den Transporterraum verlassen haben, erscheint plötzlich ein zweiter Kirk, der gehetzt um sich schaut und dann wie in Panik davonstürzt. Er geht zu Dr. McCoy, wo er sich auf rüde Art und Weise eine Flasche Brandy besorgt und sich dann in Fähnrich Rands Quartier zurückzieht, um der jungen Frau aufzulauern. Ein Besatzungsmitglied, das Miss Rand zu Hilfe kommen will, wird von dem angetrunkenen Captain brutal zusammengeschlagen.[17] Als Spock Kirk in seinem Quartier aufsucht, um ihn wegen dieses Vorfalls zu befragen, trifft er den Captain dort vollkommen nüchtern und ohne Spuren eines Kampfes an. Zu diesem Zeitpunkt wird zunächst die Doppelgängerthese aufgestellt: Es wäre möglich, daß sich ein Individuum an Bord befindet, das dem Captain aufs Haar gleicht und dessen Privilegien auf bösartige Weise ausnutzt. Dann jedoch stellt sich heraus, daß Kirks Persönlichkeit beim Transport von dem Planeten >aufgespalten< wurde, und zwar in eine >gute< und eine >böse< Hälfte. Ein Hund, der von der Planetenoberfläche auf die *Enterprise* gebeamt wurde, ist ebenfalls in zweifacher Ausfertigung dort angekommen: als anschmiegsames, sanftes Schoßhündchen und als bissiger, aggressiver Kläffer. Dies legt die Vermutung nahe, daß auch Kirk eine solche Spaltung erfahren hat; an Bord des Schiffes gibt es nunmehr

---

[17] Elyce Rae Helford, die die *Star-Trek*-Serie aus feministischer Perspektive analysiert und sich vor allem für die Darstellung der männlichen und der weiblichen Aspekte der Persönlichkeit und deren Bewertung in der Serie interessiert (vgl. Helford 1992), problematisiert zu Recht die Reaktionsweise der Beteiligten auf diese versuchte Vergewaltigung. Der Tatsache, daß Janice Rand durch Kirks Überfall dem gewalttätigen Sexismus und Chauvinismus eines Mannes ausgesetzt wurde, dem sie dienstlich unterstellt ist, wird in keiner Weise Rechnung getragen. Sie erfährt weder Trost noch irgendeine Entschädigung. Die Art und Weise, in der Rands Demütigung hier übergangen

einen sanften, friedlichen und einen aggressiven, triebhaften und zügellosen Captain. Während die Beteiligten sich Kirk I gegenüber so verhalten, als sei er allein der >echte< Captain, empfinden sie Kirk II, der von nun an als „the double" oder „the imposter" bezeichnet wird, zuerst nur als Bedrohung für die Ordnung und die Zusammenarbeit an Bord. Bald jedoch stellt sich heraus, daß der sanfte Kirk der Situation nicht gewachsen ist. Er entpuppt sich als ebenso zögerlich, unentschlossen und ängstlich wie überlegt und friedfertig. Die Beteiligten gelangen zu der Überzeugung, daß die Verbindung der beiden Extreme die Entfaltung von Kirks Persönlichkeit als verantwortungsbewußter und zugleich risikobereiter, als pragmatisch orientierter und zugleich besonnener, als machtbewußter und gleichzeitig demokratischer Captain überhaupt erst ermöglicht. Deshalb müssen die Eigenschaften von Kirk I und Kirk II wieder zu einem ausgeglichenen Ganzen verschmelzen. Der Intelligenz kommt dabei die Aufgabe zu, die starken Gegensätze, die der Captain in seiner Persönlichkeit vereinigt, auszubalancieren.[18] Konsequenterweise ist es Spock, der als Vertreter der *ratio* diesen Sachverhalt als erster formuliert:

---

wird, zeugt von der patriarchalischen Struktur, die zumindest in den *Classic*-Episoden vorhanden ist (vgl. Helford 1992, 208ff).

[18] Das dualistische Modell kann in der abendländischen Philosophie auf eine lange Tradition zurückblicken. Bereits Platon unterscheidet beim Menschen auf entgegengesetzte Ziele gerichtete Eigenschaften. Im 4. Buch der *Politeia* sprechen Sokrates und Glaukon über die Seelenteile. Die Annahme, daß es derer mehr als einen geben muß, beruht auf der Beobachtung, daß Menschen manchmal nach etwas streben, es aber trotzdem nicht erreichen wollen, so zum Beispiel in dem Fall, daß einer Durst hat, aber nicht trinken will (*Politeia* 439c). Dieser Widerspruch wird aufgelöst durch die Unterscheidung der Seelenteile: „das Gedankenlose und Begehrliche, gewissen Anfüllungen und Lüsten Befreundete" und „das Denkende und Vernünftige" (439d). Sie bewirken in dem eben genannten Beispiel, daß derjenige, der durstig ist, aber nicht trinkt, sich so verhält, weil er zwar das Bedürfnis nach einem Getränk verspürt, jedoch erkennt, daß es aus irgendeinem Grund nicht gut wäre, jetzt zu trinken. Als ein Diener der Vernunft, die für Platon den herrschenden Seelenteil darstellt, kommt ein dritter Seelenteil hinzu: der Eifer, der wie ein Hirtenhund für den Hirten Vernunft die Herde der Begierden in Schach hält und dafür sorgt, daß sie der Vernunft gehorchen. Walter Bröcker (1964, 247) deutet die Vernunft als >Kopf<, die Begierde als >Bauch< und den Eifer als >Herz<. Die in Kapitel 3.3, Fußnote 21 festgestellte Dreiteilung der grundsätzlichen Handlungsprinzipien der Serie der *actio*, der *ratio* und der *emotio* beziehungsweise des Handelns, des Denkens und des Fühlens, die durch die Figuren Kirk, Spock und McCoy verkörpert werden, fügt

> Spock: We have here an unusual opportunity to appraise the human mind, or to examine, in Earth terms, the roles of good and evil in a man: his negative side - which you call hostility, lust, violence - and his positive side - which Earth people express as compassion, love, tenderness. [...] We see here indications that it is his negative side which makes him strong. That this evil side, if you will, properly controlled and disciplined, is vital to his strength.

Dieser Aspekt der Ergänzung von bestimmten Fähigkeiten durch einander entgegengesetzte Eigenschaften einer Person wird auch in dem bereits erwähnten Dialog zwischen K'Ehleyr und Counselor Troi (vgl. Kapitel 4.1.3) thematisiert. Ohne die Stärke, die Aggressivität und das Durchhaltevermögen seiner >wilden< Hälfte verliert Kirk die Kraft, sein Schiff zu kommandieren und verantwortlich zu handeln. Dr. McCoy drückt es später in der ihm eigenen empathischen Weise aus:

> McCoy: Jim, don't take this so hard. We are all part wolf and part lamb. We need both parts. Compassion is reconciliation between them. It is human to be both lamb and wolf. [...] Some of his wolfishness makes you the man you are. Without the strength of the wolf in you, you could not command this ship! And without the lamb in you, your discipline would be harsh and cruel.

Daß diese Konfliktsituation nicht nur als spezifisch menschlich gilt beziehungsweise der Ausdruck 'human' hier die gleiche Bedeutung hat wie 'intelligent lifeform' und damit die Vereinigung von gegensätzlichen Aspekten der Persönlichkeit mit Hilfe der Intelligenz als universal angenommen wird, zeigt unter anderem folgende Bemerkung von Spock:

> Spock: Being split in two halves is no theory to me, Doctor McCoy. I have a human half, you see, as well as an alien half - submerged, constantly at war with

---

sich in diese bei Plato beginnende, über Augustin, Kant und die Psychoanalyse sich fortsetzende Tradition nahtlos ein. Verbildlicht findet sich dieser Umstand unter anderem in Kirks Vermittlerrolle zwischen den Streithähnen Spock und McCoy wieder.

each other. Personal experience, Doctor. I survive it because my intelligence wins out over both, makes them live together.[19]

Und nicht nur Spock als Mischling ist von dieser Zerissenheit betroffen, sondern offenbar die gesamte vulkanische Kultur. Nach der Zeit der schlimmen Bürgerkriege hatte diese sich in zwei Hälften gespalten: Der eine Teil, diejenigen, die sich noch immer Vulkanier nennen, hat sich ganz der Nüchternheit und Sachlichkeit einer von Impulsen und Emotionen freien Lebensweise verpflichtet. Die anderen haben Vulkan verlassen und sich auf dem Planeten Romulus niedergelassen. Die Romulaner werden in der Serie als hinterhältige, bösartige und unberechenbare Egoisten dargestellt, die ihre Handlungen skrupellos nach dem Prinzip ihres Machthungers ausrichten. Dieses Bild wird erst in den späten *TNG*-Folgen etwas korrigiert, in denen Bestrebungen gegenseitiger Annäherung sowohl von vulkanischer als auch von romulanischer Seite thematisiert werden. Bemerkenswerterweise bemüht sich in diesen Folgen Spock besonders intensiv um eine Aussöhnung der verfeindeten Parteien.

In der Episode „The Enemy Within" werden die unterschiedlichen Aspekte von Kirks Persönlichkeit nicht schlicht konstatiert und beschrieben, sondern deutlich bewertet. Das Kämpferische und Aggressive gilt als negative Eigenschaft; dementsprechend wird in dieser Folge auch nur der sanfte Kirk als der Captain bezeichnet; mit dem wilden Teil seines Ichs identifizieren die Beteiligten ihn nicht gerne. Obwohl beide Kirks sich als der rechtmäßige Captain fühlen, nehmen die übrigen Protagonisten nur

---

[19] In bezug auf diese Äußerung von Spock stellt sich die Frage, weshalb er das *Vulkanische* als 'the alien half' bezeichnet. In den Kapiteln 4.1 und 4.1.1 wurde ja bereits dargestellt, daß er sich gerade vom *menschlichen* Aspekt seiner Persönlichkeit abwendet und er eigentlich diesen als fremd oder nicht zu ihm gehörig empfinden müßte. Innerhalb der Serie deutet nichts darauf hin, daß Spock sich zuerst an der menschlichen Seite orientiert und sich erst im Laufe der Zeit - dramaturgisch gesehen zwischen Episode Nr. 6 („The Enemy Within") und Episode Nr. 40 („Journey to Babel") - davon ab- und der vulkanischen zugewendet hat. Wahrscheinlich hatten die Produzenten zu diesem

Kirk I als solchen wahr; Kirk II wird gefangengenommen und gebändigt wie ein wildes Tier ohne jegliche Rechte. Er erscheint als die personifizierte, keiner Argumentation zugängliche Irrationalität. Aus der Sicht der philosophischen Anthropologie läßt sich das Verhalten Kirk II gegenüber auf der Grundlage einer Einstellung interpretieren, die die Entwicklung des Menschen und seine Abkehr vom Natürlichen, Wilden, Primitiven als Fortschritt betrachtet und das Verhalten von Kirk II als atavistisch empfindet. Diese Voreingenommenheit gegenüber dem Triebhaften und Ungebändigten geben die Beteiligten auch dann nicht auf, als sie erkennen, daß die als positiv betrachteten Eigenschaften unerwünschte Konsequenzen mit sich bringen, wenn nur sie allein das Handeln einer Person bestimmen. Sie akzeptieren jedoch, daß eine gelungene Lebensweise nur durch eine Synthese der unterschiedlichen Aspekte erreicht werden kann. Dies wird durch die Wiedervereinigung der beiden Kirks am Schluß der Episode veranschaulicht.

Hier wird das dialogische Prinzip der interkulturellen Begegnung, das die *Star-Trek*-Serie als roter Faden durchzieht, auf ein Individuum verdichtet. Nicht nur auf kultureller Ebene treffen unterschiedliche und manchmal schwer zu vereinbarende Eigenschaften und Lebensweisen aufeinander, und nicht nur Konflikte zwischen Individuen müssen ausgehandelt und gelöst werden, sondern in jedem einzelnen Individuum stehen unterschiedliche Aspekte miteinander im Widerstreit. Das dialogische Prinzip wird also in *Star Trek* nicht nur als entscheidende Voraussetzung für die Realisierung eines harmonischen und kreativen Zusammenlebens unterschiedlicher Kulturen, sondern auch in bezug auf jedes einzelne Individuum zur Ausbildung einer ausgeglichenen Persönlichkeit als notwendig dargestellt. Fremde-im-Innern, die die Grenze zwischen dem

---

Zeitpunkt noch nicht erkannt, welches Konfliktpotential in der Figur des Halbvulkaniers zur Verfügung stand.

Vertrauten und dem Unbekannten überschreiten können, kommen nicht nur in Kulturen vor, sondern auch in einzelnen Individuen.

4.2 DAS FREMDE ALS OBJEKT VON FURCHT UND FASZINATION

Die in Kapitel 4.1 besprochenen Episoden geben Aufschluß über ein in der gesamten Serie favorisiertes Prinzip des Austauschs, der Vermittlung zwischen Gegensätzen und des gegenseitigen Lehrens und Lernens. Gleichzeitig werden jedoch auch die Probleme aufgezeigt, die mit solchen Prozessen verbunden sind: Oft besteht Unsicherheit darüber, wie das Verhalten des anderen interpretiert werden soll, und die Verunsicherung oder die Furcht angesichts der Begegnung mit Unbekanntem ist nicht immer leicht zu überwinden. Irrationale Vorurteile führen zu einem Gefühl der Bedrohung durch das Andersartige; Fluchtmechanismen und das Bedürfnis, die Situation zu beherrschen, können nicht immer zugunsten des Austauschs unterdrückt werden. Wenn die Furcht vor dem Fremden überwiegt und das Bedürfnis nach Sicherheit und Beständigkeit den Wunsch nach der Erweiterung des Weltbildes verdrängt, dann vollziehen die Handelnden eine Rückwendung nach innen, zum Vertrauten hin. Spocks, Worfs und K'Ehleyrs Beispiel hatte gezeigt, mit welcher Macht die um Zusammenschluß nach außen und Bewahrung des Eigenen bemühten überlieferten Wahrnehmungs- und Verhaltensmuster die Interpretationen eines Individuums beeinflussen. Für die Protagonisten sind ihre xenophoben Einstellungen oft schwer zugunsten einer Öffnung zum Fremden hin zu überwinden. Die als universal unterstellte Fähigkeit zur kognitiven Leistung und zur Kommunikation stellt dabei die wichtigste Voraussetzung für das Abwägen von Risiko und Chance des Dialogs dar. Es sollen idealerweise sowohl Individualität als auch Sozialität, sowohl Freiheit als auch Gerechtigkeit gewährleistet sein.

Für die Hauptpersonen der Serie bringen ihre Erfahrungen mit den Fremden-im-Innern, die einen Austausch auf der Basis einer durch die Statuten der Sternenflotte explizit festgelegten Gemeinsamkeit ermöglichen, wichtige Erkenntnisse bezüglich Mechanismen der Abgrenzung, der Assimilation und der Integration mit sich. Sie lernen die Chancen des gegenseitigen Lehrens und Lernens genauso kennen wie die Risiken falsch verstandener Kommunikationsangebote und müssen ihre Furcht gegenüber dem Fremden genauso verarbeiten wie ihre Faszination.

Der Austausch wird in *Star Trek* gegenüber Abgrenzung, Integration und Assimilation zwar favorisiert, jedoch nicht immer als erreichbar dargestellt. In diesem Kapitel sollen Episoden behandelt werden, in denen die unterschiedlichen Reaktionsweisen besonders deutlich herausgestellt und die Probleme der Interpretation kultureller Unterschiede im Handeln thematisiert werden.

4.2.1 *The Man Trap*: Abgrenzung durch Vernichtung

Nicht alle Begegnungen der *Enterprise* mit fremden Lebewesen führen zu einem Prozeß gegenseitigen Lehrens und Lernens; in den extremsten Fällen finden Lebewesen dabei sogar den Tod. „The Man Trap" (*Classic* Nr. 2), eine der Episoden, die dem Ideal der Verständigung und der gegenseitigen Akzeptanz völlig zuwiderlaufen, handelt von der Bedrohung der *Enterprise*-Crew durch eine Art >Salz-Vampir<.

Auf dem Planeten M-113 leben die Archäologen Nancy und Robert Crater, die von Zeit zu Zeit von einem Schiff der Föderation mit Nahrungsmitteln und sonstigen Gütern versorgt werden müssen, da die unwirtliche Planetenoberfläche keine für Menschen nutzbaren Ressourcen bietet. Die *Enterprise* erhält den Auftrag, den beiden Wissenschaftlern die angeforderten Vorräte zu liefern. Der Besuch auf dem Planeten hat für Dr. McCoy insofern eine besondere Bedeutung, als er und Nancy Crater vor einigen Jahren eine Romanze hatten und der Doktor sich darauf freut, seine Jugendliebe wiederzusehen. Zu seiner Überraschung hat sich Nancy äußerlich kaum verändert; sie ist im Vergleich zu McCoy nur unwesentlich gealtert. Kein Mitglied aus dem Landeteam bemerkt, daß Nancy Craters äußere Erscheinung von jeder Person anders wahrgenommen wird. Der Verdacht, daß es auf M-113 ein Rätsel zu lösen gibt, regt sich erst dann, als zwei Männer aus dem Landungsteam kurz nacheinander tot aufgefunden werden. Die Leichen weisen bis auf einige seltsame Flecken auf der Haut keine äußeren Verletzungen auf, die Todesursache bleibt zunächst rätselhaft. Dann jedoch verschwindet Nancy Crater, und auf der *Enterprise* geschehen merkwürdige Dinge: Eines der Todesopfer wird lebendig an Bord gesehen, ebenso ein Dr. McCoy, der sich höchst merkwürdig benimmt. Kirk findet schließlich heraus, daß es sich bei dem Wesen, das Robert Crater dem Landeteam als seine Frau vorgestellt hat, in Wirklichkeit um das letzte Exemplar einer auf dem Planeten heimischen Lebensform handelt. Das Wesen braucht Salz, um überleben zu können; deshalb hat es die wirkliche Nancy getötet, indem es ihr sämtliche Körpersalze entzog. Die beiden anderen Opfer sind auf die gleiche Weise gestorben. Als Wissenschaftler und Forscher hatte Robert Crater die Studien unbekannten Lebens über seinen persönlichen Schmerz und Zorn gestellt. Es ergab sich eine symbiotische Gemeinschaft zwischen den beiden Individuen: Crater versorgte das Wesen mit dem Salz, das es brauchte, dieses milderte dafür die Trauer und die Einsamkeit des Wissenschaftlers, indem es Nancys Gestalt annahm. Vermutlich wäre es zu den Todesfällen gar nicht gekommen und hätte niemand etwas bemerkt, wenn Craters Salzvorräte noch nicht erschöpft gewesen wären. Nun jedoch beginnt eine gnadenlose Hetzjagd auf einen Mörder, der sich in wechselnder Gestalt auf der *Enterprise* versteckt. Kirk spürt die fremde Lebensform mit Spocks Hilfe schließlich auf und tötet sie.

Diese Episode widerspricht auf ganzer Linie dem Prinzip der Annäherung und der Verständigung. Zu keinem Zeitpunkt wird der Versuch unternommen, mit dem fremden Wesen zu kommunizieren, obwohl dieses nicht nur in der Lage ist, die Gestalt einer anderen Lebensform anzunehmen, sondern offenbar auch deren Sprache zu verwenden. Auch Crater scheint sich in der Zeit, die er mit seiner rätselhaften Gefährtin auf dem Planeten verbracht hat, nicht wirklich ausgetauscht zu haben. Obwohl man von der fremden Lebensform aufgrund ihrer gestaltwandlerischen und kommunikativen Fähigkeiten annehmen könnte, daß sie intelligent ist und darüber hinaus als ursprüngliche Bewohnerin des Planeten gegenüber den Eindringlingen von außen die älteren Rechte besitzt, stellt sich für Kirk die Frage nach der Legitimation seiner Handlungsweise nicht. Gegenseitige Rechte und Pflichten, die von seiten der Föderation normalerweise für jede Begegnung mit intelligenten Wesen vorausgesetzt werden, spielen hier nicht einmal implizit eine Rolle. Die Furcht vor dem >Salz-Vampir< mündet in den unreflektierten Wunsch, das Wesen zu vernichten. Lediglich am Schluß dieser Episode, die entgegen der Gepflogenheiten nicht mit einem Scherz oder einer entspannten Szene endet, klingt ein leichtes Bedauern darüber an, daß man gerade das endgültige Aussterben einer Spezies verursacht hat: Auf die Frage, weshalb er so nachdenklich sei, antwortet Kirk, ihm sei gerade das Schicksal der amerikanischen Büffel eingefallen.

4.2.2 *Arena*: Abgrenzung durch Distanzierung

Eine weitere Form der unter dem Gesichtspunkt der interkulturellen Kommunikation mißlungenen - wenn auch weniger grausamen - Begegnung mit dem Fremden wird in „Arena" (*Classic* Nr. 19) vorgestellt.

Die *Enterprise* empfängt einen Notruf von Cestus III, einem neu eingerichteten Außenposten der Föderation in einem noch wenig erforschten Teil der Galaxis. Als Kirk mit seiner Crew dort eintrifft, stellt sich heraus, daß der Hilferuf fingiert wurde, um Schiffe der Föderation anzulocken. Die Station ist von einem feindlichen Schiff bereits völlig zerstört worden, und auch die *Enterprise* befindet sich jetzt in großer Gefahr. Im Laufe der kriegerischen Auseinandersetzung mit den unbekannten Gegnern, die später als Angehörige der Gorn* identifiziert werden, und der gegenseitigen Verfolgung bewegen die kämpfenden Parteien sich immer weiter in unerforschtes Gebiet hinein. Plötzlich fallen sämtliche Waffen- und Navigationssysteme der *Enterprise* aus, und Kirk findet sich unversehens auf einem Planetoiden wieder, unbewaffnet und in der gleichen seltsamen Montur wie der Captain des feindlichen Schiffes, dem er gegenübersteht. Eine Stimme aus dem Nichts teilt ihm mit, daß er und der Gorn durch das Eindringen in den Einflußbereich der Metrons* deren Frieden empfindlich gestört haben. Dieses Volk verfügt offenbar über enorme geistige Kräfte, mit deren Hilfe es die beiden Raumschiffe außer Gefecht gesetzt und den Planetoiden geschaffen hat, auf dem Kirk und der Gorn miteinander konfrontiert werden. Die Metrons schirmen sich gewöhnlich gegen Einflüsse von außen ab; sie dulden vor allen Dingen keine gewalttätigen Lebewesen in ihrer Nähe. Um den Frieden in ihrem Einflußbereich zu schützen, zwingen sie die beiden Kontrahenten, ihren Konflikt auf persönlicher Ebene in einem Zweikampf auszutragen, so wie es nach ihrer Interpretation dem kriegerischen, aggressiven Wesen der Eindringlinge entspricht. Demgemäß sollen Kirk und der Gorn mit roher Gewalt eine Entscheidung herbeiführen, die den Tod des Verlierers - einschließlich seiner Mannschaft - und den ungehinderten Rückzug des Siegers zur Folge haben wird.[20]

Kirk, der sich ohne die technischen Hilfsmittel, die ihm gewöhnlich zur Verfügung stehen, zunächst völlig hilflos fühlt, kämpft ums nackte Überleben. Die riesenhafte, muskelbepackte Reptilgestalt des Gorn flößt ihm Furcht und Ekel ein. Er versucht zunächst, in der kümmerlichen Landschaft des Planetoiden ein Versteck und dann eine Waffe zu finden; der Gorn greift dagegen sofort an. Nachdem die beiden sich bis zur Erschöpfung geschlagen, getreten und mit Felsbrocken beworfen haben, versucht Kirk in einer Atempause, mit Hilfe des kommunikatorähnlichen Geräts, das er am Gürtel seines Gewandes bemerkt, die *Enterprise* um Hilfe zu rufen. Der vermeintliche Tricorder* entpuppt sich jedoch als eine Art Universalübersetzer*, der die Äußerungen der beiden Personen jeweils in die Sprache des anderen übersetzt. Nachdem die beiden Kontrahenten dies entdeckt haben, benutzen sie das Gerät dazu, den Gegner zu demoralisieren und zur Kapitulation zu bewegen oder sich gegenseitig aggressives Verhalten und Verletzung der jeweils eigenen Rechte vorzuwerfen. Schließlich gelingt es Kirk, den Gorn kampfunfähig zu machen, doch in dem Augenblick, als er ihn töten könnte, wird ihm bewußt, daß der andere genau wie er selbst als Captain gehandelt hat, der seine Besat-

---

[20] Über die innere Logik dieser dramaturgischen Konstruktion darf man sich nicht allzu viele Gedanken machen. Manchen Episoden merkt man nur zu deutlich an, daß sie um einen bestimmten Grundgedanken herum zurechtgestutzt worden sind. In diesem Fall leuchtet zum Beispiel nicht ein, aus welchem Motiv heraus die Metrons die beiden Captains gegeneinander kämpfen lassen. Wenn sie schon über derartige Kräfte verfügen, dürfte es für sie ein Leichtes sein, die beiden Gegner aus ihrem Territorium zu entfernen, ohne daß diese die Existenz der Metrons überhaupt bemerken. Außerdem widersprechen die Inszenierung des Duells und die angekündigte Vernichtung des Verlierers dem Prinzip der Gewaltfreiheit, das die Metrons für ihre Gemeinschaft reklamieren.

zung und sein Volk gegen Angriffe von außen zu schützen versucht. Die Gorn haben die Errichtung des Außenpostens Cestus III als feindseligen Akt wahrgenommen und sich ihrer Auffassung nach lediglich gegen eine Invasion zu schützen versucht, indem sie die Station zerstörten. Hätte der Kampf sich zugunsten seines Gegners gewendet, müßte jetzt Kirk anstelle des Gorn dem Tod ins Auge blicken. Der andere würde dann mit dem gleichen Gefühl, das Richtige zu tun, das Duell für sich entscheiden. Kirk weigert sich daraufhin, die von den Metrons aufgestellten Spielregeln zu befolgen; er verschont seinen Gegner. Er spricht die Hoffnung aus, daß es nun vielleicht gelingen werde, die Ereignisse auf Cestus III gewaltfrei zu verhandeln. Die Metrons befördern daraufhin den Gorn auf sein Schiff zurück und erklären Kirk, sie hätten die Fähigkeit zum Mitleid und zur Gnade bei einem so gewalttätigen Volk nicht erwartet; möglicherweise könnten ihre Völker sich in ferner Zukunft einmal auf gleicher Ebene treffen. Obwohl sie von der Handlungsweise des Captains positiv überrascht sind, wollen sie bis dahin gegenüber der Föderation auf Distanz bleiben, um das innere Gleichgewicht ihrer Gemeinschaft nicht zu gefährden.[21]

Die Metrons fühlen sich durch die beiden Kriegsschiffe, die in ihr Territorium eindringen, bedroht. Dem zufälligen Kontakt mit fremden Lebewesen begegnet dieses Volk, das sich gegen jeden Einfluß von außen abzuschirmen scheint, nicht mit Neugier und Interesse, sondern mit extremer Xenophobie. Die Furcht überwiegt gegenüber der Faszination in einem solchen Maße, daß gar nicht erst versucht wird, mit den Fremden

---

[21] An dieser Stelle drängt sich zusätzlich zu dem Eindruck, das Verhalten der Metrons bezüglich des Duells gehe mit ihren eigenen Grundsätzen nicht konform, auch noch der Verdacht auf, daß sie sadistisch handeln könnten. Sie hatten nämlich - entgegen ihrer Ankündigung - gar nicht die Absicht, den Sieger zu belohnen; vielmehr sollte dieser als der gewalttätigere von beiden Gegnern vernichtet werden. Damit hätten sowohl Kirk als auch der Gorn den Kampf mit ihrem Leben bezahlt: Der Verlierer wäre durch die Hand seines Gegners getötet worden, der Sieger von den Metrons.

zu kommunizieren.[22] Diese Möglichkeit wird erst dann genutzt, als Kirks Entscheidung, seinen Feind zu verschonen, das Urteil, welches die Metrons sich über ihn gebildet hatten, ins Wanken bringt. Aber selbst dann bleiben sie auf Distanz.

In dieser Episode gerät die Besatzung der *Enterprise* in eine Situation, in der sie gegenüber einem anderen Volk weit unterlegen ist. Solche Folgen relativieren den Status der Föderation bezüglich ihrer technologischen Entwicklung; es werden Lebewesen vorgestellt, die in dieser Hinsicht der Besatzung der *Enterprise* weit voraus sind („Errand of Mercy" wurde bereits in Kapitel 3.3 angesprochen). Es wird deutlich, wie sehr die Föderation auf ihre Technologie angewiesen ist und wie wenig diese in bestimmten Fällen ausrichten kann. Andererseits mobilisiert Kirk unter dem Druck der Ereignisse genügend Energie, Flexibilität und Erfindungsgabe, um die gefährliche Lage zu meistern. Die lebensbedrohende Situation wird jedoch nicht nur durch sein starkes Verantwortungsgefühl gegenüber der ihm anvertrauten Mannschaft, seinen Überlebenswillen und seine optimistische Grundeinstellung aufgelöst, sondern vor allem durch seine Besonnenheit und sein Empathievermögen. Der aggressive, wachsame und impulsive Teil seiner Persönlichkeit, der in der Episode „The Enemy Within" von Kirk II verkörpert wurde (vgl. Kapitel 4.1.4), verleiht ihm die Kraft und die Ausdauer, die er braucht, um das Duell zu überstehen. Die Grausamkeit und Skrupellosigkeit, die ebenfalls zu diesem Teil seines Charakters gehören, werden jedoch in dem Moment, als der Gorn ihm nicht mehr gefährlich werden kann, von seinem Gerechtigkeitsempfinden und seinem Einfühlungsvermögen überwunden. Die Bereitschaft, sich in die Lage des anderen hineinzuversetzen und dessen Motive zu verstehen, rettet schließlich beiden das Leben.

---

[22] Das schlichte Mitteilen von Fakten fällt nicht unter den Begriff der Kommunikation, der in dieser Arbeit zugrunde gelegt wird.

4.2.3 *The Devil in the Dark*: Überwindung der Furcht durch Kommunikation mit dem Fremden

Als Filmprodukt kann sich die *Star-Trek*-Serie verschiedener dramaturgischer Mittel - zum Beispiel Kameraeinstellung, Musik oder Farbgebung - bedienen, um dem Publikum die Innenwelt der an der Handlung beteiligten Personen zu veranschaulichen und um Spannung, Mitgefühl oder andere beabsichtigte Stimmungen zu erzeugen. In „The Man Trap" werden beispielsweise Elemente des klassischen Horrorfilms verwendet, um das Grauen der Opfer im Publikum nachschwingen zu lassen; die Choreographie des Zweikampfs in „Arena" steigert, unterstützt von der anschwellenden Begleitmusik, die Spannung. In der Episode „The Devil in the Dark" (*Classic* Nr. 26) spielen solche dramaturgischen Hilfsmittel eine herausragende Rolle für die Interpretation des Kontaktes mit dem Fremden, der dort stattfindet; deshalb sollen in diesem Teilkapitel die ästhetischen Aspekte - stellvertretend für die unter diesem Gesichtspunkt nicht so eingehend behandelten Episoden - etwas näher betrachtet werden.

Jede *Star-Trek*-Folge beginnt mit einer Einleitung, die zur Kernhandlung hinführen soll; sie wird an einer Stelle, die für den weiteren Verlauf eine zentrale Bedeutung hat oder das Publikum mit Spannung erfüllt und mit einer Frage oder einem Gefühl der Spannung zurückläßt, von dem bereits erwähnten Intro („Space - the final frontier...") unterbrochen.

„The Devil in the Dark" führt mit einem Blick in den Weltraum, aus dem ein flammenfarbener Planet aufzutauchen scheint, den Ort des Geschehens ein. Im zweiten Bild begleitet das Auge des Publikums das Auge der Kamera durch düstere, stollenartige Gänge; die Geräte und Maschinen darin deuten auf Bergbautätigkeit hin. Die Kamerafahrt endet bei einer Gruppe von sechs Männern, alle in orangefarbene Overalls gekleidet. Der erste für das Publikum verständliche Satz eines offenbar heftigen Streits unter diesen Leuten gibt einen Hinweis auf die Ursache für deren Beunruhigung:

> 1. Mann: Whatever the thing is, it's already killed fifty people.

Das Gespräch dreht sich um die Postierung von Wachen an bestimmten Punkten des Stollensystems. Ein Mann, der von den anderen mit dem Namen 'Schmitter' angesprochen wird, wehrt sich besonders heftig dagegen, allein in dem Schacht zurückzubleiben; er muß sich jedoch dem Befehl eines Mannes namens Vanderberg beugen, der die Gruppe offenbar anführt. Nachdem die Gruppe Schmitter verlassen hat, bleibt dieser, mit dem Rücken zur Kamera, auf dem ihm zugewiesenen Posten. Plötzlich läßt ihn ein scharrendes, schleifendes Geräusch herumfahren; die Kamera zeigt in Großaufnahme sein von Entsetzen und Todesangst verzerrtes Gesicht. Dann fällt ein Schatten über ihn, der dem Publikum die Sicht auf das Geschehen versperrt. Schmitters grauenerfüllter Schrei wird in das nächste Bild übernommen. Er veranlaßt den Rest der Gruppe zur sofortigen Umkehr. Beim Wachposten ihres Kollegen angekommen, starren die Männer mit ungläubigem Schrecken auf etwas am Boden, das dem Blick des Publikums verborgen bleibt.

> Vanderberg: Schmitter ... or at least the rest of him ... burned to a crisp.

An dieser Stelle setzt das Intro zur Serie ein; währenddessen können die Eingangsbilder und -dialoge nachwirken. Die beiden zitierten Äußerungen lassen darauf schließen, daß die Leute in dem Stollen sich von einer unbekannten Gefahr bedroht fühlen, dabei jedoch offenbar nicht von zufälligen oder von durch natürliche Faktoren verursachten Todesfällen ausgehen, sondern von vorsätzlichem Töten, von Mord ('... it's killed ...'). Die Tötungs*weise* läßt sich gar nicht rekonstruieren - von den Opfern bleibt nur ein bis zur Unkenntlichkeit verbrannter Klumpen zurück. Nach dem Vorspann wird die Handlung mit Kirks Eintrag in das Logbuch wieder aufgenommen. Der Captain notiert, daß er von der Bergbaukolonie auf Janus VI einen Notruf erhalten habe. Die *Enterprise* soll bei der Aufklärung der rätselhaften Todesfälle in den Pergiumminen* helfen. Nach ihrer Ankunft auf dem Planeten werden Kirk, Spock und Dr. McCoy von dem Projektleiter Chief Vandenberg über die Geschehnisse informiert: Vor etwa drei Monaten, kurz nachdem die Minenarbeiter auf einen tunnelartigen und besonders mineralreichen Durchgang im Gestein gestoßen waren, kamen die ersten Arbeiter ums Leben. Da es auf dem Planeten keinerlei Anzeichen für vulkanische Tätigkeit gibt und außerdem ein Augenzeuge berichtet, er habe ein >Monster< gesehen, das er als „big and shaggy" beschreibt, ist von einem Lebewesen als Verursacher auszugehen. Der Augenzeuge behauptet weiterhin, das Wesen mit einem Schuß aus seiner Handfeuerwaffe getroffen, jedoch nicht im geringsten verletzt zu haben; die Waffe schien völlig wirkungslos. McCoys Analyse von Schmitters Leiche weist auf eine extrem stark zersetzende Säure hin, und Spocks Berechnungen bezüglich des jeweiligen Fundortes der Opfer und über den jeweiligen Zeitpunkt ihres Todes lassen darauf schließen, daß der Täter sich mit großer Geschwindigkeit direkt durch das Gestein bewegt haben muß. Aufgrund dieser Überlegungen ist mit einem sehr gefährlichen und mächtigen Gegner zu rechnen. Ein Sabotageakt von seiten der Kolonisten kann nahezu ausgeschlossen werden; keiner von ihnen verfügt über solch außergewöhnliche Fähigkeiten oder technische Hilfsmittel. Der Feind muß sich also irgendwo im Innern des Planeten versteckt halten; die Sensoren der *Enterprise* können jedoch außer den Arbeitern und den Besatzungsmitgliedern keine andere Lebensform orten.

Die Gruppe um Kirk und Chief Vanderberg steht diesem Phänomen ratlos und besorgt gegenüber.

Im darauffolgenden Bild wiederholt sich die Szene, in der der Überfall auf Schmitter dargestellt wurde, mit einem anderen Minenarbeiter: Der Mann, der mit dem Rücken zur Kamera Wache hält, dreht sich, von dem gleichen schleifenden, scharrenden Geräusch alarmiert wie Schmitter in der Eingangsszene, um. Wieder zeichnen sich im Gesicht des Opfers Panik und Entsetzen, und genauso wie am Anfang fällt ein Schatten über den Mann und verdunkelt das Bild. Diesmal jedoch folgt die Kamera nach einem Schnitt einer dampfenden Spur, die sich auf der Erde abzeichnet und zu einem großen Brandloch in der Tür zum Reaktorraum führt.

Alle Szenen, die in den Stollen spielen, sind von einer unheilvollen Düsternis geprägt, die durch die dramatische Musik noch unterstrichen wird. Die Kamera fährt an seltsam geformten Felsformationen und diffusen Schatten vorbei. Die Geräusche, mit denen >das Monster< sich ankündigt, und die rätselhaften Spuren, die es hinterläßt, verstärken den unheimlichen Eindruck vom Charakter des namenlosen Gegners. Hier wird auf dramaturgischer Ebene ein Element des klassischen Horrorfilms genutzt: Das Grauen scheint nicht nur namenlos und übermächtig, es entzieht sich jeder Beschreibung. Durch die Kameraeinstellungen, die das Publikum unmittelbar an das Geschehen heranführen, werden die Anspannung und die Furcht der an der Handlung beteiligten Personen eindringlich vermittelt. Diese Ebene der Darstellung spielt für die Interpretation der nachfolgenden Ereignisse eine wichtige Rolle.

Bei den Untersuchungen des erneuten Todesfalls stellen Kirk und Spock fest, daß aus dem Reaktorraum, von dem aus die gesamte Bergbaukolonie mit Strom, Wasser und Sauerstoff versorgt wird, eine Pumpe gestohlen wurde. Sie ist für das Funktionieren des Reaktors notwendig und nur schwer zu ersetzen; der Kolonie droht der Zusammenbruch aller lebenserhaltenden Systeme. Der gezielte Diebstahl gibt Spock Anlaß zu der Vermutung, daß es sich bei dem Täter um ein intelligentes Lebewesen handelt.

> Spock: The missing pump was not taken by accident. It was the one piece of equipment absolutely essential for the operation of the reactor.
> Kirk: You mean the creature is trying to push the colonists off the planet?!

Obwohl der Captain keine Erklärung dafür hat, daß dieses Lebewesen sich in all den Jahren, in denen auf dem Planeten bereits Pergiumbergbau betrieben wird, nicht bemerkbar gemacht hat und noch nicht einmal von den Sensoren der *Enterprise* geortet werden konnte, spielt er mit Spock zusammen die Schlußfolgerungen durch, die sich aus der Annahme, daß ein solches Wesen existiert, und anderen Faktoren ergeben.

Die Schlußfolgerungen, die gleichzeitig als Prämissen für die weitere Vorgehensweise dienen, basieren auf folgenden Hypothesen und Fakten:

1. Die Todesfälle stehen zeitlich und räumlich mit den Arbeiten an einem neuentdeckten, besonders ertragreichen Tunnel in Zusammenhang.
2. Das Wesen bewegt sich mit großer Geschwindigkeit durch Gestein.
3. Das Wesen kann mit herkömmlichen Methoden nicht lokalisiert werden.
4. Das Wesen kann durch die Waffen der Kolonisten nicht verletzt werden.
5. Spock denkt außerdem über einen weiteren Umstand nach: In dem Gang, den die Minenarbeiter entdeckt haben, wurden Tausende von kürbisgroßen Silikonkugeln gefunden, die nach Auskunft von Chief Vanderberg keinerlei wirtschaftlichen Wert besitzen, von manchen Arbeitern wegen ihrer Ebenmäßigkeit und außergewöhnlichen Färbung jedoch als Schmuckgegenstände gesammelt werden. Vanderberg besitzt selbst eine solche Kugel.

Aufgrund dieser Fakten gelangt Spock zu folgender interessanten Hypothese:

> Spock: Life as we know it is universally based on some combination of common compounds. But what if life exists, based on another element? For instance, silicon?
> McCoy (lächelt ungläubig und beinahe amüsiert): You are creating fantasies, Mr. Spock.
> Kirk: All right. How about this: A creature that lives deep in the planet belows, at home in solid rock. It seems to me that in order to survive it would have to have some form of natural armor plating.

Man beschließt, auf der Basis dieser Überlegungen weiterzusuchen. Die gestohlene Pumpe muß bald gefunden werden; die Zeit drängt. Obwohl die Suchtrupps mit stärkeren Waffen ausgestattet wurden, tötet das Wesen ganz in Spocks und Kirks Nähe ein Besatzungsmitglied der *Enterprise*. Zum ersten Mal gelingt es, einen Blick auf den geheimnisvollen Gegner zu werfen, bevor er, von einem Schuß getroffen, wieder im Gestein verschwindet: Er sieht aus wie ein wandelnder Felsbrocken. Ein kleines Stück davon wurde durch den Schuß herausgelöst. Spock kann jetzt mit Hilfe seines umprogrammierten Tricorders die Spur des unheimlichen Wesens verfolgen.

> Kirk: One creature, in a hundred miles.
> Spock: Exactly. Captain, there are literally thousands of these tunnels in this general area alone. Far too many to be cut by one creature in an ordinary lifespan.
> Kirk: Then we are dealing with more than one creature, despite your tricorder readings ... or we have a creature with an extremely long lifespan.
> Spock: Or ... it is the last of a race of creatures which made these tunnels. If so, if it is the only survivor of a dead race, to kill it would be a crime against science.

Diese Aussage fordert den Vergleich mit der Episode „The Man Trap" heraus: Dort war die Tatsache, daß mit der Vernichtung des ›Salz-Vampirs‹ das endgültige Aussterben einer ganzen Spezies beschlossen wurde, lediglich am Ende vage angedeutet worden. Motive und Legitimation des Handelns wurden zu keinem Zeitpunkt thematisiert.[23] In der Folge „The Devil in the Dark" dagegen spricht Spock den wissenschaftlichen Aspekt an, der auch den Archäologen Crater dazu bewogen hatte, trotz seines persönlichen Schmerzes das Wesen zu verschonen, das Nancy getötet hatte.[24] Spocks Überlegungen zielen darauf ab, der Wissenschaft ein interessantes Forschungsobjekt zu erhalten; ethische oder moralische Aspekte spielen an dieser Stelle noch keine Rolle. Kirk dagegen sieht es als seine Pflicht an, das Silikonwesen zu töten, um seine Besatzung und die Kolonisten zu schützen. Als er jedoch kurze Zeit später dem Wesen unvermittelt gegenübersteht und merkt, daß er es mit seiner Waffe in Schach halten kann, schießt er nicht, sondern ruft über seinen Kommunikator* Spock herbei. Während dieser in großer Eile zu seinem Captain zu gelangen versucht, fleht er ihn geradezu an, den „killer" zu töten, bevor ihm selbst ein Leid geschieht.[25] Das Wesen erweist sich schließlich - entgegen der anfänglichen Einschätzung - nicht als blindwütiger Mörder oder blutrünstiges Monster, sondern als zutiefst verzweifelter Beschützer seiner Spezies. Spock, der die telepathischen Fähigkeiten der Vulkanier geerbt hat, erfährt durch eine Gedankenverschmelzung mit dem Wesen, daß es sich 'Horta' nennt und als letztes Exemplar seiner Art die noch nicht lebensfähigen Nachkommen behütet.[26]: Alle 50.000 Jahre sterben die

---

[23] Interessanterweise beschränkt sich Spocks Rolle in dieser Episode auf zwei kurze Auftritte, in denen er lediglich als Befehlsempfänger seines Captains in Erscheinung tritt. Sein scharfer analytischer Verstand wird in die Lösung des Rätsels überhaupt nicht miteinbezogen.
[24] Crater hatte jedoch im Laufe der Zeit die Möglichkeit, eine fremde Lebensform zu studieren und sich mit ihr auszutauschen, völlig aus dem Blick verloren und in dem Wesen nur noch seine verstorbene Frau gesehen.
[25] Dabei nennt er den Captain wiederholt 'Jim', was - wie bereits in Kapitel 4.1 angesprochen - von seiner persönlichen Verbundenheit mit Kirk zeugt.
[26] Die vulkanische Fähigkeit der Gedankenverschmelzung dient hier als eine Möglichkeit, einem Problem zu begegnen, dem viele Science-Fiction-Produktionen ausweichen. Das kritische Publikum muß sich oft die Frage stellen, weshalb eigentlich alle Außerirdischen englisch sprechen (beziehungsweise deutsch, französisch..., je nach Synchronisation). In

Horta bis auf eine einzige aus; diese kümmert sich um die Tausenden von Nachkommen, die aus den Silikonkugeln in den Tunneln schlüpfen. Die Bergbauarbeiten waren für das Wesen erst dann zum Problem geworden, als die Arbeiter auf das Tunnelsystem stießen und bei ihren Förderarbeiten viele der Silikonkugeln zerstörten. Nachdem McCoy die Schußwunde behandelt hat und sie ihren Nachwuchs in Sicherheit weiß, verrät die Horta das Versteck der gestohlenen Pumpe. Am Ende erreicht man einen für alle Beteiligten zufriedenstellenden Modus des Zusammenlebens. Die Horta fühlt sich durch die Kolonisten prinzipiell nicht gestört, und obwohl die Arbeiter der Aussicht, sich die Tunnel bald mit Tausenden von >Monstern< teilen zu müssen, anfangs mit Entsetzen begegnen, lassen sie sich bald von den Möglichkeiten der Zusammenarbeit überzeugen - schließlich können sie die Tunnel, die von den Ureinwohnern auf Janus VI angelegt wurden und werden, als Transportwege nutzen. Als die Besatzung der *Enterprise* sich von Chief Vanderberg verabschiedet, hat dieser mit den fremden Mitbewohnern bereits Frieden geschlossen:

> Vanderberg: The Horta aren't so bad, once you get used to their appearance.
> Spock (zu Kirk und McCoy): Curious. What Chief Vanderberg said about the Horta is exactly what the mother Horta said to me. She found humanoid appearance revolting, but she thought she could get used to it.

Das fordert Kirk und McCoy zu einer ihrer an Spocks Adresse gerichteten Sticheleien heraus; diesmal zeigt der ihnen jedoch, daß er durchaus als Sieger aus einem solchen Wortgefecht hervorgehen kann:

Star Trek wird dieser Umstand in der Regel durch den Einsatz eines wunderbaren Gerätes erklärt, das die Äußerungen aller Anwesenden in deren jeweilige Heimatsprache übersetzt: der sogenannte >Universalübersetzer<. Dieser ermöglicht auch - wie in Kapitel 4.2.2 dargestellt - die Kommunikation zwischen Kirk und dem Gorn in der Episode „Arena". Das Sprachenproblem wird jedoch in einigen Folgen explizit behandelt (vgl. Kapitel 4.2.6). Die in bezug auf die Gedankenverschmelzung implizit vertretene These einer Universalsprache der Gedanken wird dagegen leider nicht thematisiert.

McCoy (mit unschuldiger Miene und wie beiläufig): Oh, tell me, did she happen to make any comment about those ears?[27]
Spock (ungerührt). Not specifically. But I did get the distinct impression she found them the most attractive human characteristic of all. I didn't have the heart to tell her that only I have -
Kirk: She really liked those ears?
Spock: Captain, the Horta is a remarkably intelligent and sensitive creature.
Kirk: [...] I suspect you're becoming more and more human all the time.
Spock (mit dem für ihn typischen Hochziehen der rechten Augenbraue): Captain, I don't see any reason to stand here and be insulted.

An dieser Stelle ergreift Spock die Gelegenheit, eine ironische Distanz zu seinem Status als Außenseiter einzunehmen. Hinter diesem kameradschaftlich-scherzhaften verbalen Schlagabtausch verbirgt sich jedoch eine Einstellung gegenüber dem Fremden, die den Kontakt erheblich erschweren kann. In Kapitel 4.1 wurde bereits darauf hingewiesen, daß die Fremden-im-Innern in *Star Trek* nicht nur aufgrund ihrer andersartigen Verhaltensweisen, Handlungsbegründungen und Werte aus der Wir-Gruppe hinaus oder an den Rand gedrängt werden. Bereits das von den Gruppenmitgliedern als abweichend empfundene Äußere führt oftmals zu unreflektierten Vorurteilen oder zu Stereotypen und zur Diskriminierung.[28] Bemerkenswert ist in diesem Fall, daß - wie auch in der *TNG*-Episode „Home Soil", in der die kristallinen Lebensformen Menschen als häßliche, mit Wasser gefüllte Beutel beschreiben - das Gefühl der Unsicherheit oder gar der Bedrohung angesichts des äußerlich vom Gewohnten Abweichenden nicht nur als spezifisch menschliche, sondern als universale Reaktion intelligenter Lebensformen dargestellt

---

[27] Damit sind Spocks nach oben hin spitz zulaufende Ohren gemeint, die öfter als Objekt gutmütiger bis rassistischer Späße dienen.
[28] Umgekehrt wählen Individuen - nicht nur in fiktiven Realitäten - oft bewußt bestimmte äußerliche Kennzeichen wie Frisur und Kleidung, um ihrer Zugehörigkeit zu einer bestimmten Gruppe Ausdruck zu verleihen oder sich von anderen abzugrenzen. Aber auch für solche Fälle bleibt zweifelhaft, ob äußere Merkmale für die Identifikation eines Individuums als Mitglied einer Gruppe ausreichen.

wird. Der anfängliche Widerwille angesichts der äußeren Erscheinung beruht bei Menschen und Horta offenbar auf Gegenseitigkeit. Spocks Bemerkung, seine spitzen Ohren seien das einzige, was der Horta an den Humanoiden gefiele, verdeutlicht die ethnozentrische Wahrnehmung der Menschen, die sich gerade über dieses Körpermerkmal des Halbvulkaniers lustig machen, umso mehr. Am Ende dieser Folge kann mit solchen unreflektierten und irrationalen Einstellungen scherzhaft umgegangen werden, da sie bereits zugunsten einer gegenseitigen Annäherung überwunden zu sein scheinen.

Im Gegensatz zu „The Man Trap" stellt „The Devil in the Dark" eine Form des Kontaktes vor, die auf dem Bemühen um gegenseitiges Verstehen und Verständnis aufbaut und wechselseitiges Lehren und Lernen ermöglichen soll. Kirks Entscheidung, die Horta nicht zu töten, erhält einen umso höheren Stellenwert, als die Ausgangssituation einen Austausch mit dem fremden Wesen nicht begünstigt. Die Angst der Minenarbeiter hat sich bis zur Panik gesteigert, der übermächtige Wunsch nach Vergeltung und Vernichtung jegliche rationale Vorgehensweise abgelöst. Die Kolonisten sind am Ende sogar bereit, nur mit Stöcken und Steinen bewaffnet auf den Feind loszugehen. Selbst Spock, der dafür plädiert hatte, das Wesen aus wissenschaftlichen Gründen zu verschonen, gerät angesichts der Gefahr für Kirks Leben etwas aus der Fassung. In bezug auf das Publikum sind sämtliche dramaturgischen Register gezogen worden, um die gleichen Ängste und Vorbehalte zu erzeugen, von denen das Verhalten der meisten an der Handlung beteiligten Personen geprägt ist. Durch das Identifikationsangebot mit den Protagonisten wird auch die Einstellung des Publikums gegenüber der unbekannten Gefahr immer mehr von Furcht als von Faszination beeinflußt.

Diese angst- und spannungsgeladene Stimmung kippt völlig um, als Kirk erkennt, daß die Horta keine akute Gefahr darstellt, und durch seine Gelassenheit die Situation entschärft. Allerdings kann der Kontakt nur dadurch zustande kommen, daß das Wesen mit seiner Verwundbarkeit konfrontiert wird und die Waffe in der Hand des Captains als tödlich erkennt. Die nicht genutzte Möglichkeit der körperlichen Gewalt stellt hier also eine wichtige Voraussetzung für eine gewaltfreie Annäherung dar. Wie in „Arena" stellt Kirk seine Fähigkeit unter Beweis, eine Situation abzuwägen und sich nicht zu unüberlegten Reaktionen hinreißen zu lassen.

Eine wichtige Rolle für die Bewältigung von Konfliktsituationen spielt offenbar auch die Intuition. Als Kirk Spock um eine Gedankenverschmelzung bittet, verfügt er nicht über ausreichende empirische Daten, die ihn zu der Annahme veranlaßten, er stehe einem intelligenten Lebewesen gegenüber, das für seine Handlungsweise Motive und Begründungen angeben kann. Außerdem gehört eine gewisse Risikobereitschaft - oder, im Falle eines ungünstigen Ergebnisses, Selbstüberschätzung - dazu, sich auf eine Intuition zu verlassen, die einem den Kontakt zu einem Wesen anrät, das von den anderen - und sogar von Spock - für ein blutrünstiges Monster gehalten wird. Diese Risikobereitschaft richtet sich nach den Werten, die gegenüber der Kontaktaufnahme mit dem Fremden und der Aufgabe, neue Lebensformen zu entdecken, absolute Priorität besitzen. Solange Kirk nämlich das Leben seiner Crew und der Kolonisten gefährdet sieht, besteht er auf der Notwendigkeit, das fremde Wesen zu töten. Die Verantwortung gegenüber den Leuten, die ihm als Captain anvertraut wurden, wiegt jederzeit schwerer als die Aussicht auf neue Entdeckungen. Das persönliche Risiko dagegen verantwortet Kirk nur vor sich selbst.

Der interessanteste Teil dieser Begegnung - die Verhandlung der gegenseitigen Rechte und Pflichten - wird in dieser Episode jedoch ebenso ausgeklammert wie das Problem der sprachlichen Verständigung, das durch die Gedankenverschmelzung umgangen wird. Das Publikum erfährt lediglich am Schluß durch die Verabschiedung von Chief Vanderberg, daß die Arbeiter und die Horta zu einer wunderbar harmonischen Form des Zusammenlebens gefunden haben. Dadurch wird auch die Beurteilung dieses Fremdkontaktes erschwert. Wie gestaltet sich das gegenseitige Lehren und Lernen in dieser Form der Koexistenz? Wird ein Austausch erreicht, in dem sowohl Freiheit bewahrt als auch Gerechtigkeit erzielt werden können? Wie verläuft die >Erfolgskontrolle<? Deutlich vorgeführt wird dagegen der Umstand, daß beide Seiten anfangs von falschen Vorannahmen oder Handlungsinterpretationen ausgegangen sind. Die Kolonisten hielten die Horta genauso für einen blindwütigen Killer wie diese die Arbeiter als Mörder ihrer Nachkommen betrachtete. Die nachträglich korrigierte Interpretation der jeweiligen Handlungen als Verzweiflungstat beziehungsweise als Unwissenheit ermöglicht gegenseitige Akzeptanz und Einsicht. Als ungelöstes Problem verbleibt dennoch auch die Frage, wie die Arbeiter hätten erkennen können, daß sie durch ihr Handeln in die kulturelle Sphäre anderer Lebensformen eindringen und deren Lebensraum beziehungsweise ihre Existenz zerstören. Auf die Anwesenheit einer in solchem Grade fremdartigen Lebensform war man von seiten der Föderation nicht vorbereitet, sonst hätte laut deren Statut der Planet Janus VI erst gar nicht kolonisiert werden dürfen.

4.2.4 *Balance of Terror*: Der Zusammenhang von 'fremd' und 'feind'

In den Betrachtungen über den Fremden-im-Innern (Kapitel 4.1) sind bereits bestimmte Aspekte angesprochen worden, die bei der Interpretation (kultureller) Verhaltensmuster und der Zuordnung von Personen zu einer Gruppe eine Rolle spielen, ebenso wie die Orientierungen, die einzelne Personen aus der Interpretation solcher Verhaltensweisen für ihre eigenen Handlungen beziehen. Darüber hinaus ist - beispielsweise anhand von Worfs Konflikt - dargestellt worden, daß bestimmte Motive und Zielvorstellungen die Handlungsweise beeinflussen und daß nicht alle Handlungen auf die >kulturelle Programmierung< zurückzuführen sind, sondern unter anderem durch die institutionalisierten Regeln einer Gruppe wie der Föderation bestimmt werden.

In der Episode „Balance of Terror" (*Classic* Nr. 15) wird die Komplexität der Verhaltensmuster und der Motive einzelner Personen anschaulich vorgeführt.

Die Besatzung der *Enterprise*, die sich in der Nähe der neutralen Zone aufhält, wird von der Nachricht alarmiert, ein fremdes Schiff sei auf Föderationsgebiet gesichtet worden. Mr. Spock klärt in seiner Funktion als Wissenschaftsoffizier die Mannschaft über die besondere strategische Funktion der neutralen Zone auf.

Nach einem Krieg zwischen den Romulanern und den Streitkräften der Föderation, der laut Spock vor über einem Jahrhundert mit >primitiven atomaren Waffen< ausgetragen und mit einem über Funkkontakt besiegelten Waffenstillstandsabkommen beendet worden war, wurde die neutrale Zone eingerichtet, um einen Sicherheitsabstand der Gegner zu garantieren. Beide Parteien hatten sich in dem Vertrag verpflichtet, dieses Gebiet als nicht zugänglich zu akzeptieren und jegliches Eindringen in das Territorium des Gegners als kriegerischen Akt zu verstehen. Auf beiden Seiten wurden jeweils Außenposten errichtet, um die Einhaltung des Waffenstillstands zu überwachen. Das Besondere an diesem Abkommen lag vor allem in dem Umstand, daß die verfeindeten Mächte einander nicht von Angesicht zu Angesicht begegnet waren. Die Romulaner hatten keine Kriegsgefangenen gemacht, sondern alle feindlichen Schiffe völlig zerstört; umgekehrt hatten sie sich auch nicht gefangennehmen lassen, sondern ihre eigenen Schiffe vernichtet, bevor die Föderation ihrer habhaft werden konnte. In bezug auf Aussehen und andere Eigenschaften des jeweiligen Gegners beschränken sich die Einschätzungen auf Spekulationen und Vorurteile:

> Spock: Therefore, no Human, Romulan or ally has ever seen the other. Earth believes the Romulans to be warlike, cruel, traitorous - and only the Romulans know what they think of Earth.

Während Spock mit ausdrucksloser Miene sachlich über Fakten informiert, spiegelt sich in den Gesichtern der Besatzung zunehmende Beunruhigung wider. Lieutenant Stiles, ein Mitglied der Brückenbesatzung, verhält sich besonders nervös. Er glaubt zu wissen, daß es sich bei dem fremden Schiff auf Föderationsseite um ein romulanisches Kriegsschiff handelt, das zerstört werden muß:

> Stiles: They paint it like a giant bird of prey.
> Kirk: I had no idea that history was his specialty.
> Stiles: Family history. There was a Captain Stiles in the space service then, to command several junior officers - all lost in that war, Sir.
> Kirk: *Their war*, Mr. Stiles.

Kirk macht hier deutlich, daß er keine voreiligen Schlüsse von der Vergangenheit auf die Gegenwart ziehen, sondern sich vorurteilslos über die aktuelle Situation Aufschluß verschaffen wird. Als jedoch mehrere Außenposten entlang der neutralen Zone zerstört werden, ordnet der Captain höchste Alarmbereitschaft an. Der Befehlshaber eines dieser

Stützpunkte berichtet von einem Schiff, das unvermittelt auftaucht und nach einem einzigen verheerenden Angriff genauso schnell wieder spurlos verschwindet. Dieser Umstand gibt Anlaß zu der Vermutung, daß der Gegner über eine Tarnvorrichtung verfügt.[29] Als auch dieser Posten zerstört wird, gelingt es, die Route des fremden Schiffes zu verfolgen.

> Spock: The exact heading a romulan vessel would take, Jim. For the neutral zone - at home.

Auf den letzten Teil dieser Äußerung reagieren die Besatzungsmitglieder der Brücke mit einem langen, erstaunten Blick auf Spock; sie wird im Verlauf der Handlung eine besondere Bedeutung erhalten. Eine große Überraschung erlebt die Brückenmannschaft der *Enterprise* nämlich, als sie sich in das Kommunikationssystem des sich in Sicherheit wägenden Feindes einschleicht: Auf dem Bildschirm erscheint die gegnerische Brücke mit einer männlichen Person, die aufgrund ihres Gebarens und ihrer besonderen Bekleidung als der Commander identifiziert wird. Was jedoch die Mannschaft der *Enterprise* fassungslos auf den Schirm und Stiles mißtrauisch auf Spock starren läßt, ist die frappierende Ähnlichkeit des Halbvulkaniers mit dem gegnerischen Captain: gleiche Haar- und Hautfarbe, die gleichen schräg nach außen verlaufenden Augenbrauen, die gleichen spitz zulaufenden Ohren. Für Stiles liegt der Fall jetzt völlig klar; er verdächtigt Spock nun ganz offen der Spionage. Spocks Bemerkung, das romulanische Schiff sei auf dem Weg >nach Hause<, wird nun als Versprecher eines Agenten der Gegenseite gedeutet. Dafür wird Stiles von Kirk scharf gerügt.

Das Publikum erfährt an dieser Stelle mehr über >die Anderen<. Im folgenden Bild wird ein Dialog zwischen dem fremden Commander

---

[29] Sie wird wenig später als der sogenannte *cloaking device* eingeführt, der es den Romulanern ermöglicht, sich unsichtbar zu machen. Diese Vorrichtung spielt in mehreren *Star-Trek*-Episoden eine wichtige Rolle.

und einem Mitglied seiner Mannschaft gezeigt, der über deren Identität und Absicht aufklärt. Es handelt sich tatsächlich um Romulaner, die den Auftrag haben, einen Krieg anzuzetteln. Allerdings soll das romulanische Reich nicht als die Seite erkannt werden, die eine Auseinandersetzung provoziert, vielmehr will man die Föderation dazu veranlassen, bei ihren Untersuchungen in Zusammenhang mit der Zerstörung der Außenposten in romulanisches Territorium einzudringen, so daß diese als die Auslöser der kriegerischen Auseinandersetzungen beschuldigt werden könnten. Deshalb hatte der romulanische Kreuzer auf Föderationsseite in getarntem Zustand operiert. Der romulanische Captain wirkt erschöpft; offenbar fällt ihm die Erfüllung seiner Mission schwer.

> Rom. Captain: Must it always be so? How many comrades have we lost in this way?
> 2. Romulaner: A portion, Commander, ... is obedienced.
> Rom. Captain: Obedience. Duty. Death and more death.

Auf der *Enterprise* ist die Anspannung inzwischen enorm gestiegen; Stiles' Mißtrauen gegenüber Spock hat sich auf einige andere Mitglieder der Besatzung übertragen. Bei der strategischen Besprechung über das weitere Verhalten gegenüber den Romulanern insistiert Stiles in provokanter Weise auf einer sofortigen Vernichtung des Gegners. Spock hat inzwischen seine eigenen Überlegungen angestellt:

> Spock: I agree. Attack. [...] If the Romulans are an offspring of my vulcan blood, and I think this likely, then attack becomes even more imperative. [...] Vulcan, like Earth, had its aggressive period, savage even by Earth standards. And if the Romulans retain this martian philosophy, then weakness is something we dare not show.

Kirk strebt auch weiterhin eine Lösung des Konflikts an, die auf beiden Seiten möglichst wenige Opfer fordert. Im Laufe einer ganzen Reihe von Manövern und Gegenmanövern werden beide Schiffe beschädigt, und die Angelegenheit gestaltet sich immer mehr als Duell zwischen den beiden Captains. Durch den ständigen Wechsel der Kameraeinstellung kann das Publikum mitverfolgen, wie Kirk und der romulanische Commander jeweils versuchen, sich in die strategischen Überlegungen des anderen hineinzuversetzen und das Verhalten des Gegners zu interpretieren. Beide tragen schwer an der Verantwortung für die Sicherheit und das Leben ihrer Besatzung, und beide sind sich ihrer gegenseitigen Einschätzung nicht sicher. Nur das Publikum erhält die Gewißheit, daß der romulanische Captain genau wie Kirk das Ziel hat, mit möglichst wenig Verlust nach Hause zurückzukehren.

Der Konflikt entscheidet sich, als die Romulaner dank eines Mißgeschicks von Spock, das von Stiles als Sabotage interpretiert wird, eine Chance zum Angriff erhalten, den Kirk jedoch zu seinen Gunsten abwenden kann. In letzter Minute gelingt es - aufgrund von Spocks Geistesgegenwart, die nebenbei auch noch Stiles das Leben rettet und somit alle Zweifel über Spocks Motive beseitigt -, das romulanische Schiff kampfunfähig zu machen. Bevor die romulanische Mannschaft jedoch auf die *Enterprise* geholt werden kann, zerstört ihr Captain sein Schiff, nicht ohne vorher sein Bedauern darüber auszudrücken, daß die Umstände einen persönlichen Kontakt nicht erlauben. Er spricht Kirk gegenüber seinen Respekt und seine Wertschätzung aus:

> Rom. Captain: I regret that we meet in this way. You and I are of a kind. ... In a different reality I could have called you a friend.
> Kirk (bedrückt): What purpose will it serve to die?
> Rom. Captain (sichtlich mitgenommen): We are ... creatures of duty, Captain. I've lived my life by it. Just ... one more duty to perform.

Der romulanische Commander gerät bei der Erfüllung seines Auftrages in einen Konflikt zwischen den institutionalisierten Verhaltensregeln seiner Gruppe und seiner persönlichen politischen und ethischen

Einschätzung. Die kollektiven Regeln seines Volkes verlangen von ihm den Einsatz aller notwendigen Mittel zur Schwächung des Feindes; die individuelle Beurteilung und Bewertung dieser Regeln führt jedoch zu der Überzeugung, daß sie in mancherlei Hinsicht unvernünftig sind. Er hält die ständigen kriegerischen Auseinandersetzungen mit anderen Völkern für sinnlos. In dem Gespräch mit dem romulanischen Offizier, den er mit 'Centurion' anspricht und mit dem ihn offenbar über die institutionalisierte Loyalität hinaus eine freundschaftliche Beziehung verbindet, verleiht der Commander seinen Zweifeln an einer Regierungsführung Ausdruck, die ihre Leute mutwillig in den Tod schickt. Der Centurion versucht diese Handlungsweise zu rechtfertigen, zeigt gleichzeitig aber auch Verständnis für die Verbitterung und die Erschöpfung des Commanders. Die übrigen Mitglieder der romulanischen Besatzung lassen zu keinem Zeitpunkt Anzeichen von Furcht erkennen. Sie kritisieren sogar die Zurückhaltung ihres Anführers mit solcher Offenheit, daß dieser seine gesamte Autorität aufbieten muß, um eine Meuterei zu verhindern.

Die Szenen, die auf dem romulanischen Schiff spielen, bestätigen das Stereotyp vom kriegerischen, grausamen und verräterischen Volk. Die versuchte Provokation zur Verletzung des Vertrages wird von seiten der Föderation als intrigantes, aggressives und unehrenhaftes Verhalten gedeutet. Sogar Spock - der übrigens nicht erklärt, welche Nachforschungen ihn zu der These der gemeinsamen Herkunft von Vulkaniern und Romulanern geführt haben - weist nachdrücklich darauf hin, daß man diesem Gegner mit Stärke und Härte begegnen muß. Kirk jedoch will sich nicht auf Vorurteile verlassen, die auf Spekulationen und Assoziationen beruhen.[30] Indem er beispielsweise Stiles darauf hinweist, daß der Krieg,

---

[30] Beispielsweise drückt sich in der Beschreibung der romulanischen Kriegsschiffe, die bis dahin noch kein Mensch deutlich gesehen hat ('a giant bird of prey'), die Furcht derjenigen aus, die diesen Ausdruck geprägt haben. Die Assoziation besteht in dem Bild eines schnellen und gewandten Raubvogels, der unvermittelt auf sein wehrloses Opfer

in dem dessen Vorfahren ums Leben kamen, deren Krieg gewesen sei, distanziert er sich von der Übertragung nicht überprüfter Schemata auf die aktuelle Situation. Gleichzeitig basieren seine individuellen Interpretationen auf diesen Hintergrundinformationen, die ihm lediglich in Form von Spekulationen und Vorurteilen zur Verfügung stehen.

Welche Stereotypen die Romulaner in bezug auf die Föderation gebildet haben, bleibt unklar. Auf beiden Seiten werden jedoch verschiedene Handlungsaspekte einander gegenübergestellt, die durch die Konfrontation von Menschen und Romulanern besonders deutlich hervortreten: kulturelle Verhaltensmuster versus institutionalisierte Handlungsformen beziehungsweise kulturelle >Programmierung< versus individuelle Handlungsvarianten. So wirken zum Beispiel die Menschen im Vergleich mit den Romulanern angesichts der Lebensgefahr, in die sie durch den Konflikt mit den anderen geraten, sehr nervös und ängstlich. Sie versuchen ihr Leben zu schützen und Todesopfer zu vermeiden; die Romulaner dagegen scheinen als „creatures of duty" den Tod mit Gelassenheit in den Rahmen der von ihnen zu erfüllenden Aufgabe mit einbezogen zu haben. Das Wohl der einzelnen Gruppenmitglieder wird dem der Gemeinschaft untergeordnet.

Auf seiten der Föderation hat die Sicherheit der Mitglieder höchste Priorität; gewalttätige Konflikte sind nach Möglichkeit zu vermeiden. Die Befehlshaber von *Starfleet* haben Anweisung, sich den Romulanern gegenüber defensiv zu verhalten. Aus diesem Grund können diese eine ganze Reihe von Föderations-Außenposten zerstören, bevor *Starfleet* massiv eingreift.

---

niederstößt. Der Ausdruck 'bird of prey' wird übrigens als Kennzeichnung für die romulanischen und auch die klingonischen Kampfkreuzer in die Fachterminologie der Flotte übernommen.

Als nun der Gegner - entgegen des Stereotyps - nicht den Kampf gegen die *Enterprise* sucht, sondern sich zurückzieht, ergibt sich für Kirk und seine Crew eine völlig neue, verunsichernde Situation. Die Strategie der Romulaner läßt sich nicht in das Schema vom kriegerischen, aggressiven Feind einordnen. Kirk verhält sich seinerseits entgegen der ihm auferlegten Normen. Beide Commander wählen eine individuelle, von ihren kulturellen und institutionalisierten Verhaltensmustern abweichende Handlungsweise. Beide beanspruchen für sich das Recht, unter Berücksichtigung der ihnen unterstellten und anvertrauten Personen sowie unter Miteinbeziehen des zur Verfügung stehenden Hintergrundwissens ein Handlungsschema zu variieren. Für die romulanische Crew führt diese Strategie letztlich doch in den Tod, womit auch Kirk sein Ziel nur teilweise erreicht. Zwar sind die beiden Captains auf der individuellen Ebene zu einer Verständigung gelangt, doch in kultureller beziehungsweise politischer Hinsicht konnte der Konflikt nicht friedlich beendet werden.

Abgesehen von der Thematisierung komplexer Handlungsorientierungen auf romulanischer und auf Föderationsseite spielt in dieser Episode die Zuordnung von (kulturellen) Eigenschaften aufgrund von äußeren Merkmalen eine wichtige Rolle. Im Gegenschnitt von Spocks sachlichem Bericht über die neutrale Zone und den beunruhigten bis verängstigten Besatzungsmitgliedern kommt nicht nur Spocks Andersartigkeit zum Ausdruck, sondern auch das Unbehagen einiger seiner Kollegen ihm gegenüber, die abweichendes Verhalten nicht nur als fremdartig, sondern auch als unheimlich empfinden. Die emotionale Voreingenommenheit des größten Teils der Besatzung spiegelt sich in den verstohlenen Blicken und dem Bemühen um räumliche Distanz wider. Am Beispiel von Lieutenant Stiles wird die extreme Konsequenz solcher Vorurteile und Phobien dargestellt. Die Feindseligkeit und Tücke, die er den Romulanern unterstellt, wird im gleichen Augenblick, in dem der fremde Commander auf dem Bildschirm erscheint, auf Spock übertragen. Ungeachtet der geringen Wahrscheinlichkeit, daß es den Romulanern gelungen sein sollte, einen Spion in die Föderation einzuschleusen, unter völliger Ignoranz jeglichen Hintergrundwissens über Spocks Herkunft und Laufbahn und unter Mißachtung seines Rangs beziehungsweise des Vertrauens, das der Captain seinem Ersten Offizier entgegenbringt, identifiziert Stiles Spock als feindlichen Agenten. Die Furcht vor dem Andersartigen und das Gefühl der latenten Bedrohung durch das Fremde brechen sich hier in Form von unreflektiertem Ethnozentrismus und unkontrollierbarer Xenophobie Bahn. Stiles' Verfolgungswahn steigert sich in einem solchen Maße, daß Kirk ihn von Spock weg in einen anderen Arbeitsbereich versetzen muß. Erst als der Halbvulkanier durch seine Geistesgegenwart das Schiff und das Leben des Mannes rettet, der ihn offen der Spionage beschuldigt hat, wird der beschämte Stiles sich seiner ungerechtfertigten Verdächtigungen und seines diskriminierenden Verhaltens bewußt.

Die zentrale These dieser Episode lautet: Nur wer versucht, Vorurteile zu überwinden und Handlungsschemata kritisch anzuwenden, erhält die Chance, Gerechtigkeit und Freiheit im Umgang mit anderen zu erreichen und neue Erkenntnisse zu gewinnen. Aus dem Abschiedsgruß des romulanischen Commanders, der sich am Ende der Pflicht gegenüber seinen Auftraggebern beugt, und aus Kirks Niedergeschlagenheit nach der Selbstzerstörung des fremden Schiffs spricht das Bedauern über den mißglückten Versuch, sich dem anderen auf friedliche Weise zu nähern und neue Erfahrungen im Austausch mit fremden Lebensformen zu machen. Aus Stiles' Beschämung am Ende der Episode läßt sich die Aufforderung ableiten, sich der eigenen irrationalen Voreingenommenheit zu stellen und sich der Relevanz persönlicher Einstellungen zu vergewissern, bevor man sich von dem Andersartigen distanziert.

4.2.5 *I, Borg*: Überwindung der Furcht durch Assimilation

Die Voreingenommenheit gegenüber dem oder die Ablehnung des Fremden kommt nicht nur in der Handlungsweise diesem gegenüber zum Ausdruck, sondern wird auf verschiedene Weise auch sprachlich artikuliert. Abgesehen von intendierten Distanzierungen schlagen sich auch unbewußte Mechanismen der Abgrenzung und der Diskriminierung im verbalsprachlichen Umgang mit dem Anderen nieder. In Zusammenhang mit der Erörterung von Datas Funktion als Fremder-im-Innern (Kapitel 4.1.2) war dieser Aspekt bereits angesprochen worden; in der *TNG*-Episode „I, Borg" (Nr. 123) manifestieren sich die psychischen Einstellungen der Protagonisten gegenüber einem fremden Lebewesen in dieser Hinsicht besonders stark.

In dieser Folge wird die Crew der *Enterprise* auf ein Notsignal von einem Mond im sogenannten Argolis-Cluster aufmerksam. Man macht sich sofort auf den Weg, um zu helfen. Auf der Oberfläche des Mondes angekommen, macht das Rettungsteam unter der Leitung von Sicherheitsoffizier Worf und Dr. Crusher eine höchst beunruhigende Entdeckung: Bei dem zerschellten Shuttle, das sie dort finden, handelt es sich um ein Borg-Schiff; vier der fünf Besatzungsmitglieder haben den Absturz nicht überlebt, ein Borg ist bewußtlos und schwer verletzt. Captain Picard will den Überlebenden auf dem Planetoiden zurücklassen und sich sofort aus diesem Sektor zurückziehen; Worf verlangt von Dr. Crusher sogar, sie solle den Bewußtlosen töten. Diese Flucht- beziehungsweise Abwehrreaktion beruht auf vergangenen Erfahrungen der *Enterprise* mit den Borg: Es handelt sich bei ihnen um Lebensformen, die sich teils aus organischen, teils aus mechanischen Komponenenten selbst zusammensetzen und andere Lebewesen als >Ersatzteillager< gebrauchen. Die erste Begegnung der *Enterprise*-Besatzung mit den Borg war auf unfreiwilliger Basis zustandegekommen. Das Wesen Q, Angehöriger eines mit enormen psychischen Kräften ausgestatteten Volkes und wiederholt Störenfried auf der *Enterprise*, hatte das Schiff unvermittelt in die Galaxis versetzt, in der die Borg sich zu dieser Zeit gerade aufhielten. Die Konfrontation mit den technologisch weit überlegenen Borg hatte unter der Besatzung der *Enterprise* mehrere Todesopfer gefordert. Es war Picard nur mit Q's Hilfe gelungen, der zerstörerischen Macht des fremden Volkes zu entkommen (vgl. „Q Who", *TNG* Nr. 42). Später[31] hatten die Borg die Föderation angegriffen und mehrere Planeten und Raumschiffe zerstört. Captain Picard war von ihnen entführt und teilweise >cyborgisiert< worden, um dem kollektiven Bewußtsein der Borg sein Wissen einzuverleiben (vgl. „The Best of Both Worlds", *TNG* Nr. 74/75). Seit Picards Rettung und der Zerstörung des Borg-Schiffs hatte die Föderation jeglichen Kontakt mit dieser fremden Lebensform vermieden, die auf keinen Kommunikationsversuch seitens der Föderation reagiert und trotz der heftigen Abwehrmaßnahmen scheinbar blind ihr Zerstörungswerk fortgesetzt hatte. Die Überlebenden der damaligen Katastrophe haben die schrecklichen Erlebnisse noch immer nicht verkraftet, und auch Picard hat seine Entführung und den massiven Eingriff in sein Bewußtsein noch nicht völlig verarbeitet.

Trotz aller Ängste und aller Argumente gegen die Rettung des Borg läßt Dr. Crusher, die in dem Verletzten einen Patienten sieht, demgegenüber sie ihren hippokratischen Eid einlösen muß und will, diesen an Bord

---

[31] Abgesehen von der chronologischen Abfolge der Sendedaten kann für *Star Trek* eine ziemlich genaue >innere< Chronologie erstellt werden. Die meisten Episoden beginnen mit einem Eintrag des Captains in sein Logbuch; diese Notizen sind immer mit dem genauen (fiktionalen) Datum versehen, dort 'stardate' (Sternzeit) genannt (vgl. Okuda/ Okuda 1993).

der *Enterprise* bringen. Die Begegnung mit dem Borg bringt das Weltbild der Mannschaft aus dem Gleichgewicht. Picard, der das halbelektronische Gehirn des Borg mit einem Computervirus infizieren[32] will, um ihn dann als lebende Zeitbombe zu seinem Kollektiv zurückzuschicken, stößt mit diesem Plan bei Dr. Crusher und Chefingenieur LaForge auf heftigen Widerstand. Die beiden entwickeln im Laufe ihrer Untersuchungen ein freundschaftliches Gefühl zu dem Gefangenen, der ihnen zunehmend als empfindungsbegabtes Individuum erscheint. Demgemäß fordern sie für ihn die gleichen Rechte, die jedem freien intelligenten Wesen zugesprochen werden. Dr. Crusher sieht in dem Borg von Anfang an eine fühlende Kreatur mit einem Recht auf Unversehrtheit und Freiheit; auf Picards Plan, das Borg-Kollektiv mit Hilfe eines Computervirus zu zerstören, reagiert sie mit Entsetzen und Empörung:

Crusher: We're talking about annihilating an entire race!

Picard rechtfertigt den Genozid mit der Bedrohung, die die Borg für die eigene und viele andere Spezies darstellen. Man befinde sich im Krieg, handle lediglich in Notwehr und könne in bezug auf die Wirkung des Virus nicht von Tod, sondern nur von Systemausfall sprechen, da es bei den Borg keine Individuen gebe.[33] Crusher und Picard, die - ähnlich wie Kirk und McCoy - über die dienstliche Loyalität hinaus einander auch freundschaftlich verbunden sind, trennt hier eine breite Kluft persönlicher Einstellungen. Die Ärztin empfindet Mitleid mit dem Gefangenen, der

---

[32] Durch die Verwendung in Handlungszusammenhängen, die sich auf halb organische, halb elektronisch gesteuerte Lebewesen beziehen, schlägt die metaphorische Ausdrucksweise des ›Computerjargons‹ nicht nur in *Star Trek*, sondern auch auf der realen Ebene eine besondere Brücke zwischen dem Bereich der Medizin und Biologie und dem Gebiet der künstlichen Intelligenz. Die Übertragung medizinischer und biologischer Terminologie auf den Computerbereich verdeutlicht die analoge Betrachtung von biochemischen und elektronischen Prozessen. Sie verweist auch auf die ethische Problematik, die in „I, Borg" und „The Measure of a Man" behandelt wird.

sich nach dem Aufwachen wie orientierungslos von einer Zellenwand zur nächsten tastet:

> Crusher: He must be hungry.
> Picard (mit einem Ausdruck des Abscheus): Arrange to feed it.
> Crusher (nachdenklich): If I didn't know better, I would think he was scared.

Guinan, deren Heimat ebenfalls von den Borg vernichtet wurde, versucht Picard von der Notwendigkeit zu überzeugen, den Gefangenen sofort zu töten. Er sei, obwohl fern vom Kollektiv, immer noch durch ein elektronisches Signal mit ihm verbunden. Man riskiere also eine weitere Invasion, wenn man den Borg nicht beseitige. Um dem Captain ihre Einschätzung des Gegners zu verdeutlichen, gibt sie beim Fechten mit Picard vor, sich verletzt zu haben. Als Picard erschrocken nachfragt, touchiert sie ihn:

> Guinan: You felt sorry for me. Look what it got you.

Während Picard mit seiner Verantwortung als Captain und mit seinen persönlichen Erinnerungen kämpft, versuchen Crusher und LaForge, wenn auch widerwillig und nur auf Befehl ihres Captains, einen Weg zu finden, um den Borg zu reprogrammieren. Dieser wiederholt monoton immer wieder die gleichen Sätze, bis LaForge sich schließlich persönlich an ihn wendet:

> Borg: We are Borg. You will be assimilated. Resistance is futile. We must return to the collective.
> LaForge: Who is *we*? (keine Reaktion von seiten des Borg) Do you have a name? (wieder keine Antwort) A means of identification?
> Borg: Third ... of five.

---

[33] Daß das Problem bis auf die Tatsache, daß Data keine Bedrohung für andere darstellte, große Ähnlichkeit mit dem Thema von „The Measure of a Man" aufweist, wird in dieser Folge nicht berücksichtigt.

Der Borg nennt dies seine Kennzeichnung (designation). Er erkennt Crusher und LaForge als Nicht-Borg, versichert ihnen immer wieder, daß sie ›assimiliert‹ würden, zeigt jedoch keinerlei Anzeichen von Aggressivität. Die Ärztin und der Ingenieur können mit der Kennzeichnung 'Third of five' nicht viel anfangen; daher beschließen sie, ihrem Patienten und Studienobjekt einen Namen zu geben; sie nennen ihn 'Hugh'.[34]

Crusher und LaForge, der sich besonders um das Wohl des unfreiwilligen Gastes kümmert, empfinden immer stärkere Beklemmung angesichts ihres Auftrags, zumal Hugh sich als äußerst kooperativ erweist. Er macht einen völlig arglosen Eindruck. Als LaForge das elektronische Transplantat untersuchen will, das Hugh wie alle Borg anstelle seines linken Auges trägt, nimmt dieser es bereitwillig ab.

Hugh: When you are assimilated, you will have a similar device.[35]
Crusher: Hugh! Do you understand? We don't want to be assimilated!
Hugh (nach einer kurzen Pause, in der er diese Information offenbar erst einmal verarbeiten mußte[36]): Why do you resist us?
Crusher: Because we don't want to live the way you do.

---

[34] Der Name entsteht aus einem Wortspiel heraus. LaForge versucht dem Borg zu erklären, was mit der Frage 'Wie heißt du?' gemeint ist, indem er die für seine Person zutreffende Antwort gibt: „I am Geordi (er zeigt auf sich) ... and (er zeigt auf den Borg) you?" Der deutet daraufhin auf sich selbst: „You?" Da beschließen Geordi und Crusher, ihn 'Hugh' zu nennen. In der deutschen Synchronisation fällt das im Englischen recht elegante Wortspiel leider nur noch peinlich aus: Die Dialogregie übersetzt den Namen des Borg schlicht mit 'Du'.
[35] Organische Lebewesen, die in das Borg-Kollektiv eingegliedert werden, werden cyborgisiert, das heißt, einige innere und äußere Organe sowie Teile der Gliedmaßen werden durch mechanische und elektronische Transplantate ersetzt. Ein heimlicher Besuch auf dem Schiff der Borg bei der ersten Begegnung mit ihnen hatte zu der Erkenntnis geführt, daß die Borg offenbar Nachkommen haben, die als rein organische Lebewesen geboren und erst allmählich durch das Einsetzen solcher Transplantate an das Kollektiv angeschlossen werden.
[36] Wenn auch auf die in mancherlei Hinsicht ähnlich gelagerte Problematik von Hughs und Datas Status nicht ausdrücklich hingewiesen wird, so können doch Vergleiche zwischen bestimmten Verhaltensweisen angestellt werden, die dem Publikum als Interpretationshilfe dienen. So lassen sich bei Data, wenn er komplizierte Informationen verarbeitet, die gleichen ruckartigen Bewegungen mit dem Kopf und eine höhere Frequenz der Schließbewegungen seiner Augenlider beobachten wie in dieser und anderen Szenen bei Hugh.

Der Borg fängt nun allmählich an, Vergleiche zwischen der Lebensweise des Borg-Kollektivs und derjenigen auf diesem Föderationsschiff anzustellen; er bemerkt, daß er - anders als auf dem Borg-Schiff, auf dem alle Mitglieder des Kollektivs durch die Vernetzung ihrer Elektronengehirne ständig gedanklich miteinander verbunden sind - die >Stimmen< der anderen nicht hören kann, und LaForge erklärt ihm, daß an Bord jeder seine eigenen Gedanken besitze, die er oder sie nur Personen mitteile, zu denen eine ganz besondere Beziehung bestehe, nämlich eine freundschaftliche. Als Hugh danach fragt, was nach Abschluß der Tests passieren werde und ob er wieder zum Kollektiv zurückkehren könne, bricht LaForge die Untersuchungen ab und sucht Guinan auf. Seine Einstellung gegenüber dem Borg veranlaßt sie dazu, ihn sich selbst anzusehen. Durch eine elektronische Sperre von dem Gefangenen in seiner Zelle getrennt, betrachtet sie ihn mit Furcht und Abscheu.

>   Guinan: You look so tough.
>   Hugh: We are Borg.
>   Guinan (bitter): Aren't you gonna tell me you have to assimilate me?
>   Hugh: You wish to be assimilated?
>   Guinan: No, but that's what you ... things ... do to us, not? (ahmt ihn nach) Resistance is futile.
>   Hugh (wiederholt mit monotoner Stimme): Resistance is futile.
>   Guinan (kommt näher an die Zelle heran; spricht heftig): It isn't! My people resisted when the Borg came ... to assimilate us! [...]
>   Hugh (nach einigen ruckartigen Bewegungen mit dem Kopf und heftigem Zwinkern): What you are saying is that you are lonely. You have no others. You have no home. We are also lonely.

Guinan prallt bei diesen Worten vor Überraschung regelrecht zurück. Hugh versetzt die Besatzung der *Enterprise* noch häufiger in Erstaunen. Er beginnt sich zunehmend für seine Umgebung und die Lebensweise der Crew zu interessieren. Er fragt den Chefingenieur nach dem Zweck der Reise des Föderationsschiffs, woraufhin dieser ihm zur Antwort gibt, die Absicht bestehe darin, etwas über andere Spezies zu erfahren. Auf Hughs Bemerkung, die Borg assimilierten andere Spezies und wüßten dann alles über sie, erwidert LaForge, Menschen seien Individuen (separate individuals), die aus ihrer Individualität heraus bestimmte wichtige Beziehungen - zum Beispiel Freundschaft - zu anderen Individuen entwickelten. Daraufhin überlegt Hugh, ob diese Art von Beziehung auch zwischen ihm und LaForge bestehe. Nun sucht Geordi den Captain auf, um ihm seine ethischen Bedenken gegenüber dem Plan, das Borg-Kollektiv zu zerstören, mitzuteilen. Picard vergleicht LaForges Haltung gegenüber Hugh mit der Beziehung, die Forscher manchmal zu ihren Versuchstieren entwickeln. Er ist nicht bereit, von seinem Projekt abzuweichen. Dann wird er jedoch von Guinan aufgesucht, die LaForges Haltung inzwischen teilt:

> Guinan: If you're going to use this person -
> Picard (springt erregt auf): It's not a person, damned, it's a Borg!
> Guinan (ganz ruhig, aber nachdrücklich): If you are going to use this person to destroy his race, you should at least look him in the eye once before you do it. Because I'm not sure he still is a Borg.
> Picard (heftig): Because it's been given a name by a member of my crew doesn't mean it's not a Borg! Because it's young doesn't mean that it's innocent! It is what it is, in spite of all efforts to turn it into some kind of pet!!

Picard läßt sich schließlich von der Notwendigkeit eines persönlichen Kontakts überzeugen; er geht von der Unwiderruflichkeit seiner Entscheidung aus. Doch die Begegnung fällt in jeder Hinsicht anders aus als erwartet. Hugh macht ihn selbst darauf aufmerksam, daß die Besatzung der *Enterprise* in großer Gefahr schwebt, weil das Kollektiv seine verschollenen Mitglieder suchen wird. Ihm ist klar geworden, daß nicht alle Lebewesen einer solchen Gemeinschaft angehören wollen und man deren

Recht auf Freiheit und Individualität respektieren muß. Am Ende kehrt Hugh, der seinen Freund Geordi schweren Herzens, aber aus freien Stücken verläßt, um die Menschen nicht zu gefährden, zu seinen Leuten zurück, nachdem er sich freiwillig einer Art >Gehirnwäsche< unterzogen hat. Die Informationen über die *Enterprise* und die Föderation, die Hugh während seines Aufenthaltes auf dem Schiff gesammelt hat, müssen >gelöscht< werden, um zu verhindern, daß sie durch Hughs Reintegration an das Borg-Kollektiv weitergegeben werden.

Diese Episode thematisiert die Abwägung von Werten im Kontakt mit dem Fremden und die Unzugänglichkeit bestimmter Weltversionen. Bei aller in der Serie als Ideal vermittelten vordergründigen Offenheit, Vorurteilsfreiheit und Toleranz bleiben die Denkstrukturen und Handlungsmuster der Protagonisten einem Prinzip verhaftet, das offenbar nicht mehr zu hinterfragen ist: Die Individualität als Grundlage für verantwortungsvolles und gleichzeitig freies Handeln, die bereits Spocks Entscheidung für das Vulkanische, Worfs Verlassen der klingonischen Gemeinschaft und Datas Verweigerung der Teilnahme an Maddox' Experiment legitimiert hatte, kommt in „I, Borg" besonders deutlich zum Ausdruck. Von dem Augenblick an, als die an der Handlung beteiligten Personen in dem Borg ein empfindungsbegabtes, intelligentes Individuum erkennen - aber auch nur dann - sind sie in der Lage, wechselseitige Rechte und Pflichten zu formulieren. Dieser Moment wird sprachlich verdeutlicht durch den Pronomenwechsel von 'it' zu 'he' in bezug auf den Fremden.

Die unterschiedliche Wahrnehmung der einzelnen Beteiligten in bezug auf den Borg wird bereits zu Anfang der Episode in dem Dialog zwischen Dr. Crusher und Picard deutlich. Die Ärztin verwendet das Pronomen 'he', wenn sie über den Borg spricht, der Captain dagegen 'it'.

Picards Haltung zeigt sich in dem Gespräch mit LaForge und in der Auseinandersetzung mit Guinan besonders deutlich. Dem Chefingenieur gegenüber vergleicht er den Borg mit einem Versuchstier, zu dem der Forscher durch Gewöhnung eine emotionale Bindung aufbaut. An dieser Aussage läßt sich Picards Wahrnehmung seines unfreiwilligen >Gastes< als Gegenstand oder Objekt genauso ablesen wie an seiner heftigen Reaktion auf Guinans Kennzeichnung des Gefangenen als Person.

Der persönliche Kontakt zu einer fremden Lebensform wird in dieser Episode als die entscheidende Instanz für die Ausbildung kritischer Urteile und die Hinterfragung von Stereotypen und Vorurteilen dargestellt. Crusher und LaForge entwickeln durch ihre Arbeit mit (oder an?) Hugh Sympathie für ihn. Guinan, die dem Borg zu Anfang ihres ersten persönlichen Kontaktes mit ihm ein verächtliches 'you things'[37] entgegenschleudert, ändert ihre Meinung über ihn grundlegend und setzt sich schließlich sogar aktiv für sein Leben ein. Am stärksten macht sich der Umschwung jedoch bei Picard bemerkbar, der die Auseinandersetzung mit der ethischen Problematik, die mit dem Einschleusen eines Computervirus in das Gehirn eines immerhin halb-organischen und in jedem Fall intelligenten Lebewesens verbunden ist, bis zu der persönlichen Konfrontation mit dem Borg rigoros ablehnt.

Am Ende sprechen alle an der Handlung beteiligten Personen Hugh mit seinem Namen an. Von einer Anerkennung des Borg als fremde Lebensform sind sie allerdings noch weit entfernt; sie können ihn nur in seiner Ähnlichkeit mit den Individuen an Bord der *Enterprise* akzeptieren, wie an Guinans Zweifel, ob Hugh überhaupt noch ein Borg sei,

---

[37] Was emotional und kognitiv nicht zugänglich ist, wird oft als >Ding< behandelt. Es scheint, als käme der Ärzteschaft, die auch eine psychologisch beratende Funktion erfüllt, in *Star Trek* bei der empathischen Annäherung an das Fremde eine besondere Rolle zu; sowohl Dr. McCoy als auch Dr. Crusher und Dr. Bashir, der Mediziner auf *Deep Space*

deutlich wird. Die Borg werden weiterhin als der rätselhafte und unheimliche Feind wahrgenommen, allein Hugh ist >anders<. Sein Kontakt zur Crew hat ihn verändert, ihn in deren Augen zu einem Individuum gemacht. Dadurch wird es möglich, ihm gegenüber Rechte und Pflichten zu formulieren. Die Einstellung gegenüber dem Borg-Kollektiv wird davon völlig abgekoppelt. So erklärt sich auch die auf das Fernsehpublikum zynisch wirkende Bemerkung Picards, daß die Veränderung seines Weltbildes, die Hugh trotz der >Gehirnwäsche< bei seiner Rückkehr in das Borg-Kollektiv mitnehmen werde, möglicherweise einen effektiveren Störfaktor darstelle als der Computervirus, den man ursprünglich habe einschleusen wollen.[38]

Um das Fremde als gleichwertig ansehen zu können, müssen Ähnlichkeiten konstruiert werden, die einen Umgang auf der Basis von grundsätzlichen Gemeinsamkeiten ermöglichen. Die psychische oder emotionale Annäherung an das Unbekannte wird dabei als zentraler Aspekt für die Begegnung und Auseinandersetzung dargestellt. Die Fähigkeit der Empathie führt dazu, daß Furcht und Verachtung dem anderen gegenüber von Sympathie und Verständnis abgelöst werden. Erst auf der Basis dieser psychischen Einstellung lassen sich die kognitiven und ethischen Aspekte dieser ungewöhnlichen Begegnung diskutieren. Diese Erörterung bleibt jedoch oberflächlich. Statt sich mit dem Borg als

---

9, behandeln fremde Lebensformen grundsätzlich als potenzielle Patienten, denen gegenüber sie ihren helfenden Beruf ausüben müssen.

[38] Tatsächlich entpuppt sich Hughs Kontakt zur *Enterprise* im weiteren Verlauf der Serie als Katastrophe für die Borg (vgl. „Descent", *TNG* Nr. 152/153): Ihr Kollektiv zerfällt, lebenswichtige Handlungsorientierungen gehen verloren, die Gemeinschaft bricht auseinander - oder, um es im >Computerjargon< auszudrücken, das System kollabiert. Das in Hughs halb-elektronischem Gehirn gespeicherte Prinzip der Individuation, das zu einer Umstrukturierung seiner Denkprozesse geführt hat, löst im Kollektiv Widersprüche aus und macht Assimilation und Integration unmöglich. Dadurch erhalten von außen kommende Störfriede, die das Chaos im Borg-Kollektiv für ihre persönlichen Zwecke ausnutzen wollen, großen Einfluß. Schließlich muß Hugh die Verantwortung für sein Volk übernehmen und versuchen, einen Lernprozeß einzuleiten, der es den Borg

Fremdem auseinanderzusetzen, stülpt man ihm eigene Denk- und Handlungsmuster über. Damit fügt die Besatzung der *Enterprise* Hugh im Grunde das zu, was sie selbst von den Borg am meisten fürchtet: Die Zerstörung seiner eigenen Weltversion. Während die Borg offenbar aus Unkenntnis über alternative Weltentwürfe andere Lebensformen ihrem Kollektiv anpassen, ist Hughs Assimilation durch die *Enterprise*-Crew von Furcht motiviert.

4.2.6 *Darmok*: Versuch der konstruktiven Herstellung einer gemeinsamen Mikroweltversion

Die bisher in Kapitel 4.2 untersuchten *Star-Trek*-Episoden behandeln den ersten Kontakt mit einer fremden intelligenten Lebensform - eine Situation, die im englischsprachigen Science-Fiction-Jargon unter dem Terminus 'first contact' einen festen Platz gefunden hat - aus einer bestimmten Perspektive: Es gibt ein Subjekt, das dem Fremden beobachtend und analysierend begegnet, und es gibt ein Objekt, auf das die Untersuchungen gerichtet sind. In diesen Episoden sind nicht immer die Besatzungsmitglieder der *Enterprise* - das heißt die Protagonisten, die im allgemeinen die Sympathie des Fernsehpublikums besitzen - diejenigen, die als Beobachter auftreten. In „Arena" beispielsweise werden sie selbst zum Forschungsgegenstand, und es kommt unmißverständlich zum Ausdruck, daß die Metrons ihre ›Testpersonen‹ dabei nicht als gleichwertige Partner einer interkulturellen Begegnung wahrnehmen.

Keine der in Kapitel 4.2 behandelten Episoden stellt eine Austauschsituation vor; in „The Man Trap" wird die Möglichkeit einer Beschäftigung mit dem Fremden nicht einmal in Erwägung gezogen, und in „Balance of Terror" stehen politische und militärische Hindernisse einer

---

ermöglicht, die individuellen und die kollektiven Anteile der Gemeinschaft zu einem

als möglich angedeuteten Annäherung im Weg. Die Episode „The Devil in the Dark" endet an der Stelle, an der ein gegenseitiger Lehr- und Lernprozeß möglicherweise einsetzt. „I, Borg" schließlich führt die Assimilation des Fremden exemplarisch vor und stellt außerdem eine klassische Forschungssituation dar, auf die in dem bereits erwähnten Dialog zwischen Guinan und Picard explizit Bezug genommen wird: Der Borg als Gegenstand der Untersuchung wird von der Crew als dem Subjekt der Beobachtung analysiert. Hugh selbst forscht nicht; Informationen über die Lebensweise seiner >Gastgeber< erhält er eher zufällig. Diese Art, dem Fremden zu begegnen, hält Gary K. Wolfe für die typische Form des wissenschaftlichen Umgangs mit einem Forschungsobjekt; sie ist charakterisiert durch ein Gefühl der Überlegenheit auf der Seite der Beobachter:

> „Science [...] depends on an assumed superiority of the investigator over the investigated; its essential function is not dialog but appropriation" (Wolfe 1979, 208/209).

Zwar fürchten die Mitglieder der Föderation sich vor den Borg als Volk, Hugh gegenüber fühlen sie sich jedoch in dieser besonderen Situation sowohl taktisch und technologisch als auch intellektuell und psychisch überlegen.[39] Eine solche Begegnung mit dem Fremden führt ebensowenig zum Austausch wie die übrigen bereits besprochenen. Es kann auf diesem Wege allenfalls Aneignung von Wissen erreicht werden - in der Terminologie von Rao (1989) ein *Lernen über*, nicht ein *Lernen von*. Dieses Gefühl der Überlegenheit, das in der Begegnung mit dem Fremden einen

---

harmonischen Ganzen zu verbinden.

[39] Die sogenannte >Prime Directive<, die es der Föderation verbietet, in die Entwicklung >primitiver< Kulturen einzugreifen, verhindert in vielen Fällen den Austausch zwischen der Crew der *Enterprise* und einem fremden Volk. Oftmals präsentiert sich die Beschäftigung mit dem Fremden als verdeckte teilnehmende Beobachtung, so zum Beispiel in „A private Little War", „Homeward" (vgl. Kapitel 3.3) und einer ganzen Reihe weiterer Episoden sowohl in den *Classics* als auch in *TNG*; dort wird die technologische und intellektuelle Überlegenheit der Beobachtenden nicht nur dargestellt, sondern in Diskussionen über die oberste Direktive zum Thema gemacht. Durch diese Regel wird der Überlegenheitsstatus der Beobachtenden geradezu institutionalisiert.

Prozeß des Austauschs, des gegenseitigen Lehrens und Lernens, verhindert, kann verschwinden, wenn die Beobachtenden sich die Tatsache bewußt machen, daß sie aus der Perspektive der anderen selbst Gegenstand der Beobachtung sind. Eine solche Art des Kontaktes, in dem beide Seiten einander zu verstehen und darüber hinaus sich über ihr gegenseitiges Verstehen mitzuteilen versuchen, steht im Mittelpunkt der Episode „Darmok" (*TNG* Nr. 102).

Die *Enterprise* erhält den Auftrag, in der Nähe des Planeten El-Adrel Kontakt mit einem Raumschiff aufzunehmen, das seit geraumer Weile Signale an die Föderation sendet. Sie sind nicht als konkrete Botschaft zu deuten, werden jedoch als Kommunikationsversuch interpretiert. Das Schiff wurde als tamarianisch identifiziert. Die Tamarianer*, nach Auskunft Picards „an enigmatic race known as the children of Tamar", gelten als friedliches Volk; es gab bereits früher Begegnungen mit ihnen im Weltraum, jedoch kamen keine kulturellen oder diplomatischen Beziehungen zustande, weil es nicht gelang, miteinander zu kommunizieren. Picard zeigt sich zuversichtlich, dieses Problem mit Geduld und Vorstellungskraft lösen zu können. Der erste Kommunikationsversuch fällt jedoch nicht besonders zufriedenstellend aus. Der Universalübersetzer versucht die tamarianische Sprache zu dekodieren, bringt aber lediglich eine Aneinanderreihung von Eigennamen und Kennzeichnungen zustande, die für die Besatzung der *Enterprise* keinen Sinn ergeben:

> (Auf dem Bildschirm erscheint die Brücke des fremden Schiffs mit vier Humanoiden; zwei von ihnen halten sich im Hintergrund auf, einer steht hinter einer sitzenden Person, die von der Crew der *Enterprise* als der Captain identifiziert wird. Letzterer richtet das Wort an die *Enterprise*.)
> <u>Dathon</u>[40]: Rai and Jiri at Lunga. Rai of Lowani. Lowani under two moons, Jiri of Umbaya. Umbaya of cross roads, at Lunga. Lunga, the sky grey.

---

[40] Den Namen des tamarianischen Captains erfahren die Protagonisten zwar erst ganz am Schluß, der Einfachheit halber soll er jedoch für die Beschreibung der Handlung hier von

(Es entsteht eine Pause, während der beide Seiten einander betrachten; die Brückenbesatzung der *Enterprise* tauscht ratlose Blicke aus. Der tamarianische Captain wendet sich kurz zu der hinter ihm stehenden Person um und wiederholt dann noch einmal, was er zuvor gesagt hat.)

Data:The Tamarian seems to be stating the proper names of individuals and locations.

Picard: Yes, but what does it all mean?

Data: I'm at a loss, Sir.

(Picard richtet nun seinerseits das Wort an die Fremden, erhält jedoch ebenfalls keine Antwort. Der tamarianische Captain und sein Offizier scheinen heftig zu diskutieren.)

Dathon: Shaka, when the walls fell! (nach einer kurzen Pause) Darmok.

Offizier: Darmok? Rai and Jiri at Lunga! (wirkt sehr erregt)

(Dathon macht eine Handbewegung, die wie ungeduldiges Abwinken aussieht; der andere beugt nach einem heftigen Wortwechsel schließlich den Kopf vor dem Captain, worauf letzterer sich wieder dem Bildschirm zuwendet. Er hält in jeder Hand einen Dolch.)

Dathon: Darmok and Jalad at Tanagra.

(Plötzlich werden beide Captains in einen Transporterstrahl gehüllt und verschwinden.)

Data vermag zwar nachzuverfolgen, daß Picard zusammen mit einer Person von dem tamarianischen Schiff, von der er annimmt, daß es sich um deren Captain handelt, auf die Planetenoberfläche gebeamt wurde, er kann ihn jedoch nicht zurückholen. Worf hält es für möglich, daß es sich bei diesem Vorgang um ein Aufforderungsritual zu einem Wettkampf zwischen zwei Anführern handelt. Zu einer ähnlichen Interpretation gelangt auf dem Planeten auch Picard, als er Dathon gegenübersteht. Er nimmt den ihm zugeworfenen Dolch demonstrativ auf, erklärt, er wolle nicht kämpfen, und läßt die Waffe wieder fallen. Daraufhin

---

an Anfang an verwendet werden. Die Schreibweise der in den Dialogen vorkommenden tamarianischen Eigennamen richtet sich, soweit dort erfaßt, nach den Einträgen in der *Star-Trek*-Enzyklopädie von Uwe Anton und Ronald M. Hahn (Anton/Hahn 1995).

wendet sich der fremde Captain mit den Worten „Shaka, when the walls fell" ab.

Während im folgenden Riker und die Mannschaft nach Möglichkeiten zur Rettung ihres Captains suchen, bricht auf dem Planeten eine empfindlich kühle Nacht herein. Picard gelingt es nicht, ein Feuer zu entzünden; der tamarianische Captain dagegen hat es sich bereits an seinem Lagerfeuer bequem gemacht. Er beobachtet Picards vergebliche Anstrengungen:

> Dathon (lachend[41]): Shaka, when the walls fell.
> Picard (ärgerlich): Shaka indeed!

Während Dathon sich nun zum Schlafen vorbereitet - nachdem er rund um sein Lager eine Reihe von metallenen Gegenständen angeordnet und bei jedem einzelnen mit feierlich wirkender Geste eine Hand zur Stirn geführt hat, streckt er sich neben dem Feuer aus -, wandert Picard frierend auf und ab. Schließlich steht der tamarianische Captain wieder auf, nimmt ein brennendes Holzscheit aus dem Feuer und wirft es Picard zu:

> Dathon: Temba!
> Picard: 'Temba'. What does that mean? 'Fire'? Does 'temba' mean 'fire'?
> Dathon (kommt näher und öffnet mit nach oben gedrehten Handflächen seine Arme mit weit ausholender Bewegung) Temba, his arms wide.
> Picard: Temba is a person! 'His arms wide' ... because he's ... he's holding them apart (wiederholt Dathons Geste) ... in ... in generosity ... in giving ... in taking!?
> Dathon (wiederholt ebenfalls diese Geste): Temba, his arms wide!

Als Picard das Holzscheit aufnimmt, lacht der Tamarianer und kehrt zu seinem Lagerplatz zurück.

---

[41] Durch die Kennzeichnung dessen, was Dathon hier tut, als Lachen wird in die Handlungsbeschreibung bereits ein interpretierendes Element eingeführt - eine gewisse Dichte, um es mit Geertz' Worten auszudrücken. Für die Darstellung des Handlungsverlaufs

Ein Szenenwechsel ermöglicht es dem Fernsehpublikum, etwas über die Anstrengungen zu erfahren, die die Crew der *Enterprise* zur Rettung ihres Captains unternimmt. Durch die häufigen Wechsel zwischen Planetenoberfläche und Raumschiff können so zwei Handlungsstränge mit unterschiedlichen Interpretationsvoraussetzungen mitverfolgt werden. Während LaForge den von den Tamarianern errichteten energetischen Schutzschild zu überwinden versucht, um Picard an Bord beamen zu können, ringen Data und Troi mit der tamarianischen Sprache. Bisher haben sie noch nicht herausgefunden, wie sie sich mit den anderen über deren Handlungsziele verständigen sollen. Immer wieder schauen sie sich die Aufzeichnung des ersten Kommunikationsversuchs und des Wortwechsels zwischen den beiden Tamarianern an. Data bemerkt, daß der tamarianische Captain wiederholt das Wort 'Darmok' verwendet:

> <u>Troi</u> (seufzt): 'Darmok' ... well, it seems to be a point of contention between them. Perhaps something the tamarian captain proposed that the first officer didn't like.
> <u>Data</u>:The apparent emotional dynamic does seem to support that assumption. As with the other terms used by the Tamarian, this appears to be a proper noun. The name clearly carries a meaning for them.

Troi prüft nun nach, ob das linguistische Wörterbuch des Computers unter dem Ausdruck 'Darmok' Eintragungen verzeichnet, und wird mit 47 verschiedenen Bedeutungen konfrontiert.

> <u>Troi</u> (entmutigt): All our technology and experience, our universal translator, our use in space contact with more alien cultures than I can even remember -
> <u>Data</u>: I have encountered 1754 non-human races during my tenure in *Starfleet* -
> <u>Troi</u>: - and we still can't even say hello to these people. [...] A single word can lead to tragedy.

---

dieser Episode sollen jedoch die Deutungen der Protagonisten zu Hilfe genommen werden, und an Picards Reaktion wird deutlich, daß er sich ausgelacht fühlt.

Die kombinierte Suche nach und der Vergleich der Einträge von bestimmten Eigennamen, die in dem aufgezeichneten Wortwechsel verwendet werden, führt schließlich doch zu einem konkreten Anhaltspunkt, was die Bedeutung des Wortes 'Darmok' betrifft: „ ... a mythohistorical hunter on Shantil III". Der Besatzung hilft diese Information nicht viel weiter; dem Fernsehpublikum, das beide Handlungsstränge verfolgen kann, liefert sie allerdings einen wichtigen Anhaltspunkt für die Interpretation der folgenden Szene zwischen Dathon und Picard. Die beiden werden von einem seltsamen, geisterhaft beziehungsweise wie holographisch erzeugt wirkenden Wesen angegriffen, das sich durch eine Luftverzerrung und donnerähnliches Grollen ankündigt. Picard nimmt jetzt doch den Dolch an, den Dathon ihm anbietet, und versucht sich gegen den Angreifer zu wehren, der ganz plötzlich verschwindet und unvermittelt an einer anderen Stelle wieder auftaucht:

> Dathon: Shaka, when the walls fell.
> Picard: 'Shaka'! You said that before, when I was trying to build a fire! Is that failure? An inability to do something?
> Dathon: Darmok and Jalad -
> Picard (ungeduldig und angespannt): - at Tanagra. I remember the words, but I don't understand!
> Dathon (stößt Picard von sich weg, als das Wesen erneut erscheint): Uzani, his army at Lashmir.
> Picard: 'Lashmir'. Was it like this at Lashmir? (aufgeregt) A similar situation as the one we are facing here?
> Dathon (führt seinen Arm mit zum Körper geöffneter Handfläche von sich weg): Uzani, his army with fist open!
> Picard (ahmt die Geste nach): A strategy with fist open?
> Dathon (stößt die geschlossene rechte Faust in die offene linke Hand): His army with fist closed.
> Picard: 'With fist closed' (Dathon wiederholt die Geste) ... an army with fist open (macht eine lockende Handbewegung) ... to lure the enemy in ... with fist closed (er stößt seine rechte Faust in die offene linke Handfläche) ... to attack (macht eine

Stoßbewegung mit dem Dolch). That's how you communicate, isn't it? By citing an example ... by metaphor! Uzani's army, with fist ... open! (entfernt sich von Dathon, deutet mit den Händen das Sich-voneinander-Entfernen an)
Dathon (wirft den Kopf zurück, öffnet die Arme und lacht): Sukhet, his eyes uncovered!

Die von dem tamarianischen Captain vorgeschlagene Strategie scheint erfolgversprechend; doch gerade als das Monster Dathon angreift und Picard dem Tamarianer zu Hilfe kommen will, versucht die Crew der *Enterprise* ihren Captain an Bord zu beamen. Picard bleibt für kurze Zeit in dem Transporterstrahl gefangen, und als er zu Dathon zurückkommt, ist dieser schwer verletzt. In der folgenden Nacht, während Dathon ausruht, versucht Picard mit Hilfe der Ausdrücke, die er verstanden zu haben glaubt, mehr über die Bedeutung des Satzes 'Darmok and Jalad at Tanagra' herauszufinden:

Picard: Our situation is similar to theirs, I understand that. But I need to know more. You must tell me more ... about Darmok and Jalad. Tell me ... (reibt sich nachdenklich das Kinn) you used the words 'Temba, his arms wide' when you gave me the knife ... and the fire. Could that mean 'give'? Temba, his arms wide! (auffordernde Geste) Darmok! Give me more about Darmok!

Nach und nach findet Picard heraus, daß Darmok und Jalad dem Mythos nach einander auf der Insel Tanagra zum ersten Mal begegnet sind und dort gemeinsam gegen eine Bestie gekämpft haben. Dabei lernt er, immer mehr Elemente der tamarianischen Sprache zu verwenden:

Picard: They left together. (wie zu sich selbst und mit einem Lächeln) Darmok and Jalad on the ocean. [...] You hoped that something like this would happen, didn't you? You knew there was a dangerous creature on this planet, and you knew the tale of Darmok ... that a danger shared might sometimes bring two people together (verschränkt die Hände). Darmok and Jalad at Tanagra ... you and me ... here ... at El-Adrel (Dathon lächelt).

Danach erzählt Picard auf Dathons Aufforderung hin die Geschichte von König Gilgamesch und Enkidu, wie sie gemeinsam den schrecklichen Bullen besiegten und Enkidu im Kampf getötet wurde[42]. Bei Tagesanbruch stirbt Dathon; Picard wird in letzter Sekunde vor dem unheimlichen Wesen gerettet. Von der *Enterprise* aus berichtet er dem tamarianischen Ersten Offizier von den Ereignissen auf dem Planeten.

<u>Offizier</u>: Darmok?
<u>Picard</u> (nickt): And Jalad at Tanagra. ... Darmok and Jalad on the ocean. ... The beast of Tanagra, Uzani, his army. ... Shaka, when the walls fell.

Die Tamarianer schließen mit ernster Miene die Augen, beugen die Köpfe und führen dann ihre Handfläche langsam zur Stirn, so wie Dathon es auf dem Planeten tat, als er sein Nachtlager vorbereitete. Einen der metallenen Gegenstände, die er an diesem Abend um die Feuerstelle herum verteilt hat, hat Picard als das Logbuch identifiziert und mitgebracht. Er schickt es hinüber auf das tamarianische Schiff, damit der erste Offizier darin lesen kann:

<u>Offizier</u>: Picard and Dathon at El-Adrel.

Im Unterschied zu den interkulturellen Begegnungen in den bisher in Kapitel 4.2 besprochenen Episoden, in denen die Konfrontation der *Enterprise* mit fremden Lebewesen als zufällig oder sogar unfreiwillig dargestellt werden, basiert die Handlung von „Darmok" auf einer gezielten Kontaktaufnahme. Die Protagonisten unterstellen dabei der anderen Seite, den Tamarianern, die gleiche Absicht. Diese Vorannahme beruht

---

[42] Picard erzählt hier eine eigenwillige Version des Gilgamesch-Epos. Diese im 1. Jahrtausend v. Chr. entstandene, auf zwölf Tafeln verschriftlichte Dichtung, die sogenannte >ninevitische Fassung<, beruht auf einer Reihe von Kurzepen, die nach 2000 v. Chr. über den sumerischen König Gilgamesch von Uruk verfaßt wurden. Danach haben Gilgamesch und sein halb-tierhafter Freund Enkidu zwar den von der Göttin Ischtar geschickten Himmelsstier getötet, doch fiel Enkidu nicht in diesem Kampf, sondern starb an einem schweren Fieber. Diese Krankheit wird in Enkidus Träumen als Strafe der

auf der Interpretation der Signale, die das fremde Schiff aussendet, und den bisherigen friedlich verlaufenen Begegnungen zwischen Föderations- und Tamarianerschiffen im Weltraum. Die von Föderationsseite unterstellten Gemeinsamkeiten beziehen sich also über die für alle intelligenten Lebensformen angenommene Fähigkeit zu kognitiver Leistung und Kommunikation hinaus auch auf die Bereitschaft zur friedlichen Auseinandersetzung mit dem Fremden. Letztere Vorannahme wird durch Picards Entführung auf die Planetenoberfläche und die Blockierung des Kontaktes der *Enterprise* mit ihrem Captain in Frage gestellt. Die Trennung von Captain und Mannschaft wird als Eingriff in die persönliche Freiheit eines Individuums und als Verstoß gegen diplomatische Regeln empfunden; sie paßt in das Handlungsschema 'friedlicher erster Kommunikationsversuch' nicht hinein. Auf der Ebene der psychischen Einstellung bewirkt der Vorfall eine tiefe Verunsicherung bei der Brückenbesatzung, erkennbar an den betroffenen, konsternierten, besorgten oder ratlosen Blicken und Äußerungen von Troi, Riker und Worf. Philosophisch gesprochen geht hier ein Teil einer als gemeinsam unterstellten Weltsicht verloren; sie muß durch gegenseitiges Lehren und Lernen wiedergewonnen werden, wenn der Austausch mit dem fremden Volk als Ziel aufrechterhalten werden soll. Um neue Strategien entwickeln zu können, muß diese Unsicherheit durch eine neue Handlungsinterpretation ausgeglichen werden. Worfs Deutung der Entführung als Aufforderungsritual zu einem Wettkampf liefert einen solchen Anhaltspunkt.

Die Besonderheit der Episode „Darmok" gegenüber den bisher besprochenen besteht in der Tatsache, daß die verbalsprachliche Verständigung hier als Problem auftritt. Die Gliederung der Folge in zwei parallel verlaufende Handlungsstränge - die Problemlösungsstrategien der Besat-

---

Götter für Gilgameschs und Enkidus Taten gedeutet (vgl. Schmöker 1971). Picards Version stellt eine Analogie zu seinem Erlebnis mit Dathon her.

zung auf dem Schiff und Picards Vorgehensweise auf dem Planeten - verdeutlicht dabei die verschiedenen zur Verfügung stehenden Handlungsorientierungen und Interpretationsmöglichkeiten.

Die Crew muß sich bei der Beurteilung der Situation auf ihre Intuition, ihre Erfahrung und die zur Verfügung stehenden technischen Hilfsmittel stützen. Intuition und Erfahrung lassen die Beteiligten zu unterschiedlichen Schlüssen kommen, die auf ihrem jeweiligen persönlichen und kulturellen Hintergrund und auf dem Einsatz bestimmter Fähigkeiten beruhen. Worfs Interpretation der Entführung als Aufforderungsritual, Rikers Besorgnis angesichts der beiden Dolche des tamarianischen Captains und Trois Einschätzung der Fremden als friedfertig, zu der sie aufgrund ihrer empathischen Begabung gelangt ist, müssen gegeneinander abgewogen und in Einklang gebracht werden. Riker betrachtet es nach einer ersten Beratung als seine Hauptaufgabe, den Captain zurück an Bord und damit in Sicherheit zu bringen. Während Troi und Data die tamarianische Sprache zu entschlüsseln versuchen, um sich mit den Fremden über deren Handlungsziele und -motivationen verständigen zu können, schickt Riker ein Shuttle zum Planeten, das jedoch von den Tamarianern beschossen, manövrierunfähig gemacht und damit an der Landung gehindert wird. Die Schadensanalyse führt zu dem Ergebnis, daß ein einzelner, gut plazierter Schuß das Shuttle stoppen sollte, ohne die Insassen zu gefährden. Dies würde gegen eine Deutung als Akt der Feindseligkeit von seiten der Tamarianer sprechen, doch Riker betrachtet deren Verhalten auch weiterhin - und in zunehmendem Maße - als aggressiv. Er fühlt sich durch den Ersten Offizier des anderen Schiffs, der mit bedrohlich wirkender Miene und erregter Stimme auf dem Bildschirm erscheint, offenbar provoziert, ohne seine Worte verstehen zu können. Als die Sensoren eine dritte Lebensform auf der Planetenoberfläche registrieren, steht Riker, der als Erster Offizier für die Sicherheit des Captains verantwortlich ist und dem während dessen Abwesenheit das Kommando über Schiff und Besatzung obliegt, zunehmend unter Entscheidungsdruck. Seine Handlungsstrategie führt schließlich zu einer Eskalation der von ihm als militärischer Konflikt gedeuteten Situation: Es kommt zu schweren Kampfhandlungen, die das Leben beider Besatzungen gefährden und nur durch Picards vermittelndes Eingreifen beendet werden können.

Im Unterschied zu seiner Mannschaft an Bord der *Enterprise* kann Picard mit Dathon in einen Handlungsprozeß eintreten, der ihm auf der Basis eines gegenseitigen Lehrens und Lernens das Verstehen der tamarianischen Sprache und Lebensweise ermöglicht. Während die Crew mit einer Fülle von für sie unverständlichen Ausdrücken konfrontiert wird, lernt Picard den Gebrauch einfacher Sätze zusammen mit einer nichtsprachlichen Handlung. In der konstruktiven Wissenschaftstheorie von Paul Lorenzen und Oswald Schwemmer (Lorenzen 1987; Lorenzen/Schwemmer 1973) werden solche Sprachhandlungen unter dem Begriff der *empraktischen Rede* zusammengefaßt:

> „Zur empraktischen Rede sollen solche Sprachhandlungen gehören, die mit einer nichtsprachlichen Handlung zusammen gelernt werden, und zwar derart, daß die nichtsprachliche Handlung als Zweck der Sprachhandlung gelernt wird. Da sich demnach solche empraktischen Reden unmittelbar auf (nicht-sprachliches) Handeln beziehen, werden sie auch durch dieses Handeln kontrolliert: Wenn jemand etwa eine Handlung ausführt, als aufgrund einer bestimmten Sprachhandlung auszuführen eingeübt werden soll, dann hat er die entsprechende Rede nicht verstanden. Es ist so leicht, durch unser Handeln ein gemeinsames Verständnis der empraktischen Rede zu erreichen. Wir können alle die Redeteile, die wir durch empraktisches Reden in ihrem Verständnis für hinreichend gesichert halten, als unproblematisch hinnehmen" (Lorenzen 1987, 20).

Wie man am Beispiel von Dathon und Picard sehen kann, ist das gemeinsame Verständnis der empraktischen Rede doch nicht ganz so leicht zu erreichen. Für Dathon stellt die Erfolgskontrolle kein Problem dar; wenn Picard auf die Äußerung 'Temba, his arms wide' den Dolch oder das Holzscheit annimmt, hat er diese Aufforderungshandlung verstanden, und für Dathon zeigt sich das eben an Picards Annehmen dessen, was ihm angeboten wurde. Wie kann jedoch in dieser Situation Picard über eine Erfolgskontrolle verfügen? Hier stößt man auf den Punkt, den Kuno Lorenz (1977, 16f) in Zusammenhang mit der Formulierung seines dialogischen Prinzips erörtert: Ohne ein Minimum schon bestehender Gemeinsamkeiten, das nicht mehr theoretisch einholbar ist, kommt auch diese Lehr- und Lernsituation nicht aus. Im Falle des Austauschs zwischen Dathon und Picard gehören dazu Lächeln und Lachen als Ausdruck von Zufriedenheit und die Wiederholung von Aufforderungshandlungen, sofern der andere sie nicht verstanden hat. Die beiderseitige Kontrolle des gemeinsamen Verständnisses kann durch Wiederholen-als-Einüben erfolgen; dadurch werden die empraktischen Redeteile in ihrem Verständnis gesichert beziehungsweise in einer kommunikativen Praxis verankert (vgl. Lorenz 1986, 346).

In der Episode „Darmok" wird dargestellt, wie Picard auf diese Weise den Gebrauch bestimmter tamarianischer Ausdrücke erlernt und auf der Basis des gemeinsamen Verständnisses empraktischer Redeteile mit Dathon zusammen eine gemeinsame Mikroweltversion konstruiert. Sie wird wiedergewonnen auf der Basis einer verunsichernden Situation, in der die von Picard in den Erstkontakt mitgebrachten unterstellten Gemeinsamkeiten erst einmal verlorengehen. Auch er interpretiert, wie seine Mannschaft, Dathons Verhalten anfangs als Aufforderung zum Kampf, was mit dem Handlungsschema 'friedlicher erster Kommunikationsversuch' nicht zu vereinbaren ist.

Auf der Basis der Erkenntnisse, die Picard im Verlauf der Handlung über die Tamarianer gewinnt, läßt deren Sprache sich so beschreiben, daß in metaphorischer Weise aus der aktuellen Situation heraus ein

Bezug zu Mythen und realen Ereignissen der tamarianischen Geschichte hergestellt wird. Da es in der Oberflächenstruktur dieser Sprache keine Verben gibt, müssen diese in Verbindung mit einem 'so wie' in den Ausdrücken >mitgedacht< werden. Die Unterscheidung der für den Verlauf der Handlung besonders wichtigen Sprachhandlungen - Aufforderungshandlungen und Beschreibungshandlungen - muß in der konkreten Situation gelernt werden. Der Ausdruck 'Darmok and Jalad at Tanagra' zum Beispiel kann als Aufforderung - 'Handle so wie Darmok und Jalad es auf Tanagra getan haben' - oder als Beschreibung - 'Es verhält sich jetzt / es verhielt sich damals so wie bei Darmok und Jalad auf Tanagra' - verstanden werden. Dathon gebraucht den Ausdruck Picard gegenüber als Aufforderung, Picard verwendet ihn dem Ersten Offizier der Tamarianer gegenüber als Beschreibung der Ereignisse auf El-Adrel.

Am Beispiel der Aufforderungshandlung 'Temba, his arms wide' läßt sich der auf empraktisch kontrollierter Rede aufbauende gemeinsame Lehr- und Lernprozeß der beiden Captains exemplarisch darstellen. Dathon gebraucht den Ausdruck zum ersten Mal, als er Picard das brennende Holzscheit zuwirft. Als Picard nicht die Handlung ausführt, die durch 'Temba, his arms wide' eingeübt werden soll, wiederholt Dathon die Sprachhandlung noch einmal - unterstützt von einer Geste, die beide einige Male ausführen, bis Picard schließlich das Scheit annimmt. Zum zweiten Mal verwendet Dathon diesen Ausdruck, als das fremde Wesen angreift und er Picard den Dolch hinstreckt. Daran erinnert dieser sich später, als er sich um den schwerverletzten Tamarianer kümmert und mehr über den Hintergrund seiner Entführung zu erfahren versucht („You used the words 'Temba, his arms wide' when you gave me the knife ... and the fire"). Er gebraucht nun seinerseits diesen Ausdruck in Verbindung mit einer anderen Geste, um Dathon zum Erzählen aufzufordern. Dieser versteht Picards Sprachhandlung in der richtigen Weise und berichtet von Darmok und Jalad. Anschließend verwendet der tamarianische Captain den Ausdruck 'Temba, his arms wide' zusammen mit der gleichen Geste wie vorher Picard, worauf letzterer die Geschichte von Gilgamesch erzählt. Diese Reaktion erwidert Dathon - wie alle, die zeigen, daß Picard seine Sprachhandlungen verstanden hat - mit einem Lächeln. Bis zu Dathons Tod gelingt es den beiden, ihr gemeinsames Verständnis schrittweise zu erweitern. Daher kann Picard dem Ersten Offizier des tamarianischen Schiffes von den Ereignissen auf dem Planeten El-Adrel berichten.

Die beiden parallel verlaufenden Handlungsstränge dieser Episode beschäftigen sich mit einigen für einen interkulturellen Austausch notwendigen Fertigkeiten, Fähigkeiten und zur Verfügung stehenden Hilfsmitteln. Picards Ansicht nach braucht es vor allem Geduld (patience) und Phantasie (imagination). Eine umfangreiche Sammlung von Erfahrungen und Daten reicht dagegen nicht aus für das Verständnis einer fremden Sprache und Lebensweise. Die vielen verschiedenen Begegnungen mit fremden Kulturen haben Data und Troi zum Beispiel nicht genügend auf den Kontakt mit den Tamarianern vorbereiten können. Kenntnisse in solchen Bereichen können zwar sehr hilfreich sein - immerhin finden Troi und Data heraus, daß der Eigenname 'Darmok' als Aussage verwendet wird, um einen Sachverhalt darzustellen -, sie reichen jedoch nicht aus. Als entscheidend für den Aufbau eines gemeinsamen Verständnisses wird das gemeinsame Handeln dargestellt. Zum erfolgreichen Verlauf der Begegnung zwischen den Kulturen trägt die von beiden Parteien ihrem jeweiligen Gegenüber unterstellte Absicht bei, den anderen kennenlernen zu wollen und sich von den Mißerfolgen im Reden und Handeln nicht entmutigen zu lassen. Aus Dathons Perspektive hätte Picards Geste des

Aufnehmens und Wiederhinwerfens des Dolches auf seine Aufforderungshandlung 'Darmok and Jalad at Tanagra' hin auch als Ablehnung seines Angebots oder seiner Bitte verstanden werden können. Im Verlauf der Handlung wird jedoch zunehmend deutlich, daß es Dathon und Picard vor allem darauf ankommt, voneinander zu lernen. Dies setzt die Bereitschaft voraus, nicht nur selbst genau zu beobachten, sondern sich selbst auch dem anderen als Objekt der Beobachtung zur Verfügung zu stellen und sich im Handeln des gemeinsamen Verständnisses des Erlernten zu vergewissern. Dabei profitiert Picard von den Fähigkeiten der Geduld und der Vorstellungskraft, die er für den Kontakt mit fremden Kulturen für notwendig hält. Im Kontrast zur Darstellung von Rikers Strategie kommen diese von Dathon und Picard mitgebrachten Voraussetzungen besonders deutlich zum Ausdruck.

5. SCHLUßFOLGERUNGEN

Im Anschluß an die Beschreibung und Analyse der ausgewählten *Star Trek*-Episoden lassen sich nun einige Fragen formulieren, die sich auf die Darstellung der Voraussetzungen, Annäherungsversuche, Strategien des Handelns, Konfliktlösungsversuche, Wahrnehmungsmuster, Verstehensprozesse und Beurteilungsmöglichkeiten im Kontakt mit dem Fremden beziehen. In Kapitel 2.3 wurde der Austausch als Prozeß gegenseitigen Lehrens und Lernens terminologisch eingeführt und als Form des Umgangs mit dem Fremden gegenüber Abgrenzung, Assimilation und Integration favorisiert. Unter dieser Voraussetzung sollen die vorgestellten Episoden nun auf folgende Aspekte hin zusammenfassend untersucht werden:

> (i) Welche Einstellungen, Fähigkeiten und Fertigkeiten werden als unentbehrliche oder nützliche Voraussetzungen für das Beginnen eines Dialogs dargestellt, der zu einem Austausch führen soll? Welches Wissen und welche Kompetenz müssen oder sollten die Dialogpartner mitbringen?
> (ii) Wie können die Dialogpartner sich über den Austausch als gemeinsame Zielvorstellung verständigen? Welche Absichten können als gemeinsam unterstellt werden und wie kann man sich ihrer als Gemeinsamkeit vergewissern?
> (iii) Wie sind die Regeln des Austauschs formulierbar und gemeinsam zu verwirklichen? Wie können gegenseitige Rechte und Pflichten definiert und praktisch umgesetzt werden?
> (iv) Welche besondere Funktion erfüllt die Figur des Fremden-im-Innern im Zusammenhang mit interkulturellen Begegnungen?
> (v) Wie können die Dialogpartner feststellen, ob ein Prozeß gegenseitigen Lehrens und Lernens tatsächlich stattgefunden hat?

Die im Zentrum dieser Arbeit stehende Frage lautet schließlich:

(vi) Inwiefern vermitteln die in *Star Trek* gefundenen Antworten auf die Fragen (i) bis (v) Erkenntnisse über Aspekte, Strategien und Probleme des realen Kontaktes mit Fremdem? In welcher Beziehung stehen künstlerisch hergestellte Wirklichkeit und vorgefundene Realität?

(i) Im Verlauf der Beschreibung von Kontakten mit dem Fremden, wie sie in *Star Trek* dargestellt werden, wurde bereits mehrfach auf die Eigenschaft hingewiesen, die die Serie als universal voraussetzt: Nur intelligente Lebewesen, das heißt solche, die zu kognitiver Leistung und zur Kommunikation fähig sind, können einen Dialog beginnen; nur sie können Kultur(en) ausbilden und daher in einen interkulturellen Austausch eintreten. Intelligente Lebewesen besitzen die Fähigkeit, sich Wissen anzueignen, zu forschen und sich zu Gruppen im Sinne von Fichter (1957) zusammenzuschließen. Sie können ihr Wissen teilen, gemeinsam erweitern und tradieren; sie sind in der Lage, ein kulturelles Gedächtnis auszubilden und aufgrund des geteilten Wissens innerhalb der Gruppe gemeinsame (kulturelle) Wahrnehmungs- und Verhaltensmuster zu entwickeln. Das gemeinsame Reden und Handeln kann zum Gegenstand gemacht werden und erlaubt es ihnen, sich in ihrer Verschiedenheit von anderen Gruppen zu artikulieren.

Intelligente Lebensformen können mit einem anderen Wesen, das sie nicht ebenfalls als intelligent wahrnehmen, keinen Dialog beginnen. Der >Salzvampir< in „The Man Trap" kommt in den Beschreibungen und Beurteilungen der Protagonisten nur als Monster vor; diese Kennzeichnung impliziert bereits die Unmöglichkeit einer Verständigung. Die Beseitigung einer lebensgefährlichen Bedrohung bestimmt in dieser Episode als einziges Motiv das Handeln. Die Chance, mit dem fremden Wesen kommunizieren zu können, wird gar nicht erst erwogen. Die Horta in „The Devil in the Dark" dagegen, die eingangs ebenfalls als Monster wahrgenommen und bezeichnet wird, erhält im Reden und im Handeln der Beteiligten einen anderen Status, sobald sie erkennen, daß das Silikatwesen kognitive und kommunikative Fähigkeiten besitzt.

Neben der Intelligenz wird als weitere notwendige Voraussetzung für das Beginnen eines Dialogs die als gemeinsam unterstellte Bereitschaft zum Gewaltverzicht thematisiert. Gewalt - die in *Star Trek* vor allem in Form von körperlicher Aggression und militärischen Auseinandersetzungen vorkommt, aber auch als psychische Verletzung der persönlichen Freiheit auftritt - verhindert den gegenseitigen Lehr- und Lernprozeß oder führt zu dessen Abbruch. Der Dialog zwischen den Gorn und der Föderation wird in „Arena" erst dann als möglich angedeutet, als Kirk seine Bereitschaft zum Gewaltverzicht demonstriert, indem er seinen hilflosen Gegner verschont. Die fehlende Bereitschaft, einander gewaltlos zu begegnen, verhindert in „Balance of Terror" die Annäherung von Romulanern und Föderation. Kirk und der romulanische Commander können die von beiden erkannte Chance, friedlich miteinander umzugehen, nicht wahrnehmen, weil die politischen Systeme, denen sie in ihrem Handeln jeweils verpflichtet sind, eine solche Annäherung (noch) nicht erlauben. Auch in „Darmok" wird - im Kontrast zu dem Kontakt zwischen Picard und Dathon umso deutlicher - das Scheitern des beabsichtigten Kommunikationsversuchs der *Enterprise*-Crew mit den Tamarianern als ein Mißerfolg dargestellt, der aus Handlungen resultiert, welche vom jeweiligen Gegenüber als gewalttätig gedeutet werden.

Wer darüber hinaus nicht das Bedürfnis verspürt, den eigenen Erfahrungshorizont zu erweitern, sich Wissen anzueignen, ungenutzte Fähigkeiten an sich zu entdecken und Fertigkeiten auszubilden beziehungsweise zu verfeinern, wird nicht in einen Dialog eintreten. Die Metrons in ihrer elitären Abgeschiedenheit genügen offenbar einander; der unerwartete Ausgang des Zweikampfs zwischen Kirk und dem

Captain der Gorn weckt jedoch ihre Neugier und ihr Interesse an den Motiven und Absichten ihrer Testpersonen. Aus Neugier fangen Lebewesen an zu forschen; aus dem Bedürfnis heraus, Wissen zu erweitern und Neues kennenzulernen, bricht die *Enterprise* in den Weltraum auf. Commander Sisko von *Deep Space 9* versucht dies einmal einer Lebensform zu erklären, die ohne räumliche und zeitliche Ausdehnung zu existieren scheint (vgl. „Emissary", den Pilotfilm zur *Star-Trek*-Serie *Deep Space 9*): Die Fähigkeit, zu lernen und aus vergangenen Erfahrungen Schlüsse für die Gegenwart zu ziehen sowie Prognosen für die Zukunft zu machen, sei ein wesentliches Merkmal linearer Existenz. Die Linearität der menschlichen Denk- und Lebensweise erklärt Sisko - darin ganz Amerikaner - anhand von Baseballspielen: Der geübte Werfer oder Schläger bestimme den Verlauf des Wettstreits, und aufgrund des Könnens der jeweiligen Spieler seien gewisse Spielabläufe wahrscheinlich. Doch obwohl man als Spieler oder auch Zuschauer aufgrund von Erfahrungen und Kenntnissen über die Fertigkeiten der jeweiligen Spieler Prognosen darüber machen könne, was passieren wird, wenn der erste Spieler dem Schläger den Ball zuwirft, gebe es eine Vielzahl von Möglichkeiten für den Verlauf des Spielzuges. Man versuche als Spieler in der Vorbereitung so viele Varianten wie möglich zu berücksichtigen und daraufhin eine Strategie zu entwickeln, doch in der konkreten Spielsituation müsse man den Ball werfen und sehen, was passiert. Der Reiz des Spiels bestehe gerade in der letztlichen Ungewißheit darüber, welche Form der Spielzug annehmen werde. Diese Unsicherheit über die Zukunft bestimme das menschliche Dasein und stelle eine Herausforderung dar, die den Menschen dazu anrege, zu forschen, die Grenzen seines Wissens zu erweitern und sich immer wieder neue Fragen zu stellen:

<u>Sisko</u>: It is search that defines our existence.

Neben diesen als notwendig dargestellten Voraussetzungen werden weitere Fähigkeiten und Fertigkeiten vorgestellt, die für den Austausch mit fremden Kulturen hilfreich sein können. Sie werden unter Stichwörtern wie 'patience', 'intuition', 'imagination', 'experience', 'empathy', 'decisiveness', 'courage' und 'open-mindedness' eingeführt und sind im wesentlichen der Trias *actio-ratio-emotio* beziehungsweise Handeln-Denken-Fühlen zuzuordnen. Diese Eigenschaften führen jedoch nur in einer ausgewogenen Mischung zum Erfolg. Die Episode „The Enemy Within" hatte deutlich gemacht, daß in der Serie nicht eines dieser drei Prinzipien gegenüber den anderen favorisiert wird, sondern vielmehr das Zusammenwirken aller drei Anteile in einem Individuum zur Ausbildung einer ausgeglichenen und vielseitigen Persönlichkeit führt. Zur Exemplifikation von zentralen Problemen der interkulturellen Begegnung werden in der Serie jedoch auch Figuren eingeführt, die eines der drei Prinzipien in besonders ausgeprägter Weise vertreten. Der rationale Anteil, unter den Eigenschaften wie Unvoreingenommenheit, Geduld und Erfahrung fallen, wird vor allem von Spock und Data repräsentiert. Ihre wissenschaftliche, sachlich analysierende Herangehensweise ermöglicht es ihnen, unbekannten Phänomenen mit neutralem Interesse zu begegnen, unbelastet von irrationalen Vorurteilen und Vorbehalten genau zu beobachten und zu forschen - Spocks sachliches 'fascinating' als Kommentar zu den haarsträubendsten Ereignissen und Phänomenen bringt diese Einstellung auf den Punkt. Das Wissen, das die Vertreter der *ratio* sich im Laufe ihrer Dienstzeit aneignen, nutzen sie mit virtuosem Geschick für die Anwendung auf neue Kontakte mit Unbekanntem. Ihr Urteil über das Fremde basiert auf empirisch ermittelten Daten und bleibt frei von jeglicher subjektiven Färbung. Daß das Vermögen, Phänomene vorurteilslos zu erforschen und gesammeltes Wissen zugunsten einer Anwendung auf Neues zu verknüpfen, für das Gelingen eines Austauschs jedoch nicht unbedingt ausreicht, müssen zum Beispiel Data und Troi in „Darmok" erkennen. Manche Aspekte der interkulturellen Begegnung sind kognitiv nicht zu erfassen; in solchen Fällen führen der empathische Zugang - wie in der Episode „I, Borg" - oder Spontaneität in Ergänzung zur rationalen Herangehensweise eher zum Austausch.

Ebensowenig wie rationale Herangehensweise allein kann das Prinzip *actio* als ausschließliche Strategie zu einem erfolgreichen Austausch führen. Technisches Können, Entschlossenheit, Mut und Stärke, wie sie vor allem durch Kirk, Riker und Worf verkörpert werden - die Schiffsingenieure, die als Techniker diesen Aspekt in der reinsten Form verkörpern, spielen als Vertreter des Handlungsprinzips im Zusammenhang mit Fremdkontakten kaum eine Rolle -, können, wenn sie nicht reflektiert und mit Einfühlungsvermögen eingesetzt werden, katastrophale Folgen haben. Nicht alles Machbare erweist sich auch als vernünftig. Zwar kommen durch Kirks Tatendrang, Spontaneität und Abenteuergeist viele interessante Begegnungen überhaupt erst zustande, doch bergen sie nicht selten erhebliche Gefahren. In der Regel holt Kirk deshalb Spocks Rat ein, bevor er in einer heiklen Situation eine Entscheidung fällt. Auch Riker als ein weiterer Vertreter des *actio*-Prinzips läuft bisweilen Gefahr, überstürzt zu handeln. So ist es zwar einerseits gerade seiner Entschlossenheit und seinem strategischen Geschick zu verdanken, daß Picard aus den Händen der Borg befreit werden kann; der glimpfliche Verlauf dieser Ereignisse zeugt davon, daß an dieser Stelle Spontaneität und Intuition richtig eingesetzt wurden, nachdem sachliche Analyse und Einfühlungsvermögen ihren Beitrag zur Lösung des Problems geleistet hatten. In der Episode „Darmok" kommen andererseits der *ratio*- und der *emotio*-Aspekt an Bord der *Enterprise* nicht ausreichend zum Tragen. Zwar beschäftigen Data als Vertreter des rationalen Zugangs und Troi als Empathin sich intensiv mit dem Verständigungsproblem, doch finden ihre Anregungen und Bedenken nicht genügend Berücksichtigung. Riker sucht lediglich eine Möglichkeit, den Energieschild zu überwinden, den die Tamarianer um El-Adrel errichtet haben, oder auf irgendeine andere Weise den Captain an Bord zurückzuholen. Er gibt sich zu schnell mit Worfs Deutung der tamarianischen Handlungsweise als Herausforderung zum Zweikampf zufrieden, statt sich eingehender mit anderen in Frage kommenden Absichten der Fremden zu beschäftigen. Dathon bezahlt diese Strategie schließlich mit dem Leben, denn in dem Moment, als er und Picard sich auf eine gemeinsame Strategie verständigt haben und der Captain der *Enterprise* seinem tamarianischen Kampfgefährten zu Hilfe eilen will, versucht seine Besatzung ihn zurückzubeamen. Picard bleibt für ein paar wertvolle Sekunden in dem Transporterstrahl gefangen und kann Dathon nicht rechtzeitig erreichen.

Die Tatsache, daß Picard es schließlich schafft, mit dem Tamarianer zusammen eine gemeinsame Basis des Redens und Handelns herzustellen, verdankt sich nicht nur seiner Risikobereitschaft und seinen intellektuellen Fähigkeiten, sondern auch seiner Geduld und seinem Einfühlungsvermögen. Dieses empathische Vermögen, über das in der Serie vor allem die Ärzte und die psychologische Beraterin verfügen, hilft im Kontakt mit dem Fremden Stimmungen zu erspüren, die rational nicht faßbar sind und handelnd nicht erschlossen werden können. Der *emotio*-Anteil einer Persönlichkeit befähigt das Individuum dazu, sich in Geduld zu üben und die psychische Wirkung der eigenen Handlungen auf den fremden Dialogpartner in die Beurteilung der Begegnung miteinzubeziehen. Allerdings darf auch der Gefühlsanteil nicht die Überhand gewinnen, damit Besonnenheit und Geduld nicht - wie bei dem sanften Kirk I in „The

Enemy Within" - die Urteilskraft und das Handlungsvermögen außer Kraft setzen.

Das harmonische Zusammenwirken und Ausbalancieren der drei verschiedenen Prinzipien wird neben den notwendigen Bedingungen der Intelligenz, der Gewaltfreiheit und der Neugier in der Serie als die ideale Voraussetzung für den erfolgreichen Austausch mit fremden Kulturen dargestellt. Die Kunst, Denken, Fühlen und Handeln aufeinander abzustimmen, scheint jedoch - nach den Ergebnissen der verschiedenen Episoden zu urteilen - schwer zu erlernen.

(ii) Selbst der Idealfall, daß auf beiden Seiten alle oben genannten Fähigkeiten und Fertigkeiten zur Verfügung stehen, garantiert noch nicht den Erfolg der Begegnung im Sinne eines Austauschs. Zwar besteht für die Mannschaft der *Enterprise* kein Zweifel über das Ziel ihrer Reise - ihr Auftrag, neue Lebensformen und Zivilisationen zu entdecken („to seek out new life forms and new civilizations"), wird im Intro zu jeder Folge für das Fernsehpublikum erneut formuliert; die Crew orientiert sich an den in diesem Sinne festgelegten Statuten der Sternenflotte -, doch besteht zu Beginn eines Kontaktes mit dem Fremden mindestens Unsicherheit darüber, daß die anderen das gleiche Ziel verfolgen wie die eigene Seite. Zum Beispiel geht die Föderation aufgrund der Daten, die ihr über die Tamarianer zur Verfügung stehen, davon aus, daß diese fremde Kultur über die Eigenschaften verfügt, die für einen Dialog notwendig sind und ihr Signal als Einladung zur Kommunikation gedeutet werden kann, doch besteht immer noch Unsicherheit darüber, ob das fremde Volk mit diesem (unterstellten) Kommunikationsversuch die gleiche Absicht verfolgt wie die Föderation. Die gemeinsame Zielvorstellung muß im gegenseitigen Lehr- und Lernprozeß erst erschlossen und in der kommunikativen Praxis gesichert werden. Sie steht im Verlauf des Dialogs immer wieder zur kritischen Überprüfung und Vergewisserung an. Die interkulturellen Begegnungen in *Star Trek* werden so dargestellt, als könne man bezüglich der als gemeinsam unterstellten Zielvorstellungen keine Sicherheit erlangen, sondern müsse sich auf begründete Annahmen stützen, die auf der Auswertung von bereits verfügbaren Daten und Erfahrungen beruhen. Ob diese für den Austausch notwendigen unterstellten Gemeinsamkeiten tatsächlich vorhanden sind, läßt sich erst im konkreten Kontakt feststellen. Der Austausch der Diplomaten in „Journey to Babel" zum Beispiel gestaltet sich deshalb so schwierig, weil manche der Beteiligten bestimmte Machtinteressen verfolgen oder anderen wirtschaftliche und politische Ziele unterstellen, die mit einem Austausch nicht zu vereinbaren sind. Entweder ist in diesen Fällen die gemeinsame Zielvorstellung des Austauschs tatsächlich nicht vorhanden, oder aber es wird von bestimmten Teilnehmern unterstellt, daß die Motivation der jeweils anderen nicht in den gleichen Zielvorstellungen begründet liegt wie die eigene. Die wirklichen Interessen der verschiedenen Teilnehmer werden jedoch erst im Verlauf der Konferenz deutlich, beziehungsweise auf der Reise dorthin. Zuerst einmal müssen die Beteiligten einander treffen, um ihre gegenseitigen Unterstellungen in der Interaktion zu thematisieren und zu überprüfen. Daß das Eintreten in einen solchen gemeinsamen Handlungszusammenhang Risiken birgt, verdeutlichen die Attentate auf Kirk und den Tellarer.

(iii) Neben dem Problem der Vergewisserung einer gemeinsamen Zielvorstellung steht zu Beginn eines Dialogs die Frage nach den Regeln, die das gemeinsame Handeln bestimmen sollen. Da sie zu Anfang ebensowenig wie die Zielvorstellungen explizit zur Verfügung stehen, müssen auch sie im Dialog erst gewonnen werden. In *Star Trek* werden als Ausgangspunkt für die Vereinbarung gegenseitiger Rechte und Pflichten die allgemeinen Richtlinien befolgt, die am Beispiel von Datas Status in „The Measure of a Man" verhandelt wurden: Jedes intelligente Lebewesen besitzt eine persönliche Freiheit und das Recht, diese Freiheit auszuschöpfen. Sie endet dort, wo die Freiheit des anderen beginnt. Diese Grenze wird bei dem Versuch, sie auszuloten, häufig überschritten und dadurch oft erst wahrnehmbar. Ihre Verletzung kann sich in der aggressiven Verteidigung des vom anderen beanspruchten Freiraums äußern.

Im Kontrast zu den klar formulierten Regeln einer institutionalisierten Gruppe wie *Starfleet*, zu deren Befolgung sich jedes neu eintretende Mitglied verpflichtet, hebt sich die Unbestimmtheit und Komplexität der Grenzen persönlicher und kultureller Freiräume besonders stark ab. Außerdem gestaltet sich die Berücksichtigung der Rechte des anderen umso schwieriger, je mehr Vertreter unterschiedlicher Kulturen sich am Dialog beteiligen. Eine Institution wie *Starfleet*, die für einen bestimmten Bereich des gemeinsamen kulturellen, wirtschaftlichen und politischen Handelns für alle Mitglieder verbindliche Rechte und Pflichten festlegt, kann in solchen Fällen als Rahmen für die interkulturelle Begegnung dienen. Alle Diplomaten orientieren sich an ihren Statuten; kulturelle Mißverständnisse können unter Umständen innerhalb dieses zur Verfügung stehenden Rahmens thematisiert und aufgelöst werden. Die Anwesenheit der *Enterprise*-Crew als Vertreter von *Starfleet* vermittelt den Konferenzteilnehmern in „Journey to Babel" ein Gefühl der Sicherheit, das die Aufgeschlossenheit gegenüber anderen fördern kann. Andererseits wägen manche sich offenbar derart geschützt, daß sie sich anderen Diplomaten gegenüber bewußte Provokationen erlauben.

Wo Kompromisse oder Einverständnis in bezug auf die Formulierung solcher Rechte und Pflichten, auch im Rahmen institutionalisierter Verhaltensregeln, nicht erreicht werden können, müssen Entscheidungen getroffen werden. Worf mißachtet die Gesetze der Sternenflotte, befolgt aber die kulturellen Regeln der Klingonen, als er K'Ehleyrs Mörder tötet. Später dann bricht er mit eben dieser klingonischen Tradition, die ihm das Recht einräumt - oder sogar ihn dazu verpflichten will -, sich an der Duras-Familie, derentwegen er jahrelang in Schande leben mußte, blutig zu rächen. K'Ehleyr wählt das Alleinsein, statt sich mit Worf in einer Partnerschaft zusammenzuschließen, die sich aufgrund der ihrer Meinung nach überholten klingonischen Rituale mit ihrer Weltversion nicht vereinbaren läßt. Spock schließlich entscheidet sich in „Journey to Babel" dafür, trotz seiner Eingebundenheit in vorwiegend >menschliche< Handlungszusammenhänge eher nach den Maßstäben der vulkanischen Kultur zu handeln, als er die Sicherheit des Schiffs über das Leben seines Vaters stellt. Jeder Mensch hätte dafür Verständnis gehabt oder - wie Amandas Gespräch mit ihrem Sohn und die Reaktionen von McCoy und Scott, die von Verwirrung bis Entsetzen reichen, zeigen - sogar erwartet, daß Spock das Kommando über das Schiff abgibt, um seinem Vater durch eine Bluttransfusion das Leben zu retten. In Situationen, in denen institutionalisierte Regeln keine Handlungsorientierungen zur Verfügung stellen können, verschiedene Entscheidungsmöglichkeiten zulassen oder mit kulturell verankerten Normen und Werten kollidieren, müssen die am Kontakt beteiligten Personen *ad hoc* entscheiden, ob die zur Diskussion stehenden Rechte und Pflichten neu ausgehandelt werden können oder zugunsten einer Alternative die andere vernachlässigt werden muß.

(iv) Die Kultur, in die ein Individuum hineingeboren wird und in der es aufwächst, formt die Weltsicht der betreffenden Person und bietet ihr eine Zugehörigkeit zu anderen Mitgliedern, die diese Weltsicht teilen. Kulturelle Sinnzusammenhänge, die gemeinschaftlich erzeugt, tradiert und aktualisiert werden, liefern Deutungshilfen und Handlungsorientierungen, mit deren Hilfe ein Individuum seinen Standort bestimmen kann. Die Protagonisten in *Star Trek* - und in diesem Zusammenhang spielen die Fremden-im-Innern eine besonders wichtige Rolle - besitzen jedoch je für sich die Freiheit, individuelle Sinnzusammenhänge zu schaffen und sich dem >Sog< der kulturellen Zugehörigkeit zu entziehen. Die Verantwortung für das Handeln liegt in der Serie letztlich beim einzelnen; daher wird der Erfahrung und Meinungsbildung im persönlichen Kontakt mit dem Fremden, der Begegnung auf individueller Ebene, große Bedeutung beigemessen. Die kritische Reflexion eigener Wahrnehmungsmuster, die auf der individuellen wie auf der Gruppenebene erst im Kontakt mit fremden Formen zu Bewußtsein kommen, ermöglicht die je eigene Reformulierung von Sinnzusammenhängen. Diese können anschließend in den gemeinsamen Rahmen hineingestellt werden. Die Gemeinschaft lernt über Mitglieder, die die gemeinsamen Regeln im praktischen Zusammenhang zum Gegenstand machen. Die Freiheit und die Fähigkeit des einzelnen, auf diese Weise Distanz zur Gruppe zu beziehen, erlaubt eine Neuorientierung der Gemeinschaft. Die auf der Basis gemeinsamer kultureller Muster selbsterzeugten Sinnzusammenhänge tragen zur Neubildung kultureller Symbole bei.

Die Fremden-im-Innern gehören in *Star Trek* zu denen, die die Grenzen der Gruppe am häufigsten überschreiten und dadurch in Frage stellen. Die relative Fremdartigkeit ihres Verhaltens veranlaßt die Gemeinschaft dazu, tradierte Werte sowie Wahrnehmungs- und Verhaltensmuster nicht nur zu aktualisieren, sondern auch im Lichte neuer Erfahrungen zu reinterpretieren. Die Fremden-im-Innern tragen in besonderem Maße dazu bei, daß kulturelle Symbole zum Gegenstand gemacht und verhandelt werden. In diesem Sinne lassen sich ihre kulturelle Zerissenheit, ihre persönlichen Konflikte und Mißerfolge (vgl. Kapitel 4.1) als Chance für die Gruppe betrachten. In Spocks Fall führt der intrapersonale Konflikt zwischen den vulkanischen und den menschlichen Anteilen seiner Persönlichkeit zur Thematisierung, kritischen Reflexion und Reformulierung kultureller Regeln und Werte auf der Seite seiner menschlichen Kollegen. Der vulkanisch-rationale Aspekt an Spocks Handeln läßt den menschlich-emotionalen der anderen deutlich hervortreten. Die Konfrontation mit solchen alternativen Verhaltensweisen, die den Fluß des Redens und Handelns zum Stocken bringen, veranlassen zum Nachdenken über eigene Verhaltensmuster und deren Verankerung in der (mit anderen Gruppenmitgliedern geteilten) kulturellen Vergangenheit. Das kulturelle Gedächtnis muß, mit Assmanns (1988) Worten, aktualisiert, die Tradition unter Umständen neu interpretiert werden.

Wenn die Gruppe solche neuen Impulse nicht verarbeiten kann, wird entweder das Individuum, das neue Deutungsmuster zur Integration in den gemeinsamen Rahmen hervorbringt, stigmatisiert - Worf wird nicht mehr als richtiger Klingone angesehen -, oder in der Gruppe entsteht ein Bruch - das klingonische Imperium zerfällt aufgrund der Unvereinbarkeit von kulturellen Deutungen auf der Seite der Reformer einerseits und der Konservativen andererseits. Im Gegensatz zur Föderation, deren Mitglieder die Erweiterung gemeinsamen Wissens und die Aktualisierung gemeinsamer Sinnzusammenhänge gezielt anstreben, hält die konservative Fraktion der Klingonen starr an den überlieferten Deutungsmustern fest. Ihre starke Traditionsgebundenheit hindert sie daran, von den Erfahrungen der Grenzgänger zu profitieren, um auf die Veränderungen in ihrem politischen, wirtschaftlichen und sozialen Umfeld zu reagieren. Nachdem sie durch das Waffenstillstandsabkommen mit der Föderation aus ihrer politischen und kulturellen Isolation herausgetreten und den martialischen Anteil ihrer Kulturaufgaben mußten, gelingt es ihnen nicht, die neuen Erfahrungen in die tradierten Sinnzusammenhänge zu integrieren. Sie sind nicht in der Lage, kulturelle Bedeutungen neu zu schaffen beziehungsweise anzupassen, das heißt, das tradierte Wissen gemeinschaftlich zu erneuern und ihm den identitätsstiftenden Charakter zurückzugeben, den es offenbar verloren hat. Das kriegerische Potential dieses Volkes kehrt sich nach innen; Reformer fallen Attentaten zum Opfer oder werden verstoßen. Die klingonische Gemeinschaft zerfällt in eine Ansammlung von Individuen, die sich entweder in andere Gruppen - beispielsweise Kolonien der Föderation - zu integrieren versuchen oder sich in künstlich geschmiedeten und von Intrigen, Verrat und Machtstreitigkeiten unterhöhlten Zweckgemeinschaften zusammenschließen, um die alten Werte in ihrer überkommenen Form zu bewahren. Einige entscheiden sich dafür, so wie Worf, den Zerfall ihrer Gemeinschaft als ihr Schicksal anzunehmen und die Tradition durch selbsterzeugte Sinnzusammenhänge zu erneuern, weiterzuführen und so in veränderter Form für sich und nach außen hin wahrnehmbar zu bewahren. Worf und K'Ehleyr handeln und urteilen auch jenseits der Eingebundenheit in die klingonische Gemeinschaft - oft unbewußt und manchmal sogar gegen ihren Willen - nach klingonischen Maßstäben. Und obwohl K'Ehleyr den martialischen, aggressiven Anteil dieser Kultur verurteilt und bei sich selbst zu unterdrücken versucht, setzt sie andere klingonische Eigenschaften häufig gezielt bei ihrer diplomatischen Tätigkeit ein.

Die Chance für eine Weiterentwicklung der Gesellschaft, die sich durch die Fremden-im-Innern für die Gruppe ergibt, wird in *Star Trek* von den Grenzgängern selbst allerdings teuer bezahlt. Zwar bietet ihnen die Zugehörigkeit zu einer Institution wie *Starfleet* einen sicheren Platz innerhalb dieser bestimmtem Gruppe, für die alle Verhaltensregeln klar definiert vorliegen, doch vermag sie ihnen offenbar nur schwerlich ein Zuhause zu schaffen. Im Fall von Spock wie auch von Worf liefern immer kulturelle Werte und Normen die Orientierung für ihr Verhalten; zwar sollte ihnen die Mitgliedschaft in *Starfleet* den Rahmen zur Verfügung stellen, den sie bräuchten, um sich persönlich frei entfalten zu können, doch geben in Konfliktfällen letztlich immer kulturelle Wahrnehmungs- und Verhaltensmuster den Ausschlag für die Handlungsorientierung. Der Konflikt zwischen vulkanischen und menschlichen beziehungsweise zwischen klingonischen und menschlichen Normen und Werten, dem Spock und Worf durch ihre Tätigkeit in der Institution *Starfleet* ausweichen wollten, beeinflußt auch dort ihre Lebensführung. Denn nicht nur die Fremden-im-Innern selbst, sondern auch die übrigen Besatzungsmitglieder entscheiden Fragen der Zugehörigkeit und der Solidarität über kulturelle Aspekte. Die Statuten der Sternenflotte konnten für Probleme der persönlichen Standortbestimmung und der Identitätsfindung keine Anhaltspunkte bieten. Die künstlich zusammengefügte Gruppe der Besatzungsmitglieder auf einem Raumschiff vermag die kulturelle Gemeinschaft nicht zu ersetzen. Worf zum Beispiel wird immer wieder vom >Ruf des Kriegers<, der nach seinen eigenen Worten in seinem Herzen laut wird, an seine klingonische Herkunft erinnert. Spock wird in seiner menschlichen Umgebung mit seinem Außenseiterstatus konfrontiert, wenn er sich als einziger in einer von emotionalen oder irrationalen Verhaltensmustern geprägten Situation logisch-rational verhält und deswegen mißtrauisch behandelt oder verspottet wird - auch wenn seine Entscheidungen in der Regel weit mehr den Statuten der Sternenflotte folgen als die seiner menschlichen Kollegen. In solchen Situationen überschreiten die Fremden-im-Innern die Grenze zwischen >Wir< und >die Anderen<; sie repräsentieren in diesen Momenten die Außenperspektive. Dieser Grenzgängerstatus, der es ihnen ermöglicht, zwischen verschiedenen Positionen zu vermitteln, macht sie einzigartig und dadurch auch einsam. Wenn sie die Grenzen einer gemeinsamen Weltsicht überschreiten, wird diese den übrigen Mitgliedern der Gemeinschaft erst bewußt. Sie lösen eine Neuverhandlung von Wahrnehmungs- und Verhaltensmustern aus, die bisher nicht in Frage gestellt worden sind. Manche Individuen oder Gruppen können das Aufbrechen solcher festgefügter Ordnungen nicht als Chance zur Veränderung oder des Erkenntnisgewinns wahrnehmen, sondern fühlen sich verunsichert oder sogar bedroht. Worfs und K'Ehleyrs Lebensweise läßt die Klingonen ihren Ehrenkodex mit anderen Augen sehen; K'Ehleyr wird dafür von denen, die sich einer Neuinterpretation ihrer Traditionen nicht stellen wollen, verachtet und später sogar ermordet. Spock, der vulkanisch-menschliche und damit rational-emotionale Mischling, erinnert die Vulkanier an den verdrängten Aspekt ihrer Kultur und wird daher von ihnen verstoßen.

(v) Die Frage, auf welche Weise die an der interkulturellen Begegnung beteiligten Parteien den stattgefundenen Kontakt mit dem Fremden beurteilen oder wie sie feststellen können, ob auf der Basis der als gemeinsam unterstellten Voraussetzungen und Zielvorstellungen ein Austausch tatsächlich stattgefunden hat, wird in der Serie nicht klar beantwortet. Picard bringt in „Darmok" seine Unsicherheit angesichts des Ausgangs seiner Begegnung mit den Tamarianern zum Ausdruck: Als

Riker ihn fragt, ob sie mit den Tamarianern neue Freunde gewonnen hätten, entgegnet der Captain, sie seien jedenfalls keine neuen Feinde. Mit dieser Antwort macht er darauf aufmerksam, daß er sich der in einem ersten Schritt erreichten Verständigung immer wieder wird vergewissern müssen. Diese eine Begegnung läßt noch nicht die Schlußfolgerung zu, daß auch alle weiteren Kontakte für beide Seiten zufriedenstellend verlaufen werden. Die Tatsache allein, daß die Tamarianer ihre Kampfhandlungen eingestellt und auf Picards Versuch, sich in der tamarianischen Sprache mitzuteilen, nicht mit weiteren kriegerischen Handlungen reagiert haben, bedeutet nicht notwendigerweise, daß auch sie diese Begegnung als Austausch beurteilen. Man kann das Verhalten der Fremden nicht positiv als freundschaftlich beschreiben, sondern lediglich als nichtfeindlich.

In Episoden wie „The Devil in the Dark", in der die Minenarbeiter und das Silikatwesen Horta am Ende einen Weg zur Zusammenarbeit und zur harmonischen Koexistenz finden, wird eine friedliche und für alle Beteiligten zufriedenstellende Lösung als erreichbar dargestellt. Das Problem der >Erfolgskontrolle< wird zwar nicht explizit thematisiert, jedoch in verschiedener Weise veranschaulicht. Ein Verfahren zur Verständigung über die Beurteilung der Begegnung durch den jeweils anderen deutet sich in Form einer dialogischen kommunikativen Praxis auf zweiter Ebene an: Die Horta kommentiert ihren Kontakt mit den ihr fremden Lebewesen mit den gleichen Worten wie die Minenarbeiter ihre Erfahrungen mit der Horta. Sie hätten die ihnen fremde Lebensform zu Anfang für gefährlich und später für seltsam und nicht besonders anziehend gehalten, sich im Laufe ihrer Zusammenarbeit jedoch an den jeweils anderen gewöhnt und Sympathie entwickelt.

In der Episode „Journey to Babel" wird anhand der Konferenz der Föderationsdiplomaten deutlich, wie die Bestätigung über den Austausch mit einer fremden Lebensform in der Praxis einzuholen versucht wird. Auf der Basis bereits erreichter Vereinbarungen und des Aufbaus einer gemeinsamen Sprache und Weltsicht sollen durch regelmäßige Begegnungen mit Vertretern der jeweils anderen Gruppe nicht nur die gemeinsamen Sinnzusammenhänge erweitert, sondern auch die als bereits erreicht wahrgenommenen vergewissernd artikuliert werden. Fehlinterpretationen bezüglich der Handlungen des jeweils anderen und irrtümlich überwunden geglaubte Hindernisse im Austausch machen sich dann im erneuten Kontakt als Mißverständnisse beziehungsweise Mißerfolge bemerkbar.

Der Austausch zwischen Individuen oder Kulturen kann demnach nicht als abgeschlossener Prozeß betrachtet werden. Die gemeinsam erzeugten Wahrnehmungs- und Handlungszusammenhänge, die auf der Mikroebene als Grundlage für den Aufbau einer gemeinsamen Sprache und Weltsicht gewonnen werden, müssen in der Kommunikationspraxis überprüft und erweitert werden. Die Erfolgskontrolle, die sich nach der Definition von Austausch als Prozeß gegenseitigen Lehrens und Lernens nicht auf eine einseitige Beurteilung beschränken kann, müßte die Interpretation des Austauschpartners miteinbeziehen. Sie bildet selbst einen Teil der kommunikativen Praxis.

(vi) Bevor auf die für die vorliegende Arbeit zentralen philosophisch-anthropologischen Aspekte eingegangen wird, sollen einige Themen und Strategien angesprochen werden, die auf der realen Ebene in Zusammenhang mit interkulturellen Begegnungen wissenschaftlich und politisch diskutiert und auf der fiktionalen ebenfalls exemplarisch behandelt werden. Es handelt sich dabei um die sogenannte Multikulturalismusdebatte, um interkulturelles Management und um den Begriff des interkulturellen Lernens.

5.1 *INFINITE DIVERSITY IN INFINITE COMBINATION -* EIN REALISIERBARES PRINZIP?

Die amerikanischen Autorinnen und Autoren, deren ideologiekritische Betrachtungen über *Star-Trek* in Kapitel 3.2 vorgestellt wurden, interpretieren die Serie in erster Linie als eine Verlagerung amerikanischer weltpolitischer und gesellschaftspolitischer Themen der sechziger Jahre in eine fiktive Zukunft. Sie stellen in den Episoden - die Untersuchungen beziehen sich fast ausschließlich auf die *Classics* - eine affirmative Darstellung amerikanischer kulturimperialistischer Strategien fest. Die *United Federation of Planets* wird von diesen Kritikerinnen und Kritikern als Versinnbildlichung der *United States of America* gedeutet, die fiktiven Völker der einzelnen Planeten repräsentieren reale politische Gegner, beziehungsweise Verbündete, der USA. Diese Interpretation widmet sich bestimmten Episoden unter einem sehr engen Blickwinkel; die Serie wird hier in direkter Analogie zu realen gesellschaftlichen Phänomenen einer bestimmten Nation in einer bestimmten Epoche untersucht; damit wird ein starrer Analysehintergrund festgelegt (vgl. Kapitel 3.2). Die spezielle ideologiekritische Perspektive dieser Autorinnen und Autoren macht es ihnen unmöglich, *Star Trek* in einem weiteren Rahmen als dem einer amerikanischen Fernsehproduktion der sechziger Jahre zu behandeln.

Eine etwas allgemeinere Betrachtungsweise der Serie, die sich an die ideologiekritische jedoch anschließt, könnte sich mit der Frage beschäftigen, inwieweit dort auf fiktionaler Ebene auf reale interkulturelle Begegnungen verwiesen wird und ob man *Star Trek* als Vorbild für die Lösung kultureller Konflikte nutzen kann. Ein solches Angebot müßte in der Serie unter dem Stichwort 'IDIC' zu suchen sein. Das Prinzip des harmonischen Miteinanders einer Vielfalt unterschiedlicher Kulturen, das (i) in der Serie als eine >Erfindung< der Vulkanier und als Ideal dargestellt wird, kann (ii) auf seinen Bezug zu realen interkulturellen Begegnungen hin betrachtet werden.

(i) In der Episode „Journey to Babel" kommen in Form der dargestellten Intrigen und Streitigkeiten bereits einige Aspekte zur Sprache, die eine harmonische Koexistenz verschiedener Kulturen in Frage stellen und der Verwirklichung des IDIC-Prinzips im Wege stehen; diese Thematik wird in vielen *Star Trek*-Episoden entweder gestreift oder zentral behandelt. Die vordergründigen, rein praktischen Schwierigkeiten ergeben sich aus den mitunter völlig unterschiedlichen Lebensbedingungen der Völker. Manche atmen beispielsweise keinen Sauerstoff und können daher in einer Sauerstoffatmosphäre nur mit Hilfe komplizierter Apparaturen überleben. Andere kommen von Planeten mit extrem geringer Schwerkraft und leiden daher sehr unter dem künstlich erzeugten Milieu mancher Raumschiffe. Einige sind an extreme Kälte gewöhnt, andere wiederum an Hitze und Trockenheit; die Biorhythmen der einzelnen Individuen an Bord eines Schiffes müssen aufeinander abgestimmt werden und so weiter.[1] Die Ernährungsfrage stellt dabei - genau wie die Sprache - dank der technischen Errungenschaften dieser fiktionalen Zukunft kein Hindernis mehr

---

[1] Auf der Zuschauerebene liefert dieser inhaltliche Aspekt übrigens das Argument dafür, daß trotz der von seiten der Autoren proklamierten kulturellen Vielfalt auf der Darstellungsebene die meisten Besatzungsmitglieder der *Enterprise* menschlich oder sehr menschenähnlich sind. Das Schiff stelle - so vor allem die Begründung der Fans, die für jede Unstimmigkeit auf der Darstellungsebene eine >rationale< Erklärung suchen - ein Beispiel für die Arbeit der Föderationsschiffe dar. Da es zu schwierig wäre, ein Schiff zu konzipieren, das einer Vielzahl von extrem unterschiedlichen physischen und psychischen Anforderungen gerecht werden könnte, würden die Mannschaften immer aus Gruppen zusammengesetzt, die in dieser Hinsicht ähnliche Bedürfnisse hätten; im Fall der *Enterprise* seien dies eben die oben genannten. Mit dieser Argumentation soll die Kritik abgeschmettert werden, *Star Trek* vertrete entgegen aller Beteuerungen der Produzenten ein ethnozentrisches Weltbild.

dar: So wie der Universalübersetzer alle in der Föderation vertretenen Sprachen synchron dolmetschen kann, ermöglicht es der sogenannte >Nahrungsreplikator<, die Lieblingsspeisen aller Mitglieder, sofern die Rezeptur im Programm gespeichert wurde, synthetisch herzustellen.

Darüber hinaus treten im *Star-Trek*-Universum noch weitere Faktoren auf, die die praktische Umsetzung des IDIC-Prinzips behindern und die freie kulturelle Entfaltung der am interkulturellen Kontakt beteiligten Gruppen erschweren. Die Episoden, die in Kapitel 4. vorgestellt wurden, thematisieren nur einige, doch kann anhand dieser Folgen exemplarisch beschrieben werden, welche Vielfalt von unerwarteten Hindernissen sich den Protagonisten bei ihrer Reise in den Weg stellen und als wie schwierig sich die Verwirklichung des IDIC-Prinzips erweist. Das Problem, Repräsentanten verschiedener Kulturen unter einem bestimmten Gedanken zu vereinen, nämlich friedlich miteinander zu leben und zusammenzuarbeiten und dabei gleichzeitig die Entfaltung ihrer besonderen Eigenarten zu bewahren, tritt als eines der zentralen Themen in *Star Trek* auf. So fällt es den Diplomaten, die in der Episode „Journey to Babel" an der Konferenz teilnehmen, trotz ihrer erklärten Bereitschaft, das von der Föderation vertretene IDIC-Prinzip zu befolgen, offenkundig schwer, den kulturell geformten Verhaltensmustern der anderen Teilnehmer neutral zu begegnen und von ihren eigenen Vorlieben und Eigenheiten zu abstrahieren. Sogar Sarek, der sich ja nicht nur als Föderationsmitglied, sondern auch als Angehöriger der vulkanischen Kultur um die unvoreingenommene, vorurteilsfreie Begegnung mit fremden Kulturen bemüht, läßt sich in einen Streit verwickeln, in dem keinerlei sachliche Argumente, sondern nur Beleidigungen und Provokationen ausgetauscht werden. Und je mehr unterschiedliche Aspekte in einer Begegnung aufeinandertreffen, umso schwieriger wird es, eine für alle akzeptable Vereinbarung zu finden.

Auch an Worfs persönlichem Konflikt zeigt sich, wie schwer kulturelle Verhaltensweisen, Werte und Normen verschiedener Handlungszusammenhänge zu vereinbaren sind. In den Fällen, in denen beispielsweise die Handlungsorientierungen der Klingonen sich von denen der Menschen unterscheiden, tritt bei den Beteiligten ein Gefühl der Befremdung oder sogar der Ablehnung auf, das sich trotz des Bewußtseins über die Verschiedenheit und das Verstehen der jeweils anderen Verhaltensweisen nicht einfach auflösen läßt. Auch Picard, zu dessen Aufgaben als Captain es gehört, die Kooperation unter den Mitgliedern seiner Mannschaft zu leiten und gegenseitiges Verständnis zu fördern, kann sich gelegentlicher spontaner Reaktionen nicht erwehren; Worfs klingonisches Verhalten verunsichert manchmal auch ihn.

Das Bemühen um gegenseitige Akzeptanz kultureller Besonderheiten und Aufgeschlossenheit gegenüber fremder kultureller Praxis kann allerdings auch für kleine Scherze und üble Streiche ausgenutzt werden. So sieht sich Riker, der in der Episode „A Matter of Honor" (*TNG* Nr. 34) als Austauschoffizier einige Zeit auf einem klingonischen Schiff verbringt, mit allerlei Prüfungen konfrontiert. Das offensive, aus Rikers Sicht aggressive Verhalten der klingonischen Frauen gegenüber dem anderen Geschlecht verunsichert ihn als Mann; die Klingonen, die einiges über die klassische Rollenverteilung der Geschlechter bei den Menschen wissen, nutzen das aus, um Riker in Verlegenheit zu bringen. Auch im Bereich der Eßkultur haben die Klingonen eine Besonderheit zu bieten, die in der gesamten Föderation bekannt ist: Gagh. Dabei handelt es sich um ein Gericht aus Würmern, die man am liebsten roh und lebendig verspeist. Statt auf die Tatsache Rücksicht zu nehmen - wie es die Regeln der Sternenflotte empfehlen würden -, daß die meisten Menschen sich davor ekeln, Würmer zu essen, laden die Mitglieder der klingonischen Brückenbesatzung Riker gleich zum Gagh-Essen ein, wohl wissend, daß dieser sich um eine harmonische Zusammenarbeit bemühen soll und es vermeiden wird, seine Gastgeber zu verärgern. Als echter Kosmopolit ist Riker allerdings auf eine solche Situation vorbereitet und meistert seine Aufgabe mit Bravour.

(ii) Auf der realen Ebene findet man den Versuch, eine Vielfalt von Kulturen zu einem harmonischen Zusammenleben zu vereinen, unter dem Stichwort 'multikulturelle Gesellschaft' wieder. Als geläufigstes Beispiel sei hier der Versuch angeführt, in Amerika eine Vielzahl unterschiedlicher Kulturen zu vereinen und ihnen gleichzeitig ihre Besonderheit zu bewahren. Unter dem Leitsatz 'De Pluribus Una' sollten sich dort Einwanderer aus aller Herren Länder zu einer facettenreichen Gemeinschaft zusammenschließen. Nach Meinung des Korrespondenten Claus-D. Kleber, der sich in dem Fernsehbericht *Fünf Beiträge über das Fremde* (Herrendoerfer (Hrsg.), 1994) mit der Frage nach dem Erfolg dieses Versuchs beschäftigt, verkörpert die Freiheitsstatue im Hafen von New York, ein Geschenk Frankreichs, den Gedanken, von dem dieses Motto getragen wurde:

„Auf dem Weg nach Amerika befreite sich die Idee der Freiheit von dem Zwang, daß alle Menschen gleich sein müßten. Einwanderer werden zwar Amerikaner, doch sie dürfen auch daran festhalten, was sie sonst noch sind: Russen, Iren, Italiener, Juden. Hier sollte es keine Rasse, keine Nation geben, an die man sich anzupassen hatte. Das großzügigste Angebot, das ein Staat dem Rest der Welt je gemacht hat." (Herrendoerfer (Hrsg.), 1994).

Kleber zeigt allerdings in seinem Bericht, wie wenig der Alltag dieser Vielzahl von Kulturen, die zum Teil auf engstem Raum nebeneinander und miteinander leben müssen, dem Bild einer bunten, fröhlichen Menge von Menschen entspricht, die unter dem Schutz der amerikanischen

Verfassung kulturelle Vielfalt in harmonischer Koexistenz praktizieren. Er setzt sich mit den Rassenunruhen in Los Angeles auseinander, wo lange verdrängte oder verdeckte rassistische Vorurteile sich plötzlich in blutigen Auseinandersetzungen Bahn brachen. Dort sei das Motto des amerikanischen Traums zur staatlichen Verordnung geraten: Schwarze und weiße Bürger würden zusammen in Siedlungen eingepfercht, die umzäunt und rund um die Uhr bewacht werden müßten, um den Frieden des kulturellen Nebeneinanders zu bewahren. Die meisten von denen, die in das Land der unbegrenzten Möglichkeiten und der kulturellen Vielfalt eingewandert seien - und diejenigen, die aus ihren ursprünglichen Lebensräumen herausgerissen oder verdrängt worden seien, wie die Indianer und die Schwarzen -, zögen sich in Gettos zurück, um unter sich bleiben und am Vertrauten festhalten zu können. Die Gemeinsamkeit mit den übrigen amerikanischen Staatsbürgern reicht offenbar über den Eintrag im Personalausweis nicht hinaus.

Kleber berichtet aber auch über einen Versuch, die rassistischen und kulturellen Vorurteile zu überwinden und Konflikte diskursiv zu lösen. In einer Art >interkulturellem Trainingscamp< in der Nähe einer solchen staatlich verordneten multikulturellen Siedlung bei Los Angeles treffen sich Jugendliche verschiedener kultureller Herkunft, um sich mit den Fremden im eigenen Land auseinanderzusetzen. In vier Gruppen aufgeteilt - Weiße, Asiaten, Schwarze und Latinos -, setzen sie sich mit den gegenseitigen Vorurteilen und Ressentiments auseinander. Die meisten Jugendlichen verkünden ihre Urteile schonungslos: Vietnamesen halten sich für bessere Menschen, Schwarze werden in Geschäften von Weißen und Asiaten nicht bedient oder mißtrauisch beobachtet, weil sie angeblich stehlen, Latinos bekommen keine oder nur die miesesten Jobs und so weiter. In bezug auf die Machtverteilung unter diesen vier Gruppen innerhalb der amerikanischen Gesellschaft sind sich dagegen alle einig: die Weißen bilden die Spitze, gefolgt von den Asiaten und den Schwarzen; die Latinos stehen auf der untersten Stufe. Die schonungslose Konfrontation mit eigenen und fremden Stereotypen überschreitet die psychische Belastbarkeit vieler Jugendlicher; sie brechen aus Wut, Verzweiflung oder Hilflosigkeit in Tränen aus. Die unterschiedlichsten Strategien zur Überwindung der Konflikte werden vorgeschlagen; manche appellieren an die Versöhnungs- und Gesprächsbereitschaft der anderen; einige rufen zum Kampf für die Rechte der eigenen gegenüber den anderen Gruppen auf; wieder andere fordern zum Zusammenschluß nach innen und zur Abschottung nach außen auf. Konkrete praktische Ergebnisse werden in diesem ungewöhnlichen >Trainingslager< nicht erzielt, doch betrachten die Beteiligten allein die Tatsache, daß Menschen sich zu einem so offenen Gespräch zusammenfinden, offenbar als Schritt in Richtung einer Verständigung. In der Diskussion um die Frage der multikulturellen Gesellschaft, wie sie seit einiger Zeit auch auf europäischer Ebene geführt wird, taucht dieser amerikanische Gedanke in der kontroversen Argumentation als das wichtigste Beispiel auf. Von den Erfahrungen, die Amerika mit seiner Einwanderungspolitik gemacht hat, versucht man für den Entwurf eigener gesellschaftspolitischer Strategien zu profitieren. Dabei scheint es, als seien viele der von Kleber angesprochenen Probleme in Amerika nicht rechtzeitig oder nicht ausreichend berücksichtigt worden beziehungsweise immer noch verdeckt. Keiner der Lösungsversuche hat bisher zu einer Realisierung des Mottos 'De Pluribus Una' geführt.

Gelegentlich wird versucht, *Star Trek* in dem Sinne als Modell für eine zukünftige Gesellschaftsform zu interpretieren, daß dort das Erreichen der multikulturellen Vielfalt dargestellt wird; als praktische Anleitung zum universalen Frieden würde die Serie ihr Ziel jedoch verfehlen. Der auf globaler Ebene als erreicht dargestellte Weltfriede wird nämlich durch die Thematisierung von intergalaktischen Konflikten indirekt in Frage gestellt. Was den Traum von der Einheit der Vielfalt beziehungsweise von der Vielfalt in der Einheit betrifft, kann man die *Star-Trek*-Serie teilweise als affirmative Verlagerung amerikanischer gesellschaftspolitischer Ideen in eine fiktive Zukunft betrachten: Auf globaler - beziehungsweise terraner - Ebene gilt in *Star Trek* das Prinzip IDIC als realisiert. Wie diese anscheinend harmonische Vielfalt in der Einheit auf der fiktionalen Ebene erreicht wurde, erfährt das Publikum der Serie jedoch nicht. Es wird lediglich angesprochen, daß die Nationen der Erde sich in einem dritten Weltkrieg schließlich verbündet haben, um die totale Zerstörung zu verhindern. Die Problematisierung des Zusammenlebens verschiedener Kulturen beziehungsweise Nationen findet in der Serie auf einer höheren, nun nicht mehr internationalen, sondern interplanetarischen Ebene statt. Aus den Äußerungen der Protagonisten über die (fiktionale) Vergangenheit der Föderation und ihrer Mitglieder geht darüber hinaus nicht hervor, ob die auf globaler Ebene erreichte Vielfalt in der Einheit auf ein Prinzip zurückzuführen ist, das in der Episode „Darmok" offenbar wesentlich zum Austausch zwischen Picard und Dathon beigetragen hat. Picard interpretiert dort seine >Entführung< auf den Planeten El-Adrel als einen Versuch des Tamarianers, den Mythos von Darmok und Jalad für das Zustandekommen einer Verständigung mit dem Captain der *Enterprise* zu nutzen: Die Bedrohung durch einen gemeinsamen Feind sollte zu einem Bündnis zwischen Dathon und Picard führen. Auf dem Hintergrund dieser gemeinsamen Erfahrung, so die Annahme, würde dann auch über das Gefühl, >in einem Boot zu sitzen<, hinaus eine sprachliche und interkulturelle Verständigung leichter zu erreichen sein. Inwieweit bezüglich vergangener internationaler Konflikte auf der (fiktionalen) Erde eine gemeinsame Bedrohung der Terraner für den globalen Zusammenschluß verantwortlich war, wird in der Serie nicht thematisiert. Einerseits wird die Föderation der Vereinigten Planeten, kaum daß sie mit einem außerirdischen Gegner Frieden geschlossen hat, mit einem neuen Feind konfrontiert, was auf einen Mechanismus des Zusammenschlusses gegenüber einem äußeren Feind hindeutet. Andererseits wird in Episoden wie „Journey to Babel" oder an Worfs persönlichem Konflikt auch deutlich, daß auf der Basis eines politischen und wirtschaftlichen Zusammenschlusses interkulturelle Konflikte innerhalb der Institution zwar leichter thematisiert und verhandelt werden können, jedoch nicht prinzipiell vermeidbar sind. Die institutionalisierte Zusammengehörigkeit innerhalb eines Staates oder anderer politischer Bündnisse vermag kulturelle Konflikte nicht zu verhindern.

5.2 KIRK & CO. - SPEZIALISTEN FÜR INTERKULTURELLES MANAGEMENT?

Im Rahmen des in Kapitel 2.2 angesprochenen interkulturellen Managements werden Trainingsprogramme angeboten, die vor allem Angestellte von Unternehmen auf Geschäftsverhandlungen mit Vertretern fremder Kulturen vorbereiten sollen (vgl. zum Beispiel Bartlett/Ghoshal 1989; Bergemann/Sourisseaux (Hrsg.) 1992; Dülfer 1992; Gibbs 1990; Harris 1993). Sie werden von Trainern geleitet, die in bezug auf bestimmte Fälle von interkulturellen Begegnungen - bei den kulturellen Einheiten, die behandelt werden, handelt es sich dabei meist um Nationalkulturen (vgl. Hofstede 1991, 4ff) - über spezielle Erfahrung und besonders großes Wissen verfügen. Es wird versucht, die Teilnehmerinnen und Teilnehmer solcher Seminare auf ihre jeweils eigenen ethnozentrischen

Wahrnehmungs- und Verhaltensmuster aufmerksam und mit denen einer bestimmten fremden Kultur vertraut zu machen. Das Bewußtsein solcher kultureller Unterschiede soll es ihnen erleichtern, die Verhaltensweisen ihrer Geschäftspartner richtig zu interpretieren und sich auf deren besondere Erwartungen und Strategien einzustellen. Das Ziel der interkulturellen Kontakte, auf die diese Personen vorbereitet werden, liegt klar formuliert vor, und die Vorbereitung erfolgt gewöhnlich in Hinblick auf die Begegnung mit Vertretern einer ganz bestimmten Kultur. Deutsche lernen, wie sie mit Franzosen geschäftlich umgehen müssen, Amerikaner werden daraufhin geschult, mit japanischen Geschäftspartnern zu verhandeln, um mit möglichst wenig zeitlichem und finanziellem Aufwand einen für die eigene Firma profitablen Vertragsabschluß zu erzielen. Angestellte von Unternehmen, die mit Kolleginnen und Kollegen fremder kultureller Herkunft zusammenarbeiten - beispielsweise in Niederlassungen von Firmen im Ausland -, werden auf eine ertragreiche Kooperation hin geschult. Die Erfolgskontrolle erfolgt über das Zustandekommen beziehungsweise Scheitern von Vertragsabschlüssen oder die Geschäftszahlen des Unternehmens.

Eine interessante und in Kapitel 2.2 bereits angesprochene Frage, die sich in bezug auf solche Trainingsprogramme stellt, lautet, ob solche Seminare nicht Gefahr laufen, bei den Teilnehmerinnen und Teilnehmern Stereotype zu erzeugen, die die interkulturelle Begegnung auch behindern können, allerdings auf andere Weise als die unreflektierte Übertragung der eigenen Wahrnehmungs- und Verhaltensmuster auf das fremde Gegenüber.

Daß interkulturelles Verhaltenstraining und interkulturelles Management eine eigene Form von Stereotypen produzieren können, zeigen exemplarisch die in der *Star-Trek*-Serie dargestellten Konflikte mit dem klingonischen Reich. Das Problem, daß das Wissen über Wahrnehmungs- und Verhaltensmuster einer fremden Kultur nicht als Garantie für eine erfolgreiche interkulturelle Begegnung gelten kann und daß im konkreten Kontakt mit dem Fremden immer eine Unsicherheit darüber besteht, ob der andere sich tatsächlich dem kulturellen Schema gemäß verhalten wird, kommt in der Verunsicherung zum Ausdruck, mit dem die Protagonisten >unklingonischem< Verhalten bei Worf (vgl. Kapitel 4.1.3) oder anderen Mitgliedern dieses Volkes begegnen. Die Verschwörung der Duras-Familie zum Beispiel wird unter anderem deshalb so lange Zeit nicht aufgedeckt, weil niemand damit gerechnet hätte, daß Klingonen Verbündete außerhalb der eigenen Gruppe suchen. Dieses Verhalten kann auf der Basis stereotyper Informationen über die klingonische Kultur nicht interpretiert werden.

Wenn man das in *TNG* vermittelte Bild der Klingonen mit den Merkmalskatalogen des IRIC (vgl. Kapitel 2.2; Anhang) vergleicht, läßt sich bezüglich der kulturellen Dimensionen folgendes feststellen:

(i) Die Klingonen repräsentieren eine Gesellschaft mit großer Machtdistanz: Es herrscht Ungleichheit unter den Mitgliedern, die weniger mächtigen sind von den mächtigeren abhängig. Klingonen werden zum Gehorsam erzogen. Die Mächtigen genießen Privilegien und unterstreichen ihre Macht durch ihr Auftreten. Innenpolitische Konflikte führen oft zu Gewalt.

(ii) Klingonen sind kollektivistisch orientiert: Die Identität ist im sozialen Netzwerk begründet; Übertretungen führen zu Beschämung und Gesichtsverlust für den einzelnen und für die Gruppe; es wird in Wir-Begriffen gedacht. Meinungen werden durch Gruppenzugehörigkeit vorbestimmt, Gleichheitsideologien dominieren vor Ideologien individueller Freiheit (was zu der großen Machtdistanz nicht im Widerspruch steht). In bezug auf die klingonische Kultur, wie sie vor allem in *TNG* dargestellt wird, läßt sich zum Beispiel feststellen, daß die Aktualisierung von Erinnerungsfiguren, die Organisiertheit und die Verbindlichkeit des kulturellen Gedächtnisses für die Klingonen von großer Bedeutung sind. Die für die klingonische Gemeinschaft bedeutendsten

Ereignisse werden nicht nur als Information weitergegeben, sondern in Form von Legenden und Ritualen, bei Festen und im alltäglichen Handeln immer wieder aktualisiert. Die Blutsverwandtschaft aller Klingonen gehört zu den Metaphern, die die identitätsstiftende Dimension ihrer Traditionen ausdrücken. Die >Vererbung< sozialer Relationen und Beurteilungen über Generationen hinweg trägt zur Bewahrung des gemeinsamen überlieferten Wissens bei. Die Abgeschlossenheit gegenüber Einflüssen von außen sowie die extreme Feindseligkeit gegen alle Nicht-Klingonen haben ein besonders ausgeprägtes Bewußtsein ihrer Zusammengehörigkeit geschaffen. Die >Verwandtschaft< oder >Bruderschaft< aller Klingonen untereinander und die Beurteilung individueller Handlungen durch die gesamte Gemeinschaft werden dabei nicht nur durch die patrilineare Vererbungskette bestimmt, sondern auch durch die sozialen Verbindungen.

(iii) Bezüglich der Dimension 'Maskulinität/Femininität' sind die Klingonen schwer einzuordnen, denn einerseits spielen Aufrüstung und die Lösung von Konflikten durch Kampf eine wichtige Rolle, ebenso wie materieller Erfolg und Ehre, andererseits findet man jedoch die bei Hofstede (1991) als charakteristisch angegebene Verteilung von Gefühlen auf Männer und Frauen nicht. Es scheint vielmehr so, als hätten in den klingonischen Beziehungen Zärtlichkeit und Sensibilität - die in femininen Gesellschaften von allen Mitgliedern gezeigt werden, in maskulinen überwiegend von den Frauen - überhaupt keinen Platz. Auch die wenigen in Erscheinung tretenden weiblichen Klingonen sind Krieger. Allerdings ist das Bild der klingonischen Frauen sehr unscharf, da K'Ehleyr - die außerdem gar nicht rein klingonischer Abstammung ist - und die beiden Duras-Schwestern Lursa und B'Etor als einzige weibliche Klingonen in Erscheinung treten. Keine von den dreien wird als repräsentativ geschildert.

(iv) Klingonen haben ein starkes Bedürfnis nach Unsicherheitsvermeidung: Fremdes wird als Bedrohung empfunden; die klingonische Gesellschaft ist geprägt von Konservativismus, Xenophobie und Intoleranz gegenüber anderen Weltanschauungen. Die politische, wirtschaftliche und kulturelle Abschottung nach außen dient zur Vermeidung der Konfrontation mit Unbekanntem. Die gesellschaftliche Position der Mitglieder ist genau definiert, Kommunikation läuft in genau geregelten Bahnen ab; die Hierarchisierung ist sehr stark. Der Zugang bereits zu halb-offiziellen Räumen wird von Wachen oder durch Codes abgesichert. Ihre Xenophobie äußert sich vor allem in der ausgeprägten Furcht vor Spionen und Verrätern. Der klingonische Ehrenkodex schreibt explizit und detailliert vor, wie die Mitglieder sich in den unterschiedlichsten Situationen zu verhalten haben. Allerdings liefert der Kodex für viele bisher nicht aufgetretene Fälle keine Anhaltspunkte; diese müssen von den Klingonen konsequenterweise ignoriert oder verdrängt werden.[2]

(v) Die klingonische Gesellschaft ist eher kurzfristig orientiert: Die Achtung der Traditionen und die Furcht vor Gesichtsverlust prägen das soziale Handeln. Zukunftsplanung spielt im Vergleich zur Bewahrung der Tradition eine sehr geringe Rolle. Reflexionen über die Lebensbedingungen ihres Volkes werden von den Klingonen vor allem in Hinblick auf ihre Übereinstimmung mit den überlieferten und kaum wandelbaren Richtlinien angestellt, wie sie im Ehrenkodex formuliert sind. Die kulturelle und gesellschaftliche Weiterentwicklung, wie sie die Reformer K'mpec und Gowron anstreben, versuchen die konservativen Kräfte um den Preis eines Bürgerkrieges zu unterdrücken.

Die wichtige Frage, die sich angesichts dieses bunten Merkmalskataloges stellt, lautet: 'Inwieweit können solche Listen als Handlungsorientierung dienen?'.

In der detaillierteren Darstellung der klingonischen Kultur, ihrer Werte und Konflikte in *TNG* wird in *Star Trek* zum ersten Mal ein Gegenbild zur Lebensweise der in die Föderation integrierten Kulturen gezeichnet, das über Klischees, Stereotypen und Vorurteile hinausgeht.[3] Hier wird gezeigt, auf welche Weise die Klingonen als Kultur ihr Zusammengehörigkeitsgefühl ausbilden, festigen und artikulieren. Gleichzeitig wird in diesem Zusammenhang auch die Vorläufigkeit von solchen Bildern vom Fremden und deren mögliche Unzuverlässigkeit dargestellt.

---

[2] Die inneren Unruhen, die nach der Öffnung des klingonischen Imperiums nach außen hin auftreten, erinnern an das Beispiel von Geertz (1975, 142-169), das in Kapitel 2.1 beschrieben wurde. An der Zerissenheit des klingonischen Volkes wird deutlich, daß der kulturelle Wandel mit den sozialen Veränderungen nicht Schritt halten konnte. Die an der Bewahrung traditioneller Interpretationen und Aktualisierungen des kulturellen Gedächtnisses orientierten Klingonen sind - zum auf der Darstellungsebene gegenwärtigen Zeitpunkt - nicht in der Lage, ihre Traditionen im Lichte des sozialen Wandels neu zu interpretieren.

[3] Zwar wird am Beispiel von Spocks Konflikt einiges über die vulkanische Kultur ausgesagt, doch erfährt das Publikum nur wenig darüber, wie die Vulkanier ihr Leben auf

Die klingonische Kultur konfrontiert die Besatzung der *Enterprise* immer wieder mit schwer zu deutenden Verhaltensweisen, die sich auch mit Hilfe des bereits erworbenen Wissens über die Klingonen nicht einordnen lassen. Vor allem Worf verkörpert den Fall des Individuums, das als Vertreter einer bestimmten Kultur identifiziert wird und sich sogar selbst als solcher bezeichnet, sich jedoch nicht nach dem entsprechenden kulturellen Schema verhält. Ihn in solchen Fällen als Ausnahme zu bezeichnen oder von ihm zu sagen, er sei >kein richtiger Klingone<, stellt eine Strategie dar, die Überprüfung der Stereotype und Generalisierungen zu vermeiden, die durch Worfs Handeln in Frage gestellt werden. Verallgemeinerungen können eben nicht alle Mitglieder in allen Eigenschaften beschreiben und dienen daher lediglich als Orientierungshilfen, die im konkreten Kontakt mit dem Fremden zur Überprüfung anstehen. In den Fällen, in denen Worf sich nicht klingonisch verhält, dient den übrigen an der Handlung Beteiligten ihr Wissen über die klingonische Kultur lediglich dazu, zu erkennen, daß und in welcher Hinsicht er von diesen Verhaltensmustern abweicht.

In bezug auf interkulturelles Management muß die Frage gestellt werden, ob die erwähnten Trainingsprogramme ihre Teilnehmerinnen und Teilnehmer auch auf den Fall vorbereiten können, daß ihr Gegenüber sich ganz anders verhält, als es aufgrund der Kenntnisse über seine/ihre Zugehörigkeit zu einer bestimmten Kultur zu erwarten gewesen wäre. Weiterhin bliebe zu diskutieren, inwiefern das Zustandekommen eines Vertrages beziehungsweise die Steigerung der Produktivität in der Zusammenarbeit zwischen verschiedenkulturellen Parteien als alleiniges Erfolgskriterium herangezogen werden kann. Hat in diesen Fällen ein Austausch stattgefunden, oder hat sich lediglich gezeigt, daß eine be-

---

ihrem Heimatplaneten gestalten. Abgesehen von Spock und Sarek treten in der Serie kaum Vulkanier auf.

stimmte wirtschaftliche Strategie funktioniert? Haben die Beteiligten voneinander gelernt, oder nur ihr jeweiliges Wissen über die anderen profitlich eingesetzt? Schulen solche Seminare überhaupt eine Fertigkeit des Umgangs mit fremden Kulturen oder vermitteln sie lediglich spezielle Kenntnisse, die in einem ganz bestimmten Bereich angewendet werden können?

5.3 INTERKULTURELLES LERNEN DURCH SCIENCE FICTION?

Der Begriff des interkulturellen Lernens wird vor allem in der sogenannten Ausländerpädagogik, der Erwachsenenbildung, der internationalen Jugendarbeit oder allgemein in „Praxisfeldern [...], in denen Kulturbegegnung stattfindet bzw. auf eine solche vorbereitet wird" (Nestvogel (Hrsg.) 1991, 3), verwendet (vgl. auch Otten/Treuheit (Hrsg.) 1994; Schneider-Wohlfart/Pfänder/Pfänder/Schmidt 1990). Der Ausdruck 'Kultur' wird dort in Anlehnung an ethnologische Ansätze, aus denen auch Geertz seinen Kulturbegriff entwickelt, gebraucht. Interkulturelles Lernen wird definiert als „Prozeß der Auseinandersetzung mit fremden Kulturen unter kritischer Reflexion der eigenen historisch gewachsenen Kultur(en)" (Nestvogel (Hrsg.) 1991, 6). Durch interkulturelles Lernen soll die Kommunikation und Interaktion zwischen Angehörigen verschiedener Kulturen gefördert werden und dabei gleichzeitig die kulturelle Besonderheit der jeweiligen am Kontakt Beteiligten erhalten bleiben (vgl. Schneider-Wohlfart /Pfänder/Pfänder/Schmidt 1990, 13); am Ende sollen gemeinsame Handlungsorientierungen und der Austausch darüber zur Verfügung stehen (vgl. Delkeskamp 1991, 142). Im Gegensatz zu Seminaren, wie sie im Rahmen des interkulturellen Managements angeboten werden, soll in den Bereichen des interkulturellen Lernens eine allgemeinere Fertigkeit des interkulturellen Austauschs ausgebildet werden. Hinter diesem pädagogischen Projekt steht die These, daß interkulturelle Kommunikation lehrbar und erlernbar sei, und daß man eine Fertigkeit erwerben und schulen könne, die es einem erlaubt, mit fremden Kulturen in einen Austausch einzutreten: die Fertigkeit der interkulturellen Kompetenz oder *intercultural communication competence*, wie es im englischen Sprachraum heißt (vgl. Wiseman/Koester (Hrsg.) 1993). Viele der Autorinnen und Autoren, die in diesen Praxisfeldern forschen, lehren und arbeiten, weisen ausdrücklich darauf hin, daß der Ausdruck 'interkulturelle Kompetenz' beziehungsweise 'intercultural communication competence' eine gewisse Unschärfe im Gebrauch aufweist, daß es jedoch bestimmte allgemein anerkannte Verwendungsweisen gibt:

> „Emerging with the study of intercultural communication competence is agreement that competence is a social judgment, which requires an evaluation by one's relational partners of one's communication performance. These judgments are based on perceptions of appropriateness and effectiveness. This view of competence as a social impression also requires recognition that competence is not determined by the knowledge, motivation, or skills of only one of the parties in the interaction, but rather that judgments of competence are relational outcomes" (Wiseman/Koester (Hrsg.) 1993, 7).

Auch Juliane Delkeskamp macht darauf aufmerksam, daß interkulturelle Kompetenz eine soziale Dimension besitzt und der Grad der Fertigkeit, sich mit fremden Kulturen auszutauschen, nicht nur von Außenstehenden, sondern auch vom jeweiligen Partner mitbeurteilt wird. Sie zählt aber auch eine ganze Reihe von Eigenschaften auf, die den Prozeß des interkulturellen Lernens ermöglichen oder erleichtern:

> „Das Individuum, welches effektiv in anderskulturellen Kontexten handeln möchte und dadurch interkulturell lernt, bzw. lernen kann, sollte (1) interaktionsfreudig und (2) flexibel sein sowie (3) Selbstsicherheit, (4) eigenkulturelle Bewußtheit und (5) Streßtoleranz besitzen, auch (6) Widersprüchlichkeiten ertragen können und in der Lage sein, sich in sein/ihr Gegenüber hineinzuversetzen, also (7) empathisch sein. Das Fehlen dieser Eigenschaften führt [...] zu einer Einschränkung der Interaktionsfähigkeit der beteiligten Personen" (Delkeskamp 1991, 143).

Einige der von Delkeskamp genannten Eigenschaften und Fähigkeiten werden auch in *Star Trek* als notwendig oder hilfreich für den Austausch mit dem Fremden dargestellt (vgl. Kapitel 5, (i)). Die von Delkeskamp unter (4) genannte eigenkulturelle Bewußtheit wird in der Science Fiction in zweifacher Hinsicht erreicht: Auf der Ebene der Darstellung erfahren die Protagonisten in der Begegnung mit dem Fremden und durch die Kommentare vor allem der Fremden-im-Innern etwas darüber, welche speziellen kulturellen Besonderheiten sie in die Begegnung mit hineinbringen; auf der Rezeptions-ebene kann das Publikum über die Beschreibung und Beurteilung der interkulturellen Begegnungen in der Science Fiction Überlegungen darüber anstellen, welche der in der Fiktion konstruierten Verhaltensweisen und Interpretationen fremd oder vertraut erscheinen. Auf diese Weise werden denjenigen, die einen Text oder Film interpretieren, ihre jeweils eigenen Deutungsmuster bewußt. Indem sie die Handlungen der beteiligten fiktionalen Figuren zu verstehen und kulturell einzuordnen sowie die Perspektivenwechsel nachzuvollziehen versuchen, erkennen sie Aspekte von eigenen (realen) Verhaltensweisen auf der fiktionalen Ebene wieder.

Delkeskamp beschäftigt sich in ihrem Aufsatz mit der Bedeutung von Simulationen für den Bereich des interkulturellen Lernens. Die Rollenspiele, die sie in diesem Zusammenhang beschreibt, sollen bestimmte Muster aufweisen, Aspekte der interkulturellen Kommunikation berücksichtigen sowie Fähigkeiten und Fertigkeiten thematisieren, die in ihrem Artikel unter (1)-(7) genannt werden:

„Die bedingenden Faktoren Kontakt, Kommunikation, gemeinsames Handeln und kultureller Unterschied der Beteiligten werden durch das Design, also den Aufbau der Simulationen, das Regelwerk und die Rollenkonzeption simuliert.
Wie in allen anderen Simulationen für den Lehr- und Trainingsbereich agieren die TeilnehmerInnen in einem erdachten Kontext, der gewisse Aspekte der Originalrealität enthält, wobei nach bestimmten Regeln in vorgeschriebenen Rollen ein Konflikt oder eine Problemsituation innerhalb einer begrenzten Zeit zu bearbeiten ist. Das bedeutet, daß die Faktoren des Kontaktes und der Kommunikation in

zielgerichtetem gemeinsamen Handeln ein dem Medium eigenes konstituierendes Element sind" (Delkeskamp1991, 145).

Die kulturellen Rollenbeschreibungen in diesen Simulationen orientieren sich in der Regel nicht an real existierenden Beispielen der Art, daß eine deutsche Teilnehmerin in die Rolle einer türkischen Frau schlüpfen soll, sondern werden unter der Berücksichtigung bestimmter Wahrnehmungs- und Verhaltensmuster, die in Zusammenhang mit der Übung zum Thema gemacht werden sollen, als fiktionale Konzeptionen formuliert. Auf der Basis dieser Konzeptionen werden Problemsituationen konstruiert, die die Teilnehmenden in ihrer jeweiligen Rolle behandeln und zu lösen versuchen (vgl. die Beispiele in Delkeskamp 1991, 147f).

Unter dem Aspekt der Fiktionalität der Kulturen, die im jeweiligen Kontext vorgestellt werden, und im Hinblick auf die Problematisierung bestimmter Verhaltensweisen sowie die Konstruktion von Konfliktsituationen können die in der vorliegenden Arbeit vorgestellten *Star-Trek*-Episoden mit solchen Simulationen im Bereich des interkulturellen Lernens verglichen werden. Die Klingonen, Romulaner, Vulkanier, Gorn, Metrons und andere Kulturen, denen die Protagonisten bei ihrer Reise begegnen, sind nicht - jedenfalls nicht zwingend - in direkter Analogie zu real existierenden Kulturen zu betrachten. Anhand der Konfliktsituationen, die zwischen diesen fiktiven Kulturen entstehen, lassen sich auf der Interpretationsebene Aussagen über kulturelle Wahrnehmungs- und Verhaltensmuster gewinnen, die den Verlauf der Begegnung wesentlich beeinflussen. Im Unterschied zu Simulationen im Bereich des interkulturellen Lernens werden die Interpretationen von fiktionalen Texten und Filmen jedoch in der Regel nicht in einen didaktischen Rahmen eingebettet; diese Art des Umgangs mit Science Fiction könnte jedoch gerade unter dem Aspekt der Didaktik interkulturellen Lernens interessant sein.

5.4 SCIENCE FICTION ALS PHILOSOPHISCH-ANTHROPOLOGISCHES GEDANKEN-EXPERIMENT

Die philosophisch-anthropologische Betrachtungsweise von Science Fiction geht noch über die in Kapitel 5.1-5.3 angesprochenen Analogien zwischen realer und fiktionaler Ebene hinaus. Von der Ethnographie, beispielsweise von Geertz' Arbeit, unterscheidet sie sich in erster Linie dadurch, daß die anthropologischen Fragen, die in Zusammenhang mit Science Fiction gestellt werden - Wie verhalten sich die in der Serie dargestellten Vertreter verschiedener Kulturen zueinander? Welche (kulturellen) Bedeutungen schreiben sie jeweils ihren Handlungen zu? Wie reagieren sie auf das Fremde? - sich nicht auf reale Kulturen beziehen. Die Sätze, die in fiktionalen Texten vorkommen, referieren nicht auf Gegenstände. Ein Anthropologe, der eine fremde Kultur aufsucht, um die Bedeutungsnetze zu erschließen, in denen die Mitglieder eingewoben sind und mit deren Hilfe sie ihr soziales Handeln strukturieren, muß als Wissenschaftler der Verpflichtung nachkommen, dieses fremde System von Bedeutungen >angemessen<, >zuverlässig< oder >dicht< zu beschreiben. Er muß glaubhaft darstellen können, daß die Menschen, die er in seinen Forschungsberichten beschreibt, wirklich so leben. Seine Arbeit erhebt Anspruch auf Objektivität (vgl. Geertz 1988, 16). Viele Anthropologen bringen einen Teil ihrer Zeit damit zu, Völker, die bereits einige Jahre zuvor von einer Kollegin oder einem Kollegen erforscht worden sind, erneut aufzusuchen.[4] Beschreibungen von fiktionalen Kulturen können dagegen zwar überprüft und diskutiert, aber nicht verifiziert werden. Sie sind nicht wahr oder falsch, sondern einleuchtend, überzeu-

---

[4] Diese Arbeit dient oftmals nicht nur dazu, die kulturellen Veränderungen des betreffenden Systems zu untersuchen, sondern wird auch gerne zum Anlaß genommen, die Beschreibungen des Vorgängers oder der Vorgängerin als nicht angemessen zu denunzieren (vgl. Shankman 1984).

gend, unverständlich oder nicht nachvollziehbar. Sie laden weniger zu einer Diskussion darüber ein, auf welche Weise die in der Fiktion dargestellten Phänomene angemessen zu beschreiben sind, als darüber, welche Beschreibungen möglich sind, welche Interpretation der Text oder der Film >mitmachen< (vgl. 1979, 335) und in welcher Hinsicht das künstlerische Produkt sein Publikum dazu anregt, die Welt mit anderen Augen zu betrachten. An die Beschreibung fiktionaler Kulturen die Frage zu stellen, ob es sich tatsächlich so verhält wie in der Beschreibung dargestellt, verfehlt den Sinn. Es kommt vielmehr darauf an, ob die Interpretation der kulturellen Wahrnehmungs- und Verhaltensmuster nachvollziehbar erscheint. Während bei der Beschreibung realer Kulturen die Person des Anthropologen möglichst weit in den Hintergrund treten soll, spielt die Person der Leserin oder des Zuschauers, die die Welt eines fiktionalen Textes oder Films beschreiben, eine entscheidende Rolle. Das bedeutet nicht, daß Anthropologen bei ihrer Arbeit ihre Persönlichkeit ganz ausblenden können - worauf unter anderem Geertz in seinem Buch *Works and Lives* (Geertz 1988) aufmerksam macht -, und es heißt andererseits auch nicht, daß Rezipienten fiktionaler Werke diese daraufhin interpretieren müßten, welche Deutungen von den Autorinnen und Autoren in den Text oder Film hineingelegt worden sind (vgl. Gabriel 1983; Soeffner 1979). Die Analysen von anthropologischen Beschreibungen fremder Kulturen sind ebenso intersubjektiv zugänglich und diskursiv verhandelbar wie die Interpretationen fiktionaler Werke; in bezug auf erstere wird dabei jedoch hauptsächlich die Verifizierbarkeit diskutiert, bei letzteren vor allem die Plausibilität.

Die Darstellung fiktionaler Welten in der Science Fiction entspricht einem philosophischen Gedankenexperiment, die anthropologische Beschäftigung mit den Texten und Filmen der Science Fiction der philosophischen Reflexion. Auf der Darstellungsebene sind also den Möglichkeiten zur explorativen Erweiterung von Denk- und Handlungsweisen praktisch keine Grenzen gesetzt. Die Ausgangsfrage beziehungsweise -aufforderung bei der Erschaffung von Welten der Science Fiction wie auch bei der Konstruktion von philosophischen Gedankenexperimenten lautet 'Was wäre, wenn ...?' beziehungsweise 'Stelle dir vor, daß ...'. Die bizarre Fremdartigkeit der fiktionalen Wirklichkeit macht ein allgemeineres und zugleich tieferreichendes Analyseangebot als es die in Kapitel 3.2 angesprochenen amerikanischen ideologiekritischen Untersuchungen wahrnehmen. Einer allgemeineren philosophisch-anthropologischen Betrachtungsweise von *Star Trek* werden schlichte Analogien wie 'Die Klingonen sind die Russen der Zukunft', 'Captain Kirk ist der John F. Kennedy des Weltraums' oder 'Die Romulaner verbergen sich vor der Föderation wie die Chinesen vor dem Rest der Welt', die in der Serie vor allem eine Verlagerung des angeblich affirmativ dargestellten amerikanischen Imperialismus in den Weltraum sehen, nicht gerecht. So können zum Beispiel die Handlungen der Protagonisten, die gewöhnlich als Identifikationsfiguren auftreten, in bestimmten Situationen fremd oder unverständlich erscheinen; das Publikum bezieht zu ihnen Distanz. Dadurch wird die Aufmerksamkeit auf ein epistemologisches, psychologisches, ethisches oder moralisches Problem gelenkt. Die Handlungen der vertrauten Figuren erscheinen in einem neuen Licht; die Konflikte, in die sie geraten, können das Publikum zu einer Auseinandersetzung mit den Mechanismen anregen, die das Verhalten der Protagonisten im Kontakt mit dem Fremden prägen und seine Aufmerksamkeit dadurch auch auf die eigenen Wahrnehmungsmuster lenken. Wenn Protagonisten, deren Handlungen gewöhnlich zur positiven Identifikation angeboten werden, sich in bestimmten Situationen unmoralisch oder widersinnig verhalten, wird nicht nur ihre Person in Frage gestellt, sondern indirekt auch die der Zuschauer, die sich selbst bis dahin in der entsprechenden Figur affirmativ wiedererkannt haben. Spock, der in der Episode „The Devil in the Dark" entgegen seiner rationalen Argumentation und Handlungsweise Kirk auffordert, die Horta zu töten, gibt dem Publikum in diesem Augenblick Rätsel auf und veranlaßt es, Spocks Verhalten anhand dieser Ausnahme (Aufforderung zur Tötung einer fremden Lebensform) zur Regel (von Emotionen unbelastetes Erkenntnisinteresse) kritisch zu analysieren. Anhand dieser Kritik wird das Publikum sich unter Umständen überhaupt erst bewußt, daß und in welcher Hinsicht es sich mit der Figur Spock identifiziert.

Manchmal werden auch Handlungen, die vordergründig als korrekt erscheinen, am Ende einer Episode als unangemessen dargestellt. Zum Beispiel wird am Schluß der Episode „Errand of Mercy" das Verhalten von Kirk und seiner Crew als ebenso kriegerisch und sinnlos beurteilt wie das der Klingonen; zu Anfang erschien es gerechtfertigt, da die *Enterprise*-Crew ihre Handlung als schützenden Beistand für die Organier gegenüber den machthungrigen Klingonen deklarierten. Die Tatsache, daß die Protagonisten in einer solchen Weise Irrtümern und Selbsttäuschungen unterliegen können, regt das Publikum an, die entsprechenden Figuren auch in anderen Handlungszusammenhängen kritisch zu beobachten.

Die Möglichkeit zur Verschiebung der Betrachtungsperspektive von einem anthropozentrischen Standpunkt weg, die Loslösung von >realistischen< Vorbildern für die Darstellung von Kulturen und die differenzierte Behandlung kultureller Wahrnehmungs- und Verhaltensmuster ermöglicht Werken der Science Fiction, die philosophisch-anthropologische Fragen in den Mittelpunkt der Darstellung fremder Welten stellen, eine beinahe unbegrenzte Fülle an Gedankenexperimenten.

Die Science Fiction besitzt ein Potential, das ihr sowohl in der Literatur als auch in der Philosophie einen einzigartigen Platz einräumt. Im Vergleich zur Philosophie ermöglicht sie eher einen Dialog zwischen Publikum und Text/Film, in dessen Zentrum die Lebensweisen der Protagonisten in ihrem Verhältnis zu derjenigen der Rezipienten stehen. Als künstlerisches Produkt läßt die Science Fiction das Publikum seine jeweils eigene, reale Welt mit anderen Augen sehen. Wie alle literarischen Kunstwerke macht die Science Fiction Identifikationsangebote, appelliert sie an die Bereitschaft ihres Publikums, das Dargestellte als wirklich zu akzeptieren und sich in die Protagonisten einzufühlen. Als philosophisches Gedankenexperiment tut sie dies jedoch auf besondere Weise. Indem sie sich von >realistischen< Vorgaben löst, werden ihre Darstellungen ortlos (utopisch in einem allgemeinen Sinn; nicht umsonst wird die Erde der *Star-Trek*-Gegenwart kaum visuell dargestellt) und zeitlos (auch wenn es in *Star Trek* einen ziemlich genau rekonstruierbaren >Kalender< gibt oder das Jahr 1984, nach dem George Orwell seinen berühmten Roman benannt hat, längst verstrichen ist). Dadurch kann die Darstellung auf einer viel allgemeineren Ebene konstruiert werden. Die Vielfältigkeit der interkulturellen Begegnungen, die in der Serie dargestellt werden, liefert eine ganze Reihe von Anhaltspunkten, die in der Begegnung mit dem Fremden auf realer Ebene von Bedeutung sein können. Dazu gehört zum Beispiel die Bereitschaft, das Risiko des persönlichen Kontakts einzugehen. Dort kann nämlich durch einfache (Sprach-)Handlungen, die empraktisch kontrolliert werden, eine gemeinsame Mikroweltversion schrittweise aufgebaut, durch Wiederholen-als-Einüben in der Kommunikationspraxis verankert und schließlich erweitert werden. Auf diese Weise können Mißverständnisse am besten festgestellt und aufgelöst werden.

Von größter Wichtigkeit erscheint auf der Seite derjenigen, die in einen Kontakt eintreten, auch die Bereitschaft, sich die eigenen Stereotypen, Vorurteile, Verhaltensmuster und Ängste bewußtzumachen. Daß die Konfrontation mit gänzlich Neuem und zunächst Unverständlichem als verunsichernd empfunden wird, ist als Reaktion für ein Individuum leichter hinzunehmen, wenn diese Situation der Verunsicherung nicht als persönliche Unzulänglichkeit oder gar Bedrohung gedeutet, sondern als notwendiger Ausgangspunkt für einen Dialog mit dem anderen verstanden wird. Die Bereitschaft, dieses Gefühl der Verunsicherung auch beim Gegenüber zu unterstellen und zu akzeptieren, erhöht das Toleranzvermögen und die Aufgeschlossenheit, wodurch wiederum ein Prozeß des gegenseitigen Lehrens und Lernens leichter zu beginnen ist.

Star Trek stellt eine Vielfalt der Kulturen dar, in der die jeweiligen Gruppen voneinander lernen können. Ein solches Zusammenleben kann nicht völlig konfliktfrei ablaufen, doch sollten Mißverständnisse und Mißerfolge gewaltfrei zu beheben sein.

Die Zuschauer erhalten eine Vielzahl von Anhaltspunkten dafür, wie sie selbst sich auf realer Ebene in Begegnungen mit dem Fremden verhalten können, welchen Verhaltensweisen anderer Individuen sie mit Mißtrauen, Furcht, Anerkennung, Begeisterung und so weiter begegnen. In der Serie werden auf der fiktionalen Ebene Begegnungen mit dem Fremden entworfen, die das Publikum seine eigene, reale Welt mit anderen Augen sehen lassen.

Dem Fremden-im-Innern kommt dabei eine besondere Rolle zu. Zwar laufen Spock, Data, Worf und Odo aufgrund ihrer kulturellen Doppelidentität beziehungsweise Heimatlosigkeit ständig Gefahr, wegen ihrer Andersartigkeit von der Gemeinschaft ausgegrenzt zu werden, doch ist es gerade ihr ungeklärter Status, der den Kontakt zwischen den Kulturen häufig erst ermöglicht. Auch in realen Alltagssituationen sind derartige gruppendynamische Prozesse der Ausgrenzung aufgrund von Andersartigkeit immer wieder zu beobachten. Dabei wird die Rolle, die der Fremde-im-Innern bei der Vermittlung zwischen verschiedenen Gruppen und beim Bewußtmachen eigener Wahrnehmungs- und Verhaltensmuster spielen kann, häufig übersehen. Den Fremden-im-Innern nicht auszugrenzen, sondern im Gegenteil seine Doppelidentität als Chance zur Weiterentwicklung zu betrachten, dürfte daher eine der zentralen Zielvorgaben interkulturellen Lernens sein. Viele Gruppen, vom Staatsgebilde bis hinunter zur Freizeitclique, sind, was ihre (kulturelle) Weiterentwicklung angeht, zu einem wesentlichen Teil auf den Fremden-im-Innern angewiesen, der aufgrund seines Grenzgängerstatus' den anderen Gruppenmitgliedern helfen kann, neue Erfahrungen zu machen, die ihnen Erkenntnisse über sich selbst und über >die Anderen< vermitteln. Die *Star-Trek*-Serie versucht sich bei der Darstellung von Begegnungen mit dem Fremden an den Strukturen realer Kontakte zu orientieren, geht aber über eine schlichte Verlagerung realer Phänomene in einen fiktionalen Kontext hinaus, indem sie als Gedankenexperiment ganz neue Arten der Begegnung zu entwerfen versucht. Die Serie führt exemplarisch vor, daß die Science Fiction das Universum der Vorstellungskraft bereisen kann wie die *Enterprise* die unendlichen Weiten des Weltraums.

GLOSSAR

Andorianer: blauhäutige, weißhaarige Humanoide.

Android: (1) Ein dem Menschen in äußerer Erscheinung und Verhaltensweise ähnlicher Automat/Roboter/Computer; (2) eine dem Menschen in seiner äußeren Erscheinungsweise angeglichene, hochleistungsfähige künstliche Lebensform. Im Unterschied zum → Cyborg besteht der Android ausschließlich aus anorganischer Materie. Manche in der Science Fiction vorkommende Androiden verfügen – wie Data – über die Fähigkeit, zu lernen und sich in ihrem Verhalten perfekt an ihre jeweilige soziale Umgebung anzupassen, so daß sie mitunter in einer Gruppe von Menschen nur schwer oder gar nicht als Androiden zu erkennen sind. Wie in Zusammenhang mit der Episode „The Measure of a Man" bereits angesprochen, wird offenbar ein Zusammenhang hergestellt zwischen dem Grad der Menschenähnlichkeit eines Androiden und der Bestimmung seines sozialen Status. Mit dem Aspekt der Verantwortlichkeit von Wissenschaftlern und sogenannten >Anwendern< gegenüber derart hochqualifizierten Robotern setzt sich zum Beispiel auch der Film *Blade Runner* (USA 1982) auseinander, der auf Philip K. Dicks Roman *Do Androids Dream of Electric Sheep?* (Dick 1968) basiert.

Bajor: Heimatplanet der → Bajoraner; üppige Vegetation, mildes Klima; ehemals reich an Rohstoffen, jedoch von den → Cardassianern völlig ausgebeutet.

Bajoraner: Bewohner des Planeten → Bajor; humanoid; Regierungsform: keine einheitliche politische Führung; viele separatistische und terroristische Splittergruppen. Obwohl viele Bajoraner für die → Föderation arbeiten (z. B. Major Kira Nerys auf *Deep Space 9* oder Ro Laren unter Picards Kommando auf der *Enterprise*), gehört Bajor nicht als politische Einheit derFöderation an. Die bajoranische Lebensweise ist stark geprägt von den Erfahrungen der Besatzungszeit unter den → Cardassianern. Die provisorische bajoranische Regierung sucht Unterstützung bei der Föderation, will sich jedoch nicht binden. Manche Gruppen streben eine demokratische Regierungsform an, manche eine totalitäre oder diktatorische, andere verfolgen anarchistische Ziele. Zum Zeitpunkt der Übernahme der Station *Deep Space 9*, die von den Cardassianern konstruiert wurde, stehen die Bajoraner, die lange Zeit vor den Cardassianern unterdrückt und ausgebeutet worden sind, am Anfang des Aufbaus einer autonomen Regierung. Dieser Prozeß wird gefährdet durch die Bildung eines stabilen → Wurmlochs in der Nähe der Raumstation, das Bajor zu einem strategisch wichtigen Punkt in der Galaxis und damit für die Cardassianer wieder interessant werden läßt. Die geistigen Führer der Bajoraner haben großen Einfluß auf die politischen Belange; an ihrer Spitze steht ein/e Kai, der/die von den Vedeks, den Repräsentanten der verschiedenen religiösen und spirituellen Gruppen, unterstützt wird.

Beamen: Fachausdruck für einen Transportvorgang, bei dem belebte wie unbelebte Gegenstände mittels >Entmaterialisierung<, das heißt Auflösung in Atome, und >Rematerialisierung< von A nach B befördert werden können. Das Beamen hat als philosophisches Problem in Zusammenhang mit der Frage der persönlichen Identität bereits Eingang in die Literatur gefunden (vgl. 1984). Dort wird diskutiert, ob unter der Voraussetzung einer solchen Transportmöglichkeit am Zielort das gleiche Individuum wiedererzeugt oder eine Kopie angefertigt würde und welche Konsequenzen die Annahme der verschiedenen Gedankenmodelle jeweils für den Status der Person hätte.

Betazoide: Bewohner des Planeten Betazed; telepathisch beziehungsweise empathisch begabte Humanoide.

Borg: In *Star Trek* auftretendes → Cyborg-Volk – oder auch ein Angehöriger dieses Volkes –, das in riesigen quaderförmig konstruierten Raumschiffen das Universum bereist, um die Technologie und die Bewohner anderer Planeten zur Vergrößerung ihres Kollektivs zu >assimilieren<, das heißt, in Materie zu zerlegen und die verwertbaren Anteile in die kollektive Struktur einzugliedern. Jeder einzelne Borg ist mental mit allen anderen Mitgliedern verbunden, so daß alle Gedanken kollektiv gedacht werden. Die Borg haben auch Nachkommen, die nicht aus anderen assimilierten Lebensformen entstehen und als rein organische Wesen auf die Welt kommen. Sie werden in Brutkästen versorgt und nach und nach >cyborgisiert<. Die Verteilung von organischen und mechanischen Teilen des Körpers scheint bei allen Mitgliedern der Borg gleich organisiert zu sein. Aufgrund ihrer hochentwickelten Technologie und ihrer scheinbar blinden Zerstörungswut stellen sie von allen feindlichen Völkern die größte Bedrohung für die → Föderation dar. Erst durch die Bekanntschaft mit dem Borg Hugh erhalten die Protagonisten der Serie nähere Informationen über die Lebensweise der Borg. Hughs Erfahrung mit den nicht-kollektivistischen Lebensformen auf der *Enterprise* wird in der Serie später (*TNG* Nr. 152; 153) als Auslöser für den Zusammenbruch des Borg-Kollektivs dargestellt.

Brücke: Kommandozentrale eines Raumschiffs. Die Bezeichnung 'Brücke' wurde wie viele andere in der Raumfahrt gebräuchlichen Ausdrücke aus der terranischen Seeschiffahrt entlehnt. Die Brücke ist gewöhnlich mit dem Captain oder seinem Stellvertreter, einem Kommunikationsoffizier, einem Steuermann, einem Waffenoffizier und einem Wachposten oder Sicherheitsoffizier besetzt; manchmal ist auch ein psychologischer und/oder medizinischer Berater anwesend; alle zentralen Funktionen des Schiffs laufen dort zusammen.

Cardassianer: Bewohner des → Cardassia-Systems; humanoid-reptiloid; Regierungsform: Militärdiktatur. Die Cardassianer haben ein einflußreiches Imperium aufgebaut, indem sie andere Planeten annektierten, wie zum Beispiel → Bajor, und deren Bewohner versklavten, um Rohstoffe, Bodenschätze und Arbeitskräfte auszubeuten. Nachdem sie vergeblich versucht hatten, Mitglieder der → Föderation zu unterwerfen und es zu militärischen Auseinandersetzungen auf Föderationsgebiet gekommen war, wurde zwischen dem Einflußbereich der Föderation und dem der Cardassianer eine entmilitarisierte Zone eingerichtet, die eine ähnliche Funktion erfüllt wie die → Neutrale Zone. Die Cardassianer gelten in der Föderation als skrupellos, grausam, hinterhältig und unberechenbar.

Cardassia-System: Planetensystem um die Sonne Cardassia; der Planet Cardassia Prime ist die Heimatwelt der → Cardassianer; auf anderen Planeten des Systems befinden sich Arbeitslager für Gefangene.

Cloaking Device: Tarnvorrichtung eines Raumschiffs; von den → Romulanern entwickelt; ein Energiefeld, das das Schiff unsichtbar macht. Die → Klingonen verwenden ebenfalls Tarnvorrichtungen, die sie vermutlich von den Romulanern gekauft haben, und entwickeln einen Typ, der es ihnen erlaubt, bei aktivierter Tarnvorrichtung die Waffen einzusetzen, was den Romulanern bisher nicht möglich war (vgl. Okuda/Okuda 1993, 77).

Cyborg: Akronym für 'Cybernetic Organism'; ein Wesen, das sich aus einer Kombination von mechanischen und organischen Bestandteilen zusammensetzt (→ **Borg**).

Eugenischer Krieg: Dritter Weltkrieg auf der Erde, in der Chronologie der Serie ausgangs des 20. Jahrhunderts ausgebrochen; hätte zur Auslöschung der Menschheit geführt, wenn er nicht durch einen globalen Friedensschluß beendet worden wäre.

Exomediziner: Arzt/Ärztin, der/die über die Ausbildung im medizinischen Bereich einer Spezies hinaus auch für die medizinische Praxis und Forschung bei anderen Lebensformen ausgebildet ist; in bezug auf die sogenannte Humanmedizin zum Beispiel eine Erweiterung des Berufsfeldes auf extraterrestrische, nicht-humanoide Lebensformen. Die Angehörigen dieser Berufsgruppe müssen mit der Anatomie, den häufig vorkommenden Krankheiten sowie der physischen und psychischen Konstitution der unterschiedlichsten Spezies vertraut sein. Die Vorsilbe 'exo-' weist auch bei anderen Berufsgruppen auf ein interplanetarisches Tätigkeitsfeld hin (z. B. in 'Exobiologe' (bereits als Eintrag im *DUDEN* verzeichnet), 'Exophysiker'...).

Ferengi: humanoides, kleinwüchsiges, haarloses Volk, das in der → **Föderation** als extrem profitsüchtig, skrupellos, habgierig und chauvinistisch gilt. In der Aussicht auf einen gewinnbringenden Handel schrecken die Ferengi auch vor illegalen und sogar - für ihre Umwelt - gefährlichen Geschäften nicht zurück. Über die Heimatwelt der Ferengi wird in der Serie nichts bekannt, über die politische und soziale Struktur nur wenig. An der Spitze der Ferengi-Gesellschaft stehen die Nagus, Führerpersönlichkeiten mit dem Habitus von Monarchen. Frauen werden unterdrückt und haben keinerlei wirtschaftliche oder politische Macht. Die Ferengi werden in der Serie oft als lächerlich dargestellt, weil sie sich in ihrer Profitgier von einem gerissenen Geschäftspartner leicht übertölpeln lassen; an der Figur von Quark auf *Deep Space 9* wird jedoch auch deutlich, daß die Ferengi aufgrund der Tatsache, daß sie auf der Suche nach einträglichen Geschäften weit herumkommen und immer Neuigkeiten zu erfahren versuchen, wertvolle Informanten darstellen können.

Föderation (der Vereinten Planeten) → **United Federation of Planets**

Formwandler → **Gestaltwandler**

Gestaltwandler: Lebewesen, die in der Lage sind, die äußere Gestalt von anderen Lebensformen oder auch von unbelebten Gegenständen anzunehmen. Neben Odo, dem bekanntesten Gestaltwandler der *Star-Trek*-Serie, gibt es noch weitere, auch nicht-intelligente Arten.

Gorn: reptiloide, aufrechtgehende intelligente Lebensform; echsenähnlich.

Horta: auf dem Planeten Janus VI heimisches intelligentes Silikatwesen mit sehr hoher Lebenserwartung; kann über 50.000 Jahre alt werden; erster von der *Enterprise* entdeckter Organismus, der nicht auf Kohlenstoff-, sondern auf Siliciumbasis aufgebaut ist.

IDIC: Akronym für *Infinite Diversity in Infinite Combination*; von den → Vulkaniern eingeführtes Ideal der Mannigfaltigkeit der Kulturen, die durch ihre Verschiedenheit das Zusammenleben bereichern, ohne einander in der Entfaltung zu behindern.

Klingon: Heimatplanet der → Klingonen.

Klingone: Bewohner des Planeten → Klingon; humanoid; Regierungsform: Oligarchie. Der klingonische Hohe Rat, eine Gruppe von Vertretern traditionsreicher und durch militärische Leistungen berühmt gewordener Familien oder Clans, lenkt die politischen, wirtschaftlichen und kulturellen Geschicke des klingonischen Imperiums. Den Rat führt als oberster Befehlshaber ein Vorsitzender an, auf dem zugleich die höchste Verantwortung für das Reich lastet. Die Klingonen orientieren sich in ihrem Reden und Handeln an einem Ehrenkodex, der vor allem auf die Abgrenzung nach außen und den Zusammenschluß des eigenen Volkes nach innen ausgelegt ist. Ansehen erwirbt man sich als Klingone vor allem durch Tapferkeit in militärischen Konflikten (vgl. auch die ausführlichere Beschreibung der klingonischen Gesellschaft und Kultur in Kapitel 4.1.3 und in Kapitel 5.2).

Kommunikator: tragbares Instrument zur Herstellung von Sprechkontakt

Metrons: Energiewesen; extrem xenophobes Volk.

Neutrale Zone: ursprünglich Bezeichnung für das entmilitarisierte >Niemandsland< zwischen dem Einflußbereich der → Romulaner und dem der → Föderation; später auch allgemein als Kennzeichnung für entmilitarisierte Zonen zwischen zwei gegnerischen politischen Machtbereichen verwendet.

Organier: Bewohner des Planeten Organia; Energiewesen, die eine humanoide Erscheinungsform annehmen können, ihre körperliche Gestalt jedoch schon vor Jahrmillionen aufgegeben haben.

Organischer Friede: Waffenstillstandsabkommen zwischen der → Föderation und dem Imperium der → Klingonen, zu dem die → Organier die verfeindeten Parteien mit sanfter Gewalt gezwungen haben. Indem sie sämtliche Waffensysteme außer Gefecht setzten, machten sie beide Parteien handlungsunfähig und demonstrierten auf eindrucksvolle Weise, daß sie weder von seiten der Föderation, noch von seiten der → Klingonen irgendeiner Protektion bedürfen. Anschließend verpflichteten sie die verfeindeten Mächte zur Unterzeichnung des Waffenstillstandsabkommens, bevor sie sie weiterreisen ließen. Seitdem ist es beiden untersagt, miteinander um die Einflußnahme auf einen Planeten militärisch zu streiten.

Orioner: Bewohner des Planeten Orion; humanoid

Positronisches Gehirn: Künstliche Intelligenz mit extrem hoher Rechenkapazität und Lernfähigkeit.

Prime Directive: wichtigste Vorschrift der → Föderation; betrifft das Verbot, sich in die kulturelle, wirtschaftliche, politische oder technologische Entwicklung eines fremden Volkes einzumischen. Diese Direktive kann in Ausnahmefällen außer Kraft gesetzt werden, wenn das Überleben einer Spezies gefährdet ist. Manche Kapitäne der Sternenflotte mißachten dieses Verbot wissentlich, ohne die Erlaubnis des Hauptkommandos einzuholen, wenn sie davon überzeugt sind, daß dem betreffenden Volk nur mit einer schnellen Entscheidung und entschlossener

Handlungsweise geholfen werden kann und die Nicht-Einmischung sich nicht mit den ethischen Grundsätzen der Föderation vereinbaren ließe. Manche Einmischungen geschehen auch unwissentlich, so zum Beispiel in der Episode „The Devil in the Dark".

Remus: Zwillingsplanet des → Romulus.

Romulaner: Bewohner der Zwillingsplaneten → Romulus und → Remus; humanoid; Regierungsform: Militärdiktatur; von der → Föderation als rätselhaft und unheimlich betrachtetes Volk, das als gewalttätig und hinterhältig gilt. Bis zur Begegnung der *Classic-Enterprise* mit den Romulanern basieren alle verfügbaren Daten über sie auf Vermutungen, Gerüchten und nicht überprüften Theorien. Spätere Nachforschungen ergeben, daß die Romulaner Abkömmlinge der → Vulkanier sind und vor langer Zeit den Planeten → Vulkan verlassen haben. In der Serie wird die Vermutung geäußert, dieser Exodus hänge mit den Bürgerkriegen in der fernen Vergangenheit der Vulkanier zusammen (vgl. Okuda/Okuda 1993, S. 8). Nach dieser Theorie handelt es sich bei den Romulanern um Nachkommen des Teils der vulkanischen Bevölkerung, die der >Logik<-Lehre des vulkanischen Philosophen Surak nicht folgen wollten. Sie lehnten die von Surak angestrebte Gewaltfreiheit und das von ihm eingeführte → IDIC-Prinzip ab. Nach dieser Theorie hätten weiter die Vulkanier die Abspaltung dieses Teils ihres Volkes derart verdrängt, daß in den vulkanischen Geschichtsbüchern keinerlei Aufzeichnungen vorhanden sind. Psychologisch gesprochen repräsentieren die Romulaner demnach der verdrängten irrationalen Anteil der vulkanischen Kultur. Bezeichnenderweise bemüht Spock sich in der Serie zu einem späteren Zeitpunkt um eine Wiedervereinigung von Romulanern und Vulkaniern (vgl. „Unification"; *TNG* Nr. 107/108). In seiner Person spiegelt sich die Zerissenheit einer ganzen Kultur.

Romulus: Zwillingsplanet des → Remus; einer der beiden Heimatplaneten der → Romulaner.

Shape Shifter → **Gestaltwandler**

Starfleet: politisches, wirtschaftliches, militärisches und wissenschaftliches Ausführungsorgan der → Föderation; besteht aus Raumschiffen unterschiedlicher Art, die jeweils einen Bereich als Hauptaufgabe abdecken.

Tamarianer: Bewohner des Planeten Tamar, über die bis auf den Erstkontakt der *TNG-Enterprise* keine Informationen vorliegen; bedienen sich einer metaphorischen, für die → Universalübersetzer nicht entschlüsselbaren Sprache.

Tarnvorrichtung → **Cloaking Device**

Tellarer: Bewohner des Planeten Tellar; humanoid.

Terraforming: Umwandlung eines für humanoide Lebensformen unbewohnbaren Planeten in einen Planeten der sogenannten Klasse M. Der Ausdruck 'Klasse M' kennzeichnet einen Planeten mit Lebensbedingungen, die von Menschen als angenehm empfunden werden.

Terraner: Kennzeichnung für die Bewohner des Planeten Erde.

Transporter: technische Station auf einem Raumschiff beziehungsweise auf einer Planetenoberfläche, von der aus der Vorgang des → Beamens gesteuert wird.

Tricorder: taschenbuchgroßer, tragbarer Computer mit hoher und sehr breitgefächerter Scannerkapazität; spezielle Modelle werden bei der medizinischen Diagnose eingesetzt.

Trill: Symbiotische Lebensform aus einem humanoiden Wirtskörper und einem wurmartigen, weichgepanzerten, geschlechtslosen (?) Lebewesen, das in die Bauchdecke des Wirtes eingepflanzt wird. In der Serie wird gewöhnlich der implantierte Teil als Symbiont bezeichnet. Beide Partner gehen die Verbindung freiwillig und nach sorgfältiger Prüfung der gegenseitigen >Verträglichkeit< ein; die Persönlichkeit des Trill entwickelt sich aus beiden Anteilen. Da die Lebenserwartung des Symbionten die des Wirtes weit überschreitet, können die Implantate im Laufe ihres Lebens mehrere Gastkörper unterschiedlichen Geschlechts bewohnen; der nachfolgende Wirt profitiert von den Erfahrungen und Erinnerungen der vorherigen Symbiose. Der Symbiont von Jadzia Dax (*Deep Space 9*) ist bereits mehr als 300 Jahre alt.

United Federation of Planets (UFP): interstellarer Völker- beziehungsweise Planetenbund, dem unter anderem die → Terraner, die → Vulkanier, die → Andorianer und die → Tellarer sowie etwa 1000 weitere angehören. Die Föderation (the Federation), wie das Bündnis in der Serie meist genannt wird, vertritt vor allem gemeinsame kulturelle, wirtschaftliche und politische Interessen gegenüber anderen Völkern. Die im Bündnis zusammengefaßten, demokratisch regierten Planetenstaaten treiben untereinander Handel und kulturellen Austausch und lassen sich auf Bündnisebene von ihren jeweiligen Delegierten im Föderationsrat, dem obersten Gremium des Planetenbundes, vertreten.

Universalübersetzer: hochentwickelter Sprachcomputer, der fremde Sprachen analysieren, in die standardisierte Sprache der Föderation übersetzen und akustisch wiedergeben kann; eine Art maschinisierter Simultandolmetscher.

VISOR: Akronym für *Visual Instrument and Sight Organ Replacement*; elektronisches Gerät, das ähnlich getragen wird wie eine Brille; registriert Lichtwellen in unterschiedlichen Bereichen und ermöglicht durch Impulsübertragung auf das Gehirn blinden Personen eine >optische< Wahrnehmung ihrer Umwelt.

Vulkan: Heimatplanet der → Vulkanier; im Vergleich zur Erde ein Wüstenplanet mit karger Vegetation, heißem Klima und sauerstoffarmer Luft.

Vulkanier: Bewohner des Planeten → Vulkan; Regierungsform: Demokratie; Humanoide mit spitz zulaufenden Ohren und grünlich-brauner Hautfarbe, verursacht durch das auf Kupferbasis aufgebaute Blut. Die Vulkanier gehören zu den wichtigsten Mitgliedern der → Föderation; sie haben dort das → IDIC-Prinzip eingeführt und übernehmen oft diplomatische Funktionen. Vulkanier verfügen über telepathische Fähigkeiten; sie können durch Gedankenverschmelzung mit intelligenten Lebewesen kommunizieren (vgl. „The Devil in the Dark", *Classic* Nr. 26).

Wurmloch: Raumzeitverkrümmung, durch die Botschaften und Gegenstände in kürzester Zeit in ferne Regionen verschickt werden können. Nach einer bestimmten Theorie, die auch auf der realen Wissenschaftsebene erörtert wird, sind Raum und Zeit nicht linear, sondern in Auffaltungen angeordnet. Wurmlöcher entstehen danach an Stellen, an denen zwei verschiedene Schichten aufeinandertreffen.

LITERATURVERZEICHNIS

I. VERZEICHNIS DER IN DER ARBEIT BEHANDELTEN *STAR TREK*-EPISODEN

Classics (1966-69):
- Nr. 2: The Man Trap
- Nr. 5: The Naked Time
- Nr. 6: The Enemy Within
- Nr. 15: Balance of Terror
- Nr. 19: Arena
- Nr. 23: Space Seed
- Nr. 25: This Side of Paradise
- Nr. 26: The Devil in The Dark
- Nr. 27: Errand of Mercy
- Nr. 40: Journey to Babel
- Nr. 49: A Private Little War
- Nr. 55: Bread and Circusses

TNG (1987-1994):
- Nr. 18: Home Soil
- Nr. 20: Heart of Glory
- Nr. 34: A Matter of Honor
- Nr. 35: The Measure of a Man
- Nr. 42: Q Who
- Nr. 46: The Emissary
- Nr. 65: Sins of the Father
- Nr. 71: Sarek
- Nr. 74/75: The Best of Both Worlds
- Nr. 81: Reunion
- Nr. 100/101: Redemption
- Nr. 102: Darmok
- Nr. 107/108: Unification
- Nr. 123: I, Borg
- Nr. 152/153: Descent
- Nr. 165: Homeward

DS9 (1993ff):
- Nr. 1/2: Emissary
- Nr. 17: The Forsaken

II. VERWENDETE LITERATUR UND FILME

Alien
    1979, Großbritannien: 20th Century Fox.
Alkon, Paul Kent,
    1987, *Origins of Futuristic Fiction*. Athens/London: The University of Georgia Press.
Amesley, Cassandra E.,
    1989, Star Trek *as Cultural Text. Proprietary Audiences, Interpretive Grammars, and the Myth of the Resisting Reader*. The University of Iowa, Phil. Diss. [Masch.].
Amis, Kingsley,
    1975, *New Maps of Hell. A Survey of Science Fiction*. New York: Arno Press [1960].
Anton, Uwe / Hahn, Ronald M.
    1995, *Star Trek Enzyklopädie. Film, TV und Video*. München: Heyne.
Asante, Molefi Kete / Gudykunst, William B. (Hrsg.),
    1989, *Handbook of International and Intercultural Communication*. Newbury Park et al.: Sage Publications.
Asherman, Allan,
    1993, *The Star Trek Compendium*. New York: Simon & Schuster.
Atkins, Dorothy,
    1983, '*Star Trek*. A Philosophical Interpretation', in Myers, Robert E. (Hrsg.), *The Intersection of Science Fiction and Philosophy*. Westport, Conn./London: Greenwood Press, S. 93-117.
Assmann, Jan,
    1988, 'Kollektives Gedächtnis und kulturelle Identität', in Assmann, Jan / Hölscher, Tonio (Hrsg.), *Kultur und Gedächtnis*. Frankfurt am Main: Suhrkamp, S. 9-19.
Bainbridge, William Sims,
    1986, *Dimensions of Science Fiction*. Harvard: Harvard University Press, 1986.
Bakker, Jan Willem,
    1988, *Enough Profundities Already! A Reconstruction of Geertz' Interpretive Anthropology*. Utrecht: Faculteit Sociale Wetenschappen.
Ballmer, Thomas T.,
    1980, 'Sprache in Science Fiction', in Ermert, Karl (Hrsg.), *Neugier oder Flucht? Zu Poetik, Ideologie und Wirkung der Science Fiction*. Stuttgart: Klett, S. 82-95.
Bar-Tal, Daniel,
    1990, *Group Beliefs. A Conception for Analyzing Group Structure, Processes, and Behavior*. New York et al.: Springer.
Barnes, Myra E.,
    1974, *Linguistics and Languages in Science-Fiction Fantasy*. New York: Arno Press.
Barnouw, Dagmar,
    1981, 'Linguistics and Science Fiction', in *Science Fiction Studies* 8 (1981), S. 331-334.
    1985, *Die versuchte Realität oder von der Möglichkeit, glücklichere Welten zu denken. Utopischer Diskurs von Thomas Morus zur feministischen*

Science Fiction. Meitingen: Corian Verlag Wimmer. (Studien zur phantastischen Literatur 1)
Barron, Neil,
    1976, *Anatomy of Wonder. Science Fiction*. New York/London: R. R. Bowker Company.
Bartlett, Christopher A. / Ghoshal, Sumantra,
    1989, *Managing Across Borders. The Transnational Solution*. London: Random House.
Basso, Keith / Selby, Henry A. (Hrsg.),
    1976, *Meaning in Anthropology*. Albuquerque: University of Mexico Press.
Benford, Gregory,
    1980, 'Aliens and Knowability. A Scientist's Perspective', in Slusser, George E. / Guffey, George R. / Rose, Mark (Hrsg.), *Bridges to Science Fiction*. London und Amsterdam/Carbondale und Edwardsville: Feffer & Simons/Southern Illinois University Press. S. 53-63.
Berg, Eberhard / Fuchs, Martin (Hrsg.),
    1993, *Kultur, soziale Praxis, Text. Die Krise der ethnographischen Repräsentation*. Frankfurt am Main: Suhrkamp.
Bergemann, Niels / Sourisseaux, Andreas (Hrsg.)
    1992, *Interkulturelles Management*. Heidelberg: Physica.
Berger, Albert,
    1976, 'The Triumph of Prophecy. Science Fiction and Nuclear Power in the Post-Hiroshima Period', in *Science Fiction Studies* 3 (1976), S. 143-150.
Berger, Arthur Asa,
    1976, *The TV-Guided American*. New York: Walker and Company.
Blade Runner,
    1982, USA: Blade Runner Partnership.
Blair, Karin,
    1983, 'Sex and Star Trek', in *Science Fiction Studies* 10 (1983), S. 292-297.
Boon, James A.,
    1982, *Other Tribes, Other Scribes. Symbolic Anthropology in the Comparative Study of Cultures, Histories, Religions, and Texts*. Cambridge: Cambridge University Press.
Bozzetto, Roger,
    1992, *L'Obscur objet d'un savoir. Fantastique et science-fiction: deux littératures de l'imaginaire*. Aix-en-Provence: Publications de l'Université.
Braun, Volkmar / Mieth, Dietmar / Steigleder, Klaus (Hrsg.),
    1987, *Ethische und rechtliche Fragen der Gentechnologie und der Reproduktionsmedizin*. München: Campus.
Bröcker, Walter,
    1964, *Platos Gespräche*. Frankfurt am Main: Vittorio Klostermann.
Brücher, Gertrud,
    1988, *Wahrnehmungsverzerrung und Gewalt. Funktional-strukturelle Systemtheorie und Friedensforschung*. Frankfurt am Main, Univ. Diss..
Burroughs, William S.,
    1979, *Blade Runner. A Movie*. Berkeley, Cal.: Blue Wind Press.
Byers, Thomas B.,
    1987, 'Commodity Futures: Corporate State and Personal Style in Three Recent Science-Fiction Movies', in *Science Fiction Studies* 14 (1987), S. 326-339.
Cassirer, Ernst,
    1944, *An Essay on Man*. New Haven, Conn.: Yale University Press.
Clareson, Thomas (Hrsg.),
    1973, *Science Fiction Criticism*. Kent, Ohio: The Kent State University Press.

    1977, *Many Futures, Many Worlds. Theme and Form in Science Fiction*. Kent, Ohio: The Kent State University Press.
    1985, *Some Kind of Paradise. The Emergence of American Science Fiction*. Kent, Ohio: The Kent State University Press.
Cohen, Anthony P. (Hrsg.),
    1982, *Belonging. Identity and Social Organisation in British Rural Cultures*. Manchester: Manchester University Press.
Coleridge, Samuel Taylor,
    1983, *Biographia Literaria or Biographical Sketches of My Literary Life and Opinions* [1817]. *The Collected Works of S. T. Coleridge* Band 7, hrsg. von James Engell und W. Jackson Bate. London: Routledge and Kegan Paul.
Cranny-Francis, Anne,
    1985, 'Sexuality and Sex-Role Stereotyping in *Star Trek*', in *Science Fiction Studies* 12 (1985), S. 274-284.
Davenport, Basil (Hrsg.),
    1959, *The Science Fiction Novel. Imagination and Social Criticism*. Chicago: Advent.
Davies, Philip John (Hrsg.),
    1990, *Science Fiction, Social Conflict and War*. Manchester: Manchester University Press.
Day, Bradford M.,
    1975, *The Checklist of Fantastic Literature*. New York: Arno Press.
Deegan, Mary Jo,
    1986, 'Sexism in Space. The Freudian Formula in *Star Trek*', in Palumbo, Donald (Hrsg.), *Eros in the Mind's Eye. Sexuality and the Fantastic in Art and Film*. New York: Greenwood Press, S. 209-224.
Delkeskamp, Juliane,
    1991, 'Die Simulation als Medium zum interkulturellen Lernen', in Nestvogel, Renate (Hrsg.), *Interkulturelles Lernen oder versteckte Dominanz? Hinterfragung „unseres" Verhältnisses zur 'Dritten Welt'*. Frankfurt am Main: Verlag für Interkulturelle Kommunikation, S. 139-153.
Dick, Philip K.,
    1968, *Do Androids Dream of Electric Sheep?* New York: Doubleday.
Dolgin, Janet L. / Kemnitzer, David S. / Schneider, David M. (Hrsg.),
    1977, *Symbolic Anthropology. A Reader in the Study of Symbols and Meanings*. New York: Columbia University Press.
Dülfer, Eberhard,
    1992, *Internationales Management in unterschiedlichen Kulturbereichen*. München / Wien: Oldenbourg
Elliott, W. A.,
    1986, *Us and Them. A Study of Group Consciousness*. Aberdeen: Aberdeen University Press.
Emmé, Eugene, M. (Hrsg.),
    1982, *Science Fiction and Space Futures. Past and Present*. San Diego, Cal.: American Astronautical Society.
Ermert, Karl (Hrsg.),
    1980, *Neugier oder Flucht? Zu Poetik, Ideologie und Wirkung der Science Fiction*. Stuttgart: Klett.
Fichter, Joseph,
    1957, *Sociology*. Chicago / London: The University of Chicago Press.

Flaiano, Ennio,
- 1994, *Blätter von der Via Veneto und andere Texte über Leben, Film und Bücherschreiben, über Rom und die Italiener, Gott und die Welt.* Freiburg: Beck & Glückler.

Friedmann, Johannes,
- 1981, *Kritik konstruktivistischer Vernunft. Zum Anfangs- und Begründungsproblem der Erlanger Schule.* München: Fink.

Gabriel, Gottfried,
- 1975, *Fiktion und Wahrheit. Eine semantische Theorie der Literatur.* Stuttgart-Bad Cannstatt: frommann-holzboog.
- 1983, 'Über Bedeutung in der Literatur. Zur Möglichkeit ästhetischer Erkenntnis', in *Allgemeine Zeitschrift für Philosophie* 8:2 (1983), S. 7-21.
- 1991, *Zwischen Logik und Literatur. Erkenntnisformen von Dichtung, Philosophie und Wissenschaft.* Stuttgart: Metzler.

Galtung, Johan,
- 1975, *Strukturelle Gewalt. Beiträge zur Friedens- und Konfliktforschung.* Reinbek bei Hamburg: Rowohlt.

Geertz, Clifford,
- 1972, 'Deep Play. Notes on the Balinese Cockfight', in *Daedalus* 101 (1972), S. 1-37.
- 1975, *The Interpretation of Cultures.* London: Hutchinson [1973].
- 1976, ',From the Native's Point of View'. On the Nature of Anthropological Understanding', in Basso, Keith / Selby, Henry A. (Hrsg.), *Meaning in Anthropology.* Albuquerque: University of Mexico Press, S. 221-238. (auch in Dolgin/Kemnitzer/Schneider (Hrsg.) 1977, S. 480-492; Shweder/LeVine (Hrsg.) 1984, S. 123-136)
- 1983, *Local Knowledge. Further Essays in Interpretive Anthropology.* New York: Basic Books.
- 1988, *Works and Lives. The Anthropologist as Author.* Cambridge: Polity Press.

Gibberman, Susan R.,
- 1991, *Star Trek. An Annotated Guide to Resources on the Development, the Phenomenon, the People, the Television Series, the Films, the Novels and the Recordings.* Jefferson, N.C./London: Mc Farland & Company.

Gibbs, Paul,
- 1990, *Doing Business in the European Community.* London: Kegan Paul.

Gräfrath, Bernd,
- 1993, *Ketzer, Dilettanten und Genies. Grenzgänger der Philosophie.* Darmstadt: Wissenschaftliche Buchgesellschaft.

Greenberg, Harvey R.,
- 1984, 'In Search of Spock. A Psychoanalytic Inquiry', in *The Journal of Popular Film and Television* 12 (1984), 52-65.

Hallenberger, Gerd,
- 1986, *Macht und Herrschaft in den Welten der Science Fiction. Die politische Seite der SF: eine inhaltliche Bestandsaufnahme.* Meitingen: Corian.

Hare, Alexander Paul,
- 1992, *Groups, Teams, and Social Interaction. Theories and Applications.* New York et al.: Praeger.

Hark, Ina Rae,
- 1979, '*Star Trek* and Television's Moral Universe', in *Extrapolation* 20 (1979), S. 20-37.

Harris, Philip R. / Moran, Robert T.,
- 1993, *Managing Cultural Differences.* 3., überarbeitete Auflage Houston, Texas: Gulf Publ. Company.

Hartfiel, Günter / Hillmann, Karl-Heinz,
    1982, *Wörterbuch der Soziologie*. 3., überarbeitete und ergänzte Auflage Stuttgart: Kröner.
Hasselblatt, Dieter,
    1974, *Grüne Männchen vom Mars. Science Fiction für Leser und Macher*. Düsseldorf: Droste.
    1980, 'Schielen, Lügen, Stehlen: Anmerkungen zur gegenwärtigen Science-Fiction-Diskussion', in Ermert, Karl (Hrsg.), *Neugier oder Flucht? Zu Poetik, Ideologie und Wirkung der Science Fiction*. Stuttgart: Klett, S. 43-52
Heckmann, Herbert,
    1986, *Angst vor Unterhaltung? Über einige Merkwürdigkeiten unseres Literaturverständnisses*. München/Wien: Hanser.
Helford, Elyce Rae,
    1992, *Reading Space Fictions. Representations of Gender, Race, and Species in Popular Culture*. The University of Iowa, Phil. Diss. [Masch.].
Heinlein, Robert A.,
    1959, 'Science Fiction. Its Nature, Faults and Virtues', in Davenport, Basil (Hrsg.), *The Science Fiction Novel. Imagination and Social Criticism*. Chicago: Advent, S. 17-63.
Herfarth, Christian / Buhr, H. J. (Hrsg.),
    1994, *Möglichkeiten und Grenzen der Medizin*. Berlin/Heidelberg: Springer.
Herrendoerfer, Christian (Hrsg.),
    1994, *Fünf Beiträge über das Fremde*. ARD.
Hewstone, Miles / Brown, Rupert (Hrsg.),
    1986, *Contact and Conflict in Intergroup Encounters*. Oxford: Blackwell.
Hinshelwood, R. D.,
    1987, *What Happens in Groups. Psychoanalysis, the Individual and the Community*. London: Free Association Books.
Hobart, Mark,
    1982, 'Meaning or Moaning? An Ethnographic Note on a Little Understood Tribe', in Parkin, David (Hrsg.), *Semantic Anthropology*. London et al.: Academic Press, S. 39-63.
Hofstede, Geert,
    1991, *Cultures and Organizations. Software of the Mind*. London et al.: Mc Graw Hill.
Hogan Jr., Patrick G.,
    1977, 'The Philosophical Limitations of Science Fiction', in Clareson, Thomas (Hrsg.), *Many Futures, Many Worlds. Theme and Form in Science Fiction*. Kent, Ohio: The Kent State University Press, S. 260-277.
Hottois, Gilbert (Hrsg.),
    1985, *Science-fiction et fiction spéculative*. Brüssel: Editions de l'Université.
Jehmlich, Reimer,
    1980, *Science fiction*. Darmstadt: Wissenschaftliche Buchgesellschaft.
Jewett, Robert / Lawrence, John S.,
    1977, 'Trekkie Religion and the Werther Effect', in Jewett, Robert / Lawrence, John S. (Hrsg.), *The American Monomyth*. Garden City/New York: Anchor Press/Double Day, S. 23-39.
Jonas, Hans,
    1979, *Das Prinzip Verantwortung. Versuch einer Ethik für die technische Zivilisation*. Frankfurt am Main: Insel.
    1985, *Technik, Medizin und Ethik. Zur Praxis des Prinzips Verantwortung*. Frankfurt am Main: Insel.

Jungk, Robert (Hrsg.),
 1969, *Menschen im Jahr 2000*. Frankfurt am Main: Umschau.
Kamlah, Wilhelm / Lorenzen, Paul,
 1973, *Logische Propädeutik. Vorschule des vernünftigen Redens*. Mannheim/Wien/Zürich: Bibliographisches Institut.
Kerber, Harald / Schmieder, Arnold,
 1984, *Handbuch Soziologie. Zur Theorie und Praxis sozialer Beziehungen*. Reinbek bei Hamburg: Rowohlt.
Krämer, Reinhold,
 1990, *Die gekaufte Zukunft. Zu Produktion und Rezeption von Science fiction in der BRD nach 1945*. Frankfurt am Main: Buchhändlervereinigung.
Kroeber, Alfred L. / Kluckhohn, Clyde,
 1952, *Culture. A Critical Review of Concepts and Definitions*. Cambridge, Mass.: The Museum.
Kyle, David,
 1976, *A Pictorial History of Science Fiction*. London: Hamlyn.
LeGuin, Ursula K.,
 1973, 'On Norman Spinrad's The Iron Dream', in *Science Fiction Studies* 1 (1973),
 S. 41-44.
 1979, *The Language of the Night. Essays in Fantasy and Science Fiction*. New York: Putnam.
Lem, Stanislaw,
 1985, *Microworlds. Writings on Science Fiction and Fantasy*. London: Secker & Warburg.
 1961, *Solaris*. Krakau: Wydawnictwo Literackie.
Logan, Nell,
 1985, 'The Use of Fantasy in Borderline Disorders of Childhood. A Case Presentation', in *Psychoanalytic Psychology* 2:2 (1985), S. 171-179.
Lorenz, Kuno,
 1977, 'Die Überzeugungskraft von Argumenten. Bemerkungen über die Fundierung von Geltungsbegriffen im Dialog', in *Archiv für Rechts- und Sozialphilosophie* 9 (1977), Beiheft Neue Reihe, S. 15-22.
 1980, *Vom Sein und vom Sollen. Eröffnungsvortrag der Ringvorlesung „Normen und Werte" an der Universität des Saarlandes*. Saarbrücken: Personalschriften der Universität des Saarlandes.
 1986, 'Dialogischer Konstruktivismus', in Salamun, Kurt (Hrsg.), *Was ist Philosophie? Neuere Texte zu ihrem Selbstverständnis*. Tübingen: Mohr, S. 335-352.
 1989, 'Das Eigene und das Fremde im Dialog', in Matusche, Petra (Hrsg.), *Wie verstehen wir Fremdes? Aspekte zur Klärung von Verstehensprozessen*. München: iudicium, S. 122-128.
 1990, *Einführung in die philosophische Anthropologie*. Darmstadt: Wissenschaftliche Buchgesellschaft.
Lorenzen, Paul,
 1987, *Lehrbuch der konstruktiven Wissenschaftstheorie*. Mannheim/Wien/Zürich: Bibliographisches Institut.
 1994, 'Konstruktivismus', in *Zeitschrift für allgemeine Wissenschaftstheorie* 25 (1994), S. 125-133.
Lorenzen, Paul / Schwemmer, Oswald,
 1973, *Konstruktive Logik, Ethik und Wissenschaftstheorie*. Mannheim/Wien/Zürich: Bibliographisches Institut.
Lundwall, Sam,
 1971, *Science Fiction. What It's All About*. New York: Ace.

Mad Max.
    1978, Australien: Warner Bros.
Marquard, Odo / Seiler, Eduard / Staudinger, Hansjürgen (Hrsg.),
    1989, *Medizinische Ethik und soziale Verantwortung.* Paderborn/München: Schöningh/Fink. (Ethik der Wissenschaften 8).
Mead, George Herbert,
    1962, *Mind, Self, and Society. From the Standpoint of a Social Behaviorist.* Chicago/ London: The University of Chicago Press.
Morris, Christine,
    1979, 'Indians and Other Aliens. A Native American View of Science Fiction', in *Extrapolation* 20:1 (1979), S. 301-307.
Müller, Angelika I. / Scheller, Ingo,
    1993, *Das Eigene und das Fremde. Flüchtlinge, Asylbewerber, Menschen aus anderen Kulturen und wir.* Oldenburg: Carl von Ossietzky Universität.
Myers, Robert E. (Hrsg.),
    1983, *The Intersection of Science Fiction and Philosophy. Critical Studies.* Westport, Conn.: Greenwood Press.
Nagl, Manfred,
    1972, *Science fiction in Deutschland.* Tübingen: Narr.
    1981, *Science fiction. Ein Segment populärer Kultur im Medien- und Produktverband.* Tübingen: Narr.
Nestvogel, Renate (Hrsg.),
    1991, *Interkulturelles Lernen oder versteckte Dominanz? Hinterfragung „unseres" Verhältnisses zur 'Dritten Welt'.* Frankfurt am Main: Verlag für Interkulturelle Kommunikation.
Nicholls, Peter,
    1982, *The Science in Science Fiction.* London: Joseph.
Nicholls, Peter (Hrsg.),
    1978, *Explorations of the Marvellous. The Science and the Fiction in Science Fiction.* London: Fontana.
    1979, *The Science Fiction Encyclopedia.* New York: Doubleday.
Okuda, Denise / Okuda, Michael,
    1993, Star Trek *Chronology. The History of the Future.* New York: Pocket Books.
Ortner, Sherry B.,
    1984, 'Theory in Anthropology Since the Sixties', in *Comparative Studies in Society and History* 26:1 (1984), S. 126-166.
Orwell, George,
    1949, *1984.* London: Harcourt.
Otten, Hendrik / Treuheit, Werner (Hrsg.),
    1994, *Interkulturelles Lernen in Theorie und Praxis. Ein Handbuch für Jugendarbeit und Weiterbildung.* Opladen: Leske und Budrich. (Schriften des Instituts für angewandte Kommunikationsforschung, Bonn).
Parfit, Derek,
    1984, *Reasons and Persons.* Oxford: Clarendeon Press.
Parker, Richard,
    1985, 'From Symbolism to Interpretation. Reflections on the Work of Clifford Geertz', in *Anthropology and Humanism Quarterly* 10:3 (1985), S. 62-67.
Parkin, David (Hrsg.),
    1982, *Semantic Anthropology.* London et al.: Academic Press.
Parsons, Talcott,
    1951, *The Social System.* London: Routledge & Kegan Paul.

Parsons, Talcott / Shils, Edward A. (Hrsg.),
    1951, *Toward a General Theory of Action.* Cambridge: Harvard University Press.
Perrine, Toni A.,
    1991, *Beyond Apocalypse. Recent Representations of Nuclear War and Its Aftermath in United States Narrative Film.* Northwestern University, Phil. Diss. [Masch.].
Piaget, Jean,
    1926, *La Représentation du monde chez l'enfant.* Paris: Alcan.
    1949, *La Psychologie de l'intelligence.* Paris: Colin.
Piaget, Jean / Inhelder, Bärbel,
    1966, *La Psychologie de l' enfant.* Paris: Presses Universitaires de France. (Collections Que sais-je?)
Plank, Robert,
    1966, 'Communication in Science Fiction', in Hayakawa, S. I. (Hrsg.), *The Use and Misuse of Language.* Greenwich, Conn.: Fawcett Publ., S. 143-149.
Poyatos, Fernando (Hrsg.),
    1988, *Literary Anthropology. A New Interdisciplinary Approach to People, Signs, and Literature.* Amsterdam/Philadelphia: John Benjamins Publishing Company.
Putnam, Hilary,
    1964, 'Robots. Machines or Artificially Created Life?', in *The Journal of Philosophy* 21 (1964), S. 669-691.
Rao, Narahari,
    1989, 'Verstehen einer fremden Kultur', in Matusche, Petra (Hrsg.), *Wie verstehen wir Fremdes? Aspekte zur Klärung von Verstehensprozessen.* München: iudicium, S. 110-119.
Rehbein, Jochen (Hrsg.),
    1985, *Interkulturelle Kommunikation.* Tübingen: Narr.
Rice, Kenneth A.,
    1980, *Geertz and Culture.* Ann Arbor: University of Michigan Press.
Ricœur, Paul,
    1965, *De l'interprétation. Essai sur Freud.* Paris: Editions du Seuil.
    1969, *Le Conflit des interprétations. Essais d'hermeneutique.* Paris: Editions du Seuil.
Rose, Mark,
    1981, *Alien Encounters. Anatomy of Science Fiction.* Cambridge: Harvard University Press.
Rottensteiner, Franz,
    1972, *Pfade ins Unendliche. Insel Almanach auf das Jahr 1972.* Frankfurt am Main: Insel.
Ryle, Gilbert,
    1971a, 'Thinking and Reflecting', in Ryle, Gilbert, *Collected Papers* II. London: Hutchinson, S. 465-479.
    1971b, 'The Thinking of Thoughts', in Ryle, Gilbert, *Collected Papers* II. London: Hutchinson, S. 480-496.
Salewski, Michael,
    1986, *Zeitgeist und Zeitmaschine. Science Fiction und Geschichte.* München: Deutscher Taschenbuch Verlag.
Sander, Ralph,
    1992, *Das Star Trek-Universum.* München: Heyne.
Sass, Hans-Martin,
    1989, *Medizin und Ethik.* Stuttgart: Reclam.

Schäfer, Martin,
    1977, *Science Fiction als Ideologiekritik? Utopische Spuren in der amerikanischen Science-fiction-Literatur 1940-1955*. Stuttgart: Metzler.
Schmidt, Stanley,
    1977, 'The Science in Science Fiction', in Clareson, Thomas D. (Hrsg.), *Many Futures, Many Worlds*. Kent, Ohio: The Kent State University Press, S. 27-49.
Schmidt, Ulrich (Red.),
    1987, *Kulturelle Identität und Universalität. Interkulturelles Lernen als Bildungsprinzip*. Frankfurt am Main: Verlag für Interkulturelle Kommunikation.
Schmökel, Hartmut,
    1971, *Das Gilgamesch-Epos* / eingeführt, rhythmisch übertragen und mit Anmerkungen versehen von Hartmut Schmökel. 2., überarbeitete Auflage Stuttgart u. a.: Kohlhammer.
Schneider, David M.,
    1976, 'Notes Toward a Theory of Culture', in Basso, Keith / Selby, Henry A. (Hrsg.), *Meaning in Anthropology*. Albuquerque: University of Mexico Press., S. 197-220.
Schneider, Mark A.,
    1987, 'Culture-as-Text in the Work of Clifford Geertz', in *Theory and Society* 16 (1987), S. 809-839.
Schneider-Wohlfart, Ursula / Pfänder, Birgit / Pfänder, Petra / Schmidt, Bernd,
    1990, *Fremdheit überwinden. Theorie und Praxis des interkulturellen Lernens in der Erwachsenenbildung*. Opladen: Leske und Budrich.
Schober, Wolfgang Heinz,
    1984, ',Science Fiction' - Etikett für triviale Phantastik', in Skreb, Zdenko / Baur, Uwe (Hrsg.), *Erzählgattungen der Trivialliteratur*. Innsbruck: Institut für Germanistik, S. 213-232.
Scholes, Robert / Rabkin, Eric,
    1977, *Science Fiction. History, Science, Vision*. New York: Oxford University Press.
Schröder, Horst,
    1978, *Science-Fiction-Literatur in den USA. Vorstudien für eine materialistische Paraliteraturwissenschaft*. Gießen: Focus.
Seymour-Smith, Charlotte,
    1990, *Dictionary of Anthropology*. London/Basingstoke: Macmillan Press [1986].
Shankman, Paul,
    1984, ',The Thick and the Thin'. On the Interpretive Theoretical Program of Clifford Geertz', in *Current Anthropology* 25:3 (1984), S. 261-279.
Shapiro, Marc,
    1990, 'Fantasy Medium. Given a Ghost of a Chance, Whoopi Goldberg Will Keep on Trekking', in *Starlog* 160 (1990), S. 9-12.
Shippey, Tom (Hrsg.),
    1990, *Fictional Space. Essays on Contemporary Science Fiction*. Oxford: Blackwell.
Shweder, Richard A. / LeVine, Robert A. (Hrsg.),
    1984, *Culture Theory. Essays on Mind, Self, and Emotion*. Cambridge: Cambridge University Press.

Skreb, Zdenko,
    1984, 'Trivialliteratur', in Skreb, Zdenko / Baur, Uwe (Hrsg.) 1984, *Erzählgattungen der Trivialliteratur*. Innsbruck: Institut für Germanistik, S. 9-31.
Slusser, George E. / Guffey, George E. / Rose, Mark (Hrsg.),
    1980, *Bridges to Science Fiction*. London und Amsterdam/Carbondale und Edwardsville: Feffer & Simons/Southern Illinois University Press.
Soeffner, Hans Georg,
    1979, 'Interaktion und Interpretation - Überlegungen zu Prämissen des Interpretierens in Sozial- und Literaturwissenschaft', in Soeffner, Hans-Georg (Hrsg.), *Interpretative Verfahren in den Sozial- und Textwissenschaften*. Stuttgart: Metzler.
Sporken, Paul,
    1971, *Darf die Medizin, was sie kann? Probleme der Medizinischen Ethik*. Düsseldorf: Patmos.
Stableford, Brian M.,
    1987, *The Sociology of Science Fiction*. San Bernardino, Cal.: Borgo Press.
Strathern, Marilyn,
    1982a, 'The Place of Kinship. Kin, Class and Village Status in Elmdon, Essex', in Cohen, Anthony P. (Hrsg.), *Belonging. Identity and Social Organisation in British Rural Cultures*. Manchester: Manchester University Press, S. 72-100.
    1982b, 'The Village as an Idea. Constructs of Village-ness in Elmdon, Essex', in Cohen, Anthony P. (Hrsg.), *Belonging. Identity and Social Organisation in British Rural Cultures*. Manchester: Manchester University Press, S. 247-277.
Suerbaum, Ulrich / Broich, Ulrich / Borgmeier, Raimund,
    1981, *Science Fiction. Theorie und Geschichte, Themen und Typen, Form und Weltbild*. Stuttgart: Reclam.
Suvin, Darko,
    1979, *Metamorphoses of Science Fiction. On the Poetics and History of a Literary Genre*. New Haven: Yale University Press.
    1988, *Positions and Presuppositions in Science Fiction*. London: Macmillan Press.
Thiel, Christian,
    1980, 'Konstruktivismus', in Mittelstraß, Jürgen (Hrsg.), *Enzyklopädie Philosophie und Wissenschaftstheorie*. Band 1, Mannheim/Wien/Zürich: Bibliographisches Institut, S. 449-453.
Toffler, Alvin,
    1978, 'Science Fiction and Change', in Nicholls, Peter (Hrsg.), *Explorations of the Marvellous. The Science and the Fiction in Science Fiction*. London: Fontana, S. 115-118.
Vivelo, Frank R.,
    1981, *Handbuch der Kulturanthropologie. Eine grundlegende Einführung*. Stuttgart: Klett-Cotta.
Weizsäcker, Carl Friedrich von,
    1969, 'Gedanken zur Zukunft der technischen Welt', in Jungk, Robert (Hrsg.), *Menschen im Jahr 2000*. Frankfurt am Main: Umschau, S. 13-30.
Wells, Herbert George,
    1898, *The War of the Worlds*. New York/London: Harper.
Whitfield, Stephen / Roddenberry, Gene,
    1991, *The Making of Star Trek*. New York: Ballantine.

Winston, Morton E.,
    1985, 'La Science fiction et le fantastique en philosophie', in *Science fiction et fiction spéculative. Revue de l'Université de Bruxelles* 1/2 (1985), S. 27-36.

Wiseman, Richard L. / Koester, Jolene (Hrsg.),
    1993, *Intercultural Communication Competence*. Newbury Park / London / New Delhi: Sage.

Witte, Erich H. / Ardelt, Elisabeth,
    1989, 'Gruppe', in Endruweit, Günter / Trommsdorff, Gisela (Hrsg.), *Wörterbuch der Soziologie*. Stuttgart: Deutscher Taschenbuch Verlag, S. 254-258.

Wolfe, Gary K.,
    1977, 'The Known and the Unknown. Structure and Image in Science Fiction', in Clareson, Thomas (Hrsg.), *Many Futures, Many Worlds. Theme and Form in Science Fiction*. Kent, Ohio: The Kent State University Press, S. 94-116.
    1979, *The Known and the Unknown. The Iconography of Science Fiction*. Kent, Ohio: The Kent State University Press.

Worland, Eric J.,
    1988, 'Captain Kirk. Cold Warrior', in *Journal of Popular Film and Television* 16:3 (1988), S. 109-117.
    1989, *The Other Living-Room War. Evolving Cold War Imagery in Popular TV Programs of the Vietnam Era, 1960-1975*. University of California, Los Angeles, Phil. Diss. [Masch.].

ANHANG

Tabelle A1: Hauptunterschiede zwischen Gesellschaften mit geringer und Gesellschaften mit großer Machtdistanz im Bereich der allgemeinen Normen, der Familie, der Schule und des Arbeitsplatzes (vgl. Hofstede 1991, 37):

Small power distance	*Large power distance*
Inequalities among people should be minimized	Inequalities among people are both expected and desired
There should be, and there is to some extent, interdependence between less and more powerful people	Less powerful people should be dependent on the more powerful; in practice, less powerful people are polarized between dependence and counterdependence
Parents treat children as equals	Parents teach children obedience
Children treat parents as equals	Children treat parents with respect
Teachers expect initiatives from students in class	Teachers are expected to take all initiatives in class
Teachers are experts who transfer impersonal truths	Teachers are gurus who transfer personal wisdom
Students treat teachers as equals	Both more and less educated persons show almost equally authoritarian values
More educated persons hold less authoritarian values than less educated persons	
Hierarchy in organizations means an inequality of roles, established for convenience	Hierarchy in organizations reflects the existential inequality between higher-ups and lower-downs
Decentralization is popular	Centralization is popular
Narrow salary range between top and bottom of organization	Wide salary range between top and bottom of organization
Subordinates expect to be consulted	Subordinates expect to be told what to do
The ideal boss is a resourceful democrat	The ideal boss is a benevolent autocrat or good father
Privileges and status symbols are frowned upon	Privileges and status symbols for managers are both expected and popular

Tabelle A2: Unterschiede zwischen Gesellschaften mit geringer und Gesellschaften mit großer Machtdistanz im Bereich der Politik und der allgemeinen Vorstellungen (vgl. Hofstede 1991, 43):

Small power distance	*Large power distance*
The use of power should be legitimate and is subject to criteria of good and evil	Might prevails over right: whoever holds the power is right and good
Skills, wealth, power, and status need not go together	Skills, wealth, power, and status should go together
The middle class is large	The middle class is small
All should have equal rights	The powerful have privileges
Powerful people try to look less powerful than they are	Powerful people try to look as impressive as possible
Power is based on formal position, expertise, and ability to give rewards	Power is based on family or friends, charisma, and ability to use force
The way to change a political system is by changing the rules (evolution)	The way to change a political system is by changing the people at the top (revolution)
The use of violence in domestic politics is rare	Domestic political conflicts frequently lead to violence
Pluralist governments based on outcome of majority votes	Autocratic or oligarchic governments based on cooptation
Political spectrum shows strong center and weak right and left wings	Political spectrum, if allowed to be manifested, shows weak center and strong wings
Small income differentials in society, further reduced by the tax system	Large income differentials in society, further increased by the tax system
Prevailing religions and philosophical systems stress equality	Prevailing religions and philosophical systems stress hierarchy and stratification
Prevailing political ideologies stress and practice power sharing	Prevailing political ideologies stress and practice power struggle
Native management theories focus on role of employees	Native management theories focus on role of managers

Tabelle A3: Unterschiede zwischen kollektivistischen und individualistischen Gesellschaften im Bereich der allgemeinen Normen, der Familie, der Schule und des Arbeitsplatzes (vgl. Hofstede 1991, 67):

Collectivist	*Individualist*
People are born into extended families or other ingroups which continue to protect them in exchange for loyalty	Everyone grows up to look after him/herself and his/her immediate (nuclear) family only
Identity is based in the social network to which one belongs	Identity is based in the individual
Children learn to think in terms of 'we'	Children learn to think in terms of 'I'
Harmony should always be maintained and direct confrontations avoided	Speaking one's mind is a characteristic of an honest person
High-context communication	Low-context communication
Trespassing leads to shame and loss of face for self and group	Trespassing leads to guilt and loss of self-respect
Purpose of education is learning how to do	Purpose of education is learning how to learn
Diplomas provide entry to higher status groups	Diplomas increase economic worth and/or self-respect
Relationship employer-employee is perceived in moral terms, like a family link	Relationship employer-employee is a contract supposed to be based on mutual advantage
Hiring and promotion decisions take employees' ingroup into account	Hiring and promotion devisions are supposed to be based on skills and rules only
Management is management of groups	Management is management of individuals
Relationship prevails over task	Task prevails over relationship

Tabelle A4: Unterschiede zwischen kollektivistischen und individualistischen Gesellschaften im Bereich der Politik und der allgemeinen Vorstellungen (vgl. Hofstede 1991, 73):

Collectivist	*Individualist*
Collective interests prevail over individual interests	Individual interests prevail over collective interests
Private life is invaded by group(s)	Everyone has a right to privacy
Opinions are predetermined by group membership	Everyone is expected to have a private opimon
Laws and rights differ by group	Laws and rights are supposed to be the same for all
Low per capita GNP	High per capita GNP
Dominant role of the state in the economic system	Restrained role of the state in the economic system
Economy based on collective interests	Economy based on individual interests
Political power exercised by interest groups	Political power exercised by voters
Press controlled by the state	Press freedom
Imported economic theories largely irrelevant because unable to deal with collective and particularist interests	Native economic theories based on pursuit of individual self-interests
Ideologies of equality prevail over ideologies of individual freedom	Ideologies of individual freedom prevail over ideologies of equality
Harmony and consensus in society are ultimate goals	Self-actualization by every individual is an ultimate goal

Tabelle A5: Unterschiede zwischen femininen und maskulinen Gesellschaften im Bereich der allgemeinen Normen, der Familie, der Schule und des Arbeitsplatzes (vgl. Hofstede 1991, 96):

Feminine	*Masculine*
Dominant values in society are caring for others and preservation	Dominant values in society are material success and progress
People and warm relationships are important	Money and things are important
Everybody is supposed to be modest	Men are supposed to be assertive, ambitious, and tough
Both men and women are allowed to be tender and to be concerned with relationships	Women are supposed to be tender and to take care of relationships
In the family, both fathers and mothers deal with facts and feelings	In the family, fathers deal with facts and mothers with feelings
Both boys and girls are allowed to cry but neither should fight	Girls cry, boys don't; boys should fight back when attacked, girls shouldn't fight
Sympathy for the weak	Sympathy for the strong
Average student is the norm	Best student is the norm
Failing in school is a minor accident	Failing in school is a disaster
Friendliness in teachers appreciated	Brilliance in teachers appreciated
Boys and girls study same subjects	Boys and girls study different subjects
Work in order to live	Live in order to work
Managers use intuition and strive for consensus	Managers expected to be decisive and assertive
Stress on equality, solidarity, and quality of work life	Stress on equity, competition among colleagues, and performance
Resolution of conflicts by compromise and negotiation	Resolution of conflicts by fighting them out

Tabelle A6: Unterschiede zwischen femininen und maskulinen Gesellschaften im Bereich der Politik und der allgemeinen Vorstellungen (vgl. Hofstede 1991, 103):

Feminine	*Masculine*
Welfare society ideal	Performance society ideal
The needy should be helped	The strong should be supported
Permissive society	Corrective society
Small and slow are beautiful	Big and fast are beautiful
Preservation of the environment should have highest priority	Mainten[an]ce of economic growth should have highest priority
Government spends relatively large proportion of budget on development assistance to poor countries	Government spends relatively small proportion of budget on development assistance to poor countries
Government spends relatively small proportion of budget on armaments	Government spends relatively large proportion of budget on armaments
International conflicts should be resolved by negotiation and compromise	International conflicts should be resolved by a show of strength or by fighting
A relatively large number of women in elected political positions	A relatively small number of women in elected political positions
Dominant religions stress the complementarity of the sexes	Dominant religions stress the male prerogative
Women's liberation means that men and women should take equal shares both at home and at work	Women's liberation means that women will be admitted to positions hitherto only occupied by men

Tabelle A7: Unterschiede zwischen schwach unsicherheitsvermeidenden und stark unsicherheitsvermeidenden Gesellschaften im Bereich der allgemeinen Normen, der Familie, der Schule und des Arbeitsplatzes (vgl. Hofstede 1991, 125):

Weak uncertainty avoidance	*Strong uncertainty avoidance*
Uncertainty is a normal feature of life and each day is accepted as it comes	The uncertainty inherent in life is felt as a continuous threat which must be fought
Low stress; subjective feeling of well-being	High stress; subjective feeling of anxiety
Aggression and emotions should not be shown	Aggression and emotions may at proper times and places be ventilated
Comfortable in ambiguous situations and with unfamiliar risks	Acceptance of familiar risks; fear of ambiguous situations and of unfamiliar risks
Lenient rules for children on what is dirty and taboo	Tight rules for children on what is dirty and taboo
What is different, is curious	What is different, is dangerous
Students comfortable with open-ended learning situations and concerned with good discussions	Students comfortable in structured learning situations and concerned with the right answers
Teachers may say 'I don't know'	Teachers supposed to have all the answers
There should not be more rules than is strictly necessary	Emotional need for rules, even if these will never work
Time is a framework for orientation	Time is money
Comfortable feeling when lazy; hard-working only when needed	Emotional need to be busy; inner urge to work hard
Precision and punctuality have to be learned	Precision and punctuality come naturally
Tolerance of deviant and innovative ideas and behavior	Suppression of deviant ideas and behavior; resistance to innovation
Motivation by achievement and esteem or belongingness	Motivation by security and esteem or belongingness

Tabelle A8: Unterschiede zwischen schwach unsicherheitsvermeidenden und stark unsicherheitsvermeidenden Gesellschaften im Bereich der Politik und der allgemeinen Vorstellungen (vgl. Hofstede 1991, 134):

Weak uncertainty avoidance	*Strong uncertainty avoidance*
Few and general laws and rules	Many and precise laws and rules
If rules cannot be respected, they should be changed	If rules cannot be respected, we are sinners and should repent
Citizen competence versus authorities	Citizen incompetence versus authorities
Citizen protest acceptable	Citizen protest should be repressed
Citizens positive towards institutions	Citizens negative towards institutions
Civil servants positive towards political process	Civil servants negative towards political process
Tolerance, moderation	Conservatism, extremism, law and order
Positive attitudes towards young people	Negative attitudes towards young people
Regionalism, internationalism, attempts at integration of minorities	Nationalism, xenophobia, repression of minorities
Belief in generalists and common sense	Belief in experts and specialization
Many nurses, few doctors	Many doctors, few nurses
One group's truth should not be imposed on others	There is only one Truth and we have it
Human rights: nobody should be persecuted for their beliefs	Religious, political, and ideological fundamentalism and intolerance
In philosophy and science, tendency towards relativism and empiricism	In philosophy and science, tendency towards grand theories
Scientific opponents can be personal friends	Scientific opponents cannot be personal friends

Tabelle A9: Unterschiede zwischen Gesellschaften mit kurzfristiger Orientierung und Gesellschaften mit langfristiger Orientierung (vgl. Hofstede 1991, 173):

Short-term orientation	*Long-term orientation*
Respect for traditions	Adaptation of traditions to a modern context
Respect for social and status obligations regardless of cost	Respect for social and status obligations within limits
Social pressure to 'keep up with the Joneses' even if it means overspending	Thrift, being sparing with resources
Small savings quote, little money for investment	Large savings quote, funds available for investment
Quick results expected	Perseverance towards slow results
Concern with 'face'	Willingness to subordinate oneself for a purpose
Concern with possessing the Truth	Concern with respecting the demands of Virtue

Verlag für Interkulturelle Kommunikation

Postfach 90 04 21 · D-60444 Frankfurt · Telefon (0 69) 78 48 08 · Fax (0 69) 7 89 65 75
e-mail Verlag: ikoverlag@t-online.de • e-mail Auslieferung: iko@springer.de
Internet: http://www.iko-verlag.de

Aus dem Verlagsprogramm:

Nausikaa Schirilla
Die Frau, das Andere der Vernunft?
Frauenbilder in der arabisch-islamischen und europäischen Philosophie
Erziehung und Gesellschaft im internationalen Kontext, Band 13
1996, 310 S., DM 44.80, ISBN 3-88939-413-2

Irmgard Stetter-Karp
Wir und das Fremde
Die Funktionalisierung des Fremden in der Lebensgeschichte von Frauen
Edition Hipparchia
1997, 260 S., DM 39.80, ISBN 3-88939-609-7

Heinke Deloch
Verstehen fremder Kulturen
Die Relevanz des Spätwerks Ludwig Wittgensteins für die Sozialwissenschaften
1997, 170 S., DM 29.80, ISBN 3-88939-355-1

Wiebke von Bernstorff/Uta Plate
Fremd bleiben
Interkulturelle Theaterarbeit am Beispiel der afrikanisch-deutschen Theatergruppe Rangi Moja
1997, 270 S., DM 39.80, ISBN 3-88939-350-0

Marianne Nürnberger & Stephanie Schmiderer (Hrsg.)
Tanzkunst, Ritual und Bühne
Begegnungen zwischen Kulturen
1996, 270 S., DM 39.80, ISBN 3-88939-234-2

Amós Nascimento/Kirsten Witte (Hrsg.)
Grenzen der Moderne
Europa & Lateinamerika
1997, 230 S., DM 36.00, ISBN 3-88939-233-4

Raúl Fornet-Betancourt
Lateinamerikanische Philosophie zwischen Inkulturation und Interkulturalität
Denktraditionen im Dialog: Studien zur Befreiung und Interkulturalität, Band 1
1997, 255 S., DM 38.00, ISBN 3-88939-352-7

Theologie Interkulturell Frankfurt
Johannes Hoffmann (Hrsg.)
Begründung von Menschenrechten aus der Sicht unterschiedlicher Kulturen
Symposium „Das eine Menschenrecht für alle und die vielen Lebensformen", Bd. 1
1991, 306 S., DM 46.80, ISBN 3-88939-046-3

Theologie Interkulturell Frankfurt
Johannes Hoffmann (Hrsg.)
Universale Menschenrechte im Widerspruch der Kulturen
Symposium „Das eine Menschenrecht für alle und die vielen Lebensformen", Bd. 2
1994, 325 S., DM 46.80, ISBN 3-88939-057-9

Theologie Interkulturell Frankfurt
Johannes Hoffmann (Hrsg.)
**Die Vernunft in den Kulturen –
Das Menschenrecht auf kultureigene Entwicklung**
Symposium „Das eine Menschenrecht für alle und die vielen Lebensformen", Bd. 3
1995, 400 S., DM 52.80, ISBN 3-88939-059-5

**Bestellen Sie bitte über den Buchhandel oder direkt beim Verlag.
Gern senden wir Ihnen unseren Verlagsprospekt zu.**